Kate Scelsa

Fans des unmöglichen Lebens

KATE SCELSA

FANS DES UNMÖGLICHEN LEBENS

Aus dem amerikanischen Englisch
von Catrin Frischer

Bei diesem Buch wurden die durch das verwendete Material und die Produktion entstandenen CO_2-Emissionen ausgeglichen, indem der cbj-Verlag ein Projekt zur Aufforstung in Brasilien unterstützt. Weitere Informationen zu dem Projekt unter: www.ClimatePartner.com/14044-1912-1001

MIX
Papier aus verantwortungsvollen Quellen
FSC® C014496
FSC
www.fsc.org

Wir produzieren
Klimaneutral
ClimatePartner.com/14044-1912-1001
Druckprodukt

Verlagsgruppe Random House
FSC® N001967

1. Auflage 2020

Published by Arrangement with Kate Scelsa
Die amerikanische Originalausgabe erschien unter dem Titel
»Fans of the Impossible Life« bei Balzer + Bray,
an imprint of HarperCollins Publishers, New York.

Aus dem amerikanischen Englisch von Catrin Frischer
Lektorat: Friederike Zeininger
Umschlaggestaltung: semper smile, München;
Umschlagmotiv: © semper smile, München
he · Herstellung: TW
Satz: Uhl + Massopust, Aalen
Druck und Bindung: GGP Media GmbH, Pößneck
ISBN 978-3-570-16421-1
Printed in Germany

www.cbj-verlag.de
Dieses Buch ist auch als E-Book erhältlich.

Für Amanda

und Mom und Dad

»Genau der richtige Ort, um einen Topf voll Gold zu vergraben«, sagte Sebastian. »Am liebsten würde ich an jedem Ort, an dem ich glücklich war, etwas Wertvolles vergraben. Und wenn ich dann alt, hässlich und traurig bin, könnte ich zurückkommen, es wieder ausgraben und mich erinnern.«

Evelyn Waugh, *Wiedersehen mit Brideshead*

Hier bist du schon mal gewesen.
Die Straße windet sich nordwärts durch New Englands dunkle Wälder. An den Straßenrändern ragen weiße Dünen auf, die aussehen wie der Mond.
Du kannst zurückkommen. Obwohl ihr einander so unfassbar tief verletzt habt. Auch nachdem das Unmögliche genau das geworden ist. So weit, weit entrückt, dass es selbst im Traum unerreichbar ist.
Die Liebe erinnert sich an die Orte, die sie berührt, an denen sie eine unsichtbare Spur auf euren Körpern hinterlassen hat. Verfolge sie zurück. Du kannst ihr folgen bis zurück zu ihnen.

Teil eins

Jeremy

Am ersten Tag meines zweiten Highschooljahres war mir irgendwie die Fähigkeit, einen Schlips zu binden, abhandengekommen. Es war genau so ein Schlips, wie ich ihn jeden Tag getragen hatte, seit der achten Klasse, in der die männliche Belegschaft der St.-Francis-Schule die Clipkrawatten hatte hinter sich lassen müssen. An diesem Morgen war das Ding jedoch wie ein Fremdkörper in meinen Händen.

»Jeremy?«, rief mein Dad von unten. Der Wecker auf meinem Nachttisch zeigte 7:49 an. Ich würde mich verspäten.

Dad kam die Treppe hoch und steckte den Kopf zur Tür herein.

»Willst du einen Thermosbecher Kaffee mitnehmen?«, fragte er. »Dave hat unten gerade eine Kanne frisch gebrüht.«

»Nein danke.«

»Sicher?«

»Ja doch.«

»Alles in Ordnung?«

»Ich krieg das nicht hin«, sagte ich.

Er guckte auf den unordentlichen Knoten, der unter meinem Kragen hing.

»Soll ich helfen?«

Ich nickte. Er kam zu mir, löste den Knoten, den ich gemacht hatte, und band die Krawatte neu. Ich beobachtete sein Gesicht, während er sich konzentrierte. Seine Lippen bewegten sich ein wenig, so als würde er versuchen, sich an etwas zu erinnern.

»Danke«, sagte ich.

»Kein Problem«, sagte er. Als er fertig war, trat er einen Schritt zurück und betrachtete seine Arbeit. »Sehr adrett.«

»Diese Uniform trage ich schon seit zehn Jahren.«

»Es ist eine adrette Uniform.«

Er blieb noch einen Moment stehen, und ich wandte mich unter dem Vorwand, etwas in meinen Rucksack zu stecken, von ihm ab. Reden wollte ich nicht. Und ich wollte nicht, dass er irgendwas über diesen Morgen sagte.

Die Katze rettete mich, sie schlich sich zur Tür rein und wuselte mit ihrem riesigen, flauschig weißen Körper zwischen unseren Beinen herum.

»Dolly Parton, die Katze ist da, um dich zu verabschieden«, sagte Dad. Er nannte sie immer »Dolly Parton, die Katze« – als könnte sie sonst mit der echten Dolly Parton verwechselt werden.

»Danke, Dolly Parton, die Katze«, sagte er. »Willst du Jeremy zu seinem ersten Tag in der zehnten Klasse nicht ein Lied singen?«

Dad ging den Flur runter und schmetterte. »*And aiiiiie… will always love miiiau…*«

Den Rucksack vor den Füßen setzte ich mich aufs Bett. Dort landete Dolly Parton, die Katze neben mir, drückte den Kopf in meine Hand und forderte von mir, die Ohren gekrault zu kriegen.

»Wird Zeit, wieder zurückzugehen«, sagte ich.

Eine Viertelstunde später hielt Dad am Fuß des Hügels, auf dem das Hauptgebäude von St. Francis lag. Der heilige Franziskus, Schutzpatron kleiner und großer Kreaturen, hatte wahrscheinlich keine private Mittelschule im Sinn, als er mit ausgestreckten Armen vor den hungrigen Waldvögeln stand. Aber hier in Moutain View, New Jersey, war das seine Bestimmung.

»Soll ich mit dir reingehen?«, fragte Dad mit Blick auf die Menge, die sich vor dem ersten Klingeln auf dem Rasen vor der Schule versammelt hatte, die Mädchen in ihren blauen Polohemden und blau-grünen Kilts, die Jungs in Baumwollhosen, blauen Oberhemden und blau-grünen Krawatten – wie ich.

»Nein«, sagte ich. »Schon in Ordnung.«

»Du gehst direkt in Peters Büro?«

»Ja.« Ich schulterte meinen Rucksack.

»Okay«, sagte Dad. »Dann bis heute Abend. Ich bin um sechs zu Hause.«

Ich stieg aus, schlug die Autotür zu und drehte mich noch mal zu ihm um. Er hielt den Daumen hoch und fuhr los. Einen Augenblick lang blieb ich stehen, dann atmete ich tief durch und ging den Hügel hinauf zum Schulgebäude, durch die Eingangstür und den vertrauten Flur entlang zu Peters Büro.

Er saß er am Schreibtisch und machte was am Computer, als ich reinkam. Er schaute auf, sah mich und lächelte.

»Schön, dass du wieder da bist, Jeremy«, sagte er.

Mira

Erste Schultage waren noch nie leicht. Dieser war keine Ausnahme. Mira hatte gedacht, es könnte eine Hilfe sein, Sebby dabeizuhaben an diesem Morgen, aber schon als sie sich an der Bank unten am Hügel trafen, auf dem das Hauptgebäude von St. Francis lag, wusste sie, dass es ein Fehler gewesen war, ihn einzuladen. Er erinnerte sie an ihr anderes Leben, ihr wahres Leben, und das gehörte nicht hierher.

Für September war es ein ungewöhnlich warmer Tag, die Wolle vom Rock ihrer Schuluniform lag heiß und kratzig auf ihren Beinen. Die Strumpfhose, die sie darunter trug, damit ihre Schenkel nicht aneinanderscheuerten, wenn sie anfing zu schwitzen, machte es auch nicht besser. Es war das Wetter, das sich hartnäckig in Visionen von idealisierten Sommern der Kindheit hielt. Blauer Himmel, strahlender Sonnenschein, 28 Grad. Ein Tag für Eis und Wasserrutschen, einer, an dem man mit einem Eis am Stil in der Hand im Gras einschlief.

»Sollte es hier nicht ein großes schmiedeeisernes Tor geben, damit das Gesindel draußen bleibt?«, sagte Sebby. Er hatte den Kopf in ihren Schoß gelegt und spielte mit den Falten ihres Kilts.

»Ich glaube, das Gesindel sind wir«, sagte sie.

»Genau.«

Hätte sie sich selbst ein Outfit für diesen Tag aussuchen können, wäre es vielleicht leichter gewesen. Das Seidengewand mit den Puffärmeln womöglich, rot mit weißem Bam-

busmuster, dazu ein neongelber Gürtel und grüne Halbschuhe. Pinker Lippenstift, silberner Nagellack.

Dann hätte sie wenigstens das Gefühl gehabt, beschützt zu sein. »Shuffleboard Grandma goes Glam«, eine ihrer ästhetischen Visionen, hätte als Rüstung gedient. Oder vielleicht auch das A-förmig geschnittene durchgeknöpfte Chiffonkleid, das mit einer Schleife im Nacken gebunden wurde, dazu eine leichte Strickjacke, »Bibliothekarinnen-Chic«. Damit hätte sie ihre Rückkehr zu akademischen Studien zelebrieren können.

Aber die Uniform war dazu gedacht, jegliche Individualität auszuradieren, Vorbeugung gegen alles, das für einen »unangemessenen Aufzug« gehalten werden könnte, und zwar bei denen, »die die Institution St. Francis repräsentierten«, wie im Handbuch für Schüler erklärt wurde. Also hatte sie getan, was sie konnte. Silberner Nagellack, aber kein Lippenstift. Aus dem Zusammenhang gerissen verlor ein Lippenstift in schrillem Pink den ironischen Touch, fand sie. Die Haare hatte sie sich mit einer bis in den Nacken hängenden Schleife zu einem unordentlichen Knoten mitten auf dem Kopf gebunden, grellgrün auf ihrer braunen Haut. Die Locken ragten in alle Richtungen aus der Schleife heraus, zur Flucht bereit, was Miras tiefen Wunsch verriet, hier abzuhauen, so schnell sie nur konnte.

An ihrer alten Schule hatte sie anziehen können, was immer sie wollte. Aber das war eine staatliche Schule gewesen. Mountain View High – oder MouVi, wie die Kids sie nannten (zumindest die, denen es da so gut gefiel, dass

sie ihrer Schule einen niedlichen Spitznamen geben mochten) – war die Schule, in der Mira die letzten zehn Jahre verbracht hatte. Aber MouVi war nicht bereit gewesen, auf Miras »besondere Bedürfnisse« einzugehen. Das hatten sie ganz klargemacht. Und nach neunmonatiger Abwesenheit war St. Francis der Kompromiss gewesen.

»Guck dir diese Arschlöcher an.« Sebby beobachtete die Schüler, die den Hügel hochstiegen.

»Betrachte sie als leicht verarschbares Material«, sagte Mira. »Jede Menge Spaß für dich.«

»Wenn's zu leicht ist, macht es keinen Spaß.« Er setzte sich auf. »Keinerlei Herausforderung. Wie soll ich mich da verbessern?«

»Du könntest ja mal versuchen, zur Schule zu gehen. Ist echt hipp, habe ich gehört.«

»Ich gehe zur Schule. Wie kannst du es wagen!«

»Und wie kommst es dann, dass du gerade mit mir abhängst?«

»Ich lasse sie gern im Ungewissen darüber, wann ich tatsächlich am Unterricht teilnehme. Aber was soll's, du weißt doch, dass Schule eigentlich nicht so mein Ding ist.«

»Na ja, ich glaub, mein Ding ist es auch nicht.«

»Aber du hast so viel Potenzial.«

Sie verdrehte die Augen.

»Mit dieser Einstellung wirst du es nicht weit bringen im Leben«, sagte er.

»Oh Gott, ich weiß nicht, ob ich das packe.«

Er griff nach ihrer Hand und schaute ihr in die Augen.

»Du schaffst das…«, versicherte er ihr und machte eine wirkungsvolle Pause, »alles, was auch immer du dir vornimmst.« Dann fing er an, wie irre zu lachen.

»Okay, danke.«

»Warte, ich bin noch nicht fertig. Du kannst alles erreichen… was du dir erträumst.«

»Nein, du bist fertig.«

Sie stand auf, hängte sich ihre abgetragene Armeetasche aus dem Secondhandladen über die Schulter. Die hatte sie auch in ihrer alten Schule benutzt, die Flicken und Buttons aus dieser Zeit waren aber entfernt.

»Keine Slogans, Logos oder Bilder auf Kleidung oder Schulsachen«, verkündete das Handbuch von St. Francis. »Bitte alle Spuren von Individualität löschen. Unterwirf dich gefälligst dem Regime der seelenlosen Drohnen.«

»Wie wär's denn, wenn ich danach streben würde, diesen Tag ohne Nervenzusammenbruch zu überstehen?«, sagte sie.

»Das wäre wohl ein Anfang.« Er stand auf und küsste sie auf die Wange. »Tu ja nicht so, als wärst du nicht für Großes bestimmt, mein Liebling.«

Mira war von sich selbst beeindruckt, weil sie es schaffte, sich den ganzen Morgen vom Zimmer der Schulkrankenschwester fernzuhalten. Den Unterricht überstand sie, indem sie still in den hinteren Reihen saß. Es war gar nicht schwer, unbemerkt durchzurutschen im Trubel der Wiedersehensfreude des ersten Schultages, in der die alten Schüler neue Frisuren, Schuhe und im Laufe des Sommers aufgenommene Angewohnheiten verglichen.

Die Mittagspause war aber eine ganz andere Geschichte. Da wurde naturgemäß Interaktion verlangt. Die Cafeteria bestand aus zwanzig großen runden Tischen, die dazu dienten, eine Population aus Schülern und Schülerinnen in eine selbst mandatierte Hierarchie aufzuteilen, die auf einem komplizierten Algorithmus aus gemeinsamer Vergangenheit, gleichen Interessen und gleichem Status beruhte. Und so fand Mira sich mit einem noch feuchten Tablett Essen in den Händen wieder, das ganz bestimmt nicht den rigorosen Anforderungen des von ihrer Mutter ausgeklügelten Diätplanes entsprach, schaute über die sonnendurchflutete Cafeteria im ersten Stock hinweg und versuchte eine langsam aufsteigende Panikattacke abzuwehren. Die Anti-Selbstmord-Fenster standen einen Spaltbreit offen, damit der warme Wind hereinkonnte, die jüngeren Schüler schauten sehnsüchtig zu den Schülern der oberen Klassen, die, wenn sie keinen Unterricht hatten, »Freigangprivilegien« genossen. Wie im Gefängnis verdiente man sich so was durch Jahre guter Führung.

Eine merkwürdige Retterin in Gestalt ihrer Nachbarin Molly Stern erschien an Miras Seite.

»Miranda! Oh mein Gott!« Molly bedachte sie mit so etwas wie einer halben Umarmung, denn sie versuchte die Tabletts, die sie beide hielten, nicht ins Wanken zu bringen.

»Hi. Hallo, Molly«, sagte Mira.

»Meine Mutter hat gesagt, sie meine gehört zu haben, dass du dieses Jahr nach St. F. kommst, aber sie war sich nicht sicher – und ich wollte mir keine Hoffnungen machen, solange nicht absolut sicher war, dass es tatsächlich so ist.«

»Tja, hier bin ich«, sagte Mira. »Es ist tatsächlich so.«

Molly wohnte in derselben Straße wie Mira, in einem Haus, das riesig war, selbst für die Begriffe ihrer McMansion liebenden Nachbarschaft. Als Kinder hatten sie manchmal am Nachmittag zusammen gespielt, Limonadenverkauf oder Malen mit Straßenkreide. Selbst damals hatte Molly etwas Verzweifeltes an sich gehabt. Sie hatte drei ältere Brüder, die berüchtigt dafür waren, Leuten mit Straßenhockeybällen die Fensterscheiben einzuwerfen. Irgendwas in Mollys Gesicht hatte immer gezeigt, dass sie das Schicksal verdächtigte, sie ungerechterweise in ein Leben ohne Schwester gelockt zu haben – und das würde sie ihm nie ganz verzeihen.

Sie hatten sich aus den Augen verloren, als Molly in St. Francis eingeschult wurde und Mira ihrer älteren Schwester auf die Mountain-View-Grundschule folgte. Im Laufe der Jahre hatte Mira Molly zwar gelegentlich auf der Straße gesehen, aber seit die Pubertät zugeschlagen hatte, war dies der erste richtige Blick, der ihr vergönnt war. Mollys Nase war immer noch zu groß, das Gesicht hatte sich ihr nicht angepasst, aber um einen Ausgleich zu schaffen, hatte Molly sich eine gewaltige Mähne herangezüchtet. Um ihren Hals baumelten ein paar Brillanten an einer Kette, so wie es bei vielen St.-Francis-Mädchen beliebt war.

»Du musst dich unbedingt zu uns setzen.« Darauf bestand Molly, die Mira am Arm packte und zu einem Tisch führte, an dem man ganz davon in Anspruch genommen war, ein Exemplar der *Cosmo* herumzureichen.

»Meine Damen«, sagte Molly, nachdem sie sich auf zwei

praktischerweise freie Stühle gesetzt hatten, »das ist Miranda. Wir kennen uns schon ewig.«

Sie sah Mira an, die das bestätigen sollte.

»Einfach nur Mira jetzt.«

»Was?«

»Einfach Mira. Kein Mensch nennt mich noch Miranda.«

»Aber früher haben wir das immer getan«, sagte Molly. »Der Limonadenstand Molly und Miranda. Weißt du noch? Oh mein Gott, wir waren ja so süß. Wir wohnen in derselben Straße«, ließ Molly die Tischrunde wissen.

»Na, jetzt bin ich einfach Mira«, sagte Mira noch mal.

»Oh, na ja, ich liebe Spitznamen. Ich wünschte, ich hätte einen, aber mein Name ist schon so kurz. Nur Molly! Ich bin nie anders genannt worden.«

Sarah, die blonde, perfekt frisierte inoffizielle Anführerin dieses speziellen Mittagstisches, kicherte fies und flüsterte Anna, ihrer Vize, einem indischen Mädchen mit straffem Pferdeschwanz und selbstgefälligem Dauergrinsen, ein höhnisches »Nur Molly!« zu.

Das Mädchen auf Miras anderer Seite streckte ihr die Hand zu einer formellen Begrüßung hin.

»Ich bin Rose«, sagte sie.

Sie trug das Haar kurz und schwarz gefärbt und hatte eine streng wirkende Brille mit eckigem großem Rahmen auf.

»Hey.« Mira schüttelte ihr die Hand.

»Wie läuft dein erster Tag so?«, fragte Rose.

»Ganz okay«, sagte Mira. »Ich hatte gerade Englisch bei Mr Sprenger.«

»Den nennen alle Peter«, sagte Rose.

»Oh mein Gott, was hast du für ein Glück, dass du Peter hast«, sagte Molly. »Das ist der absolut heißeste Typ.«

»Ein guter Lehrer ist er auch«, sagte Rose.

»Vermutlich«, sagte Molly. »Bei mir läuft das ja immer so: ›Was hast du gesagt, Peter? Ich war so beschäftigt damit, dein Gesicht anzustarren.‹« Sie sah nach Bestätigung suchend in die Runde. »Ist doch so?«

Aber Sarah hatte andere Themen im Sinn.

»Du bist also im ersten Jahr?«, fragte sie Mira.

»Irgendwie schon«, sagte Mira. »Ich habe das letzte Schuljahr in Mountain View nicht zu Ende gemacht, also muss ich einen Haufen Sachen nachholen. In Englisch und Geschichte haben sie mich ins zweite Jahr gelassen, aber in allen anderen Fächern sitze ich in den Kursen fürs erste Jahr.«

»Sie ist ja so was von nicht im ersten Jahr«, sagte Molly. »Sie ist älter als ich. Du solltest echt im dritten Jahr sein.«

»Ich bin sechzehn«, sagte Mira, die schon befürchtete, die anderen könnten sie, weil Molly so einen nachdrücklichen Ton angeschlagen hatte, für eine Mittdreißigerin halten.

»Wow«, sagte Sarah. »Mountain View, na so was? Hast du ein Stipendium bekommen, um hier aufgenommen zu werden?«

Ehe Mira antworten konnte, hatte Molly sich schon eingemischt. »Nicht zu fassen, dass ich dich so lange nicht gesehen habe«, sagte sie. »Als wir noch klein waren, haben wir so viele verrückte Sachen in unserer Straße gemacht. Nicht wahr?«

Molly hatte die schreckliche Angewohnheit, alles, was sie

sagte, mit einer Frage enden zu lassen, so als könne sie sich in nichts sicher sein, bevor sie nicht eine Meinungsumfrage im ganzen Saal vorgenommen hatte.

»Jede Menge Limonadenstände«, sagte Mira.

»Was ist also passiert?«, fragte Sarah.

»Mit den Limonadenständen? Keine Ahnung. Es wurde Winter?«

»Nein, in Mountain View«, sagte Sarah. »Molly sagte, du hättest einen Haufen Probleme gehabt.«

Molly fing an, nervös an einer Tüte Chips herumzufummeln.

»Ehrlich, Sarah, das habe ich nicht gesagt.«

»Oh, tut mir leid. Ich dachte, ich hätte genau diese Worte von dir gehört, bevor du eben losgezogen bist, um sie an unseren Tisch zu holen.« Sarah guckte Anna mit gespielter Verwirrung an. »Da habe ich wohl etwas missverstanden.«

Anna kicherte fies.

»Ich war krank«, sagte Mira.

»Richtig im Krankenhaus und so?«, sagte Sarah.

Das war zu viel für Molly. »Sarah, du bist wirklich unhöflich. Das ist Mirandas erster Tag.«

»Und da darf ich ihr keine Fragen stellen? Ich mache doch nur Konversation.«

Mira stand auf. »Ich muss mir was anderes zu essen holen.« Sie nahm ihr Tablett. »Dieser gegrillte Käse ist wie Plastik.«

»Oh.« Molly klang enttäuscht. Die Aufnahme in die Gruppe war offenbar nicht ganz so abgelaufen wie geplant.

»Na, hoffentlich geht es dir jetzt besser, Mira«, sagte Sarah mit einer zuckersüßen Stimme, die noch zwei Tische weiter zu hören war. »Und du bist nicht mehr krank.« Das letzte Wort sagte sie so, als sei es so etwas wie ein wahnsinnig komischer Euphemismus.

»Danke«, sagte Mira.

Sie hielt auf den Mülleimer zu und ließ den Rest ihres Mittagessens hineinfallen, ihr feuchtes Tablett stellte sie obendrauf, dann ging sie durch die Cafeteriatür hinaus.

Unten marschierte sie den Flur entlang zum Krankenzimmer. Dort reichte sie der Schulkrankenschwester ihr ärztliches Dauerattest, gab sich der durchhängenden Annehmlichkeit der Pritsche hin und versuchte nicht zu weinen.

Jeremy

Abgesehen von Peter redete an diesem ersten Schultag niemand mit mir. Nicht, dass ich jemandem die Gelegenheit dazu gegeben hätte. Mit gesenktem Kopf zählte ich die Minuten bis zum Ende jeder Stunde, denn ich wusste, dass ich lediglich sagen können musste, dass ich den Tag überstanden hatte.

Als ich nach der Schule nach Hause kam, stand die Eingangstür offen. Ich ging rein.

»Dave?« Ich schlüpfte aus den Schuhen und stellte sie auf ihren Platz im ordentlich bestückten Schuhregal neben der Tür.

»Ich bin in der Küche«, rief Dave zurück.

Ich ließ meinen Rucksack unten an der Treppe fallen und folgte dem Duft von frisch gebackenem Brot. In der Küche legte Dave gerade Kekse auf ein Backblech.

»Hi«, ich setzte mich auf einen Hocker ihm gegenüber. »Du bist schon da?«

Er zuckte mit den Schultern. »War nicht viel los bei der Arbeit.«

»Du bist nicht hier, um nach mir zu sehen?«

»Ich bin hier«, sagte er und zog das Tuch von einem frischen Laib im Brotkasten, »um dir was zu essen zu machen.« Er schnitt eine dicke Scheibe weiches Brot ab und verteilte frische Pfirsichmarmelade darauf. Marmelade einkochen war sein neues Hobby. Der halbe Keller war zurzeit voll mit farbenfrohen Marmeladengläsern, die er gar nicht schnell

genug verschenken konnte. Dad meinte, wenn das so weitergehe, müsse er einen Stand am Straßenrand aufmachen.

Dave reichte mir das Brot auf einem Teller.

»Danke«, sagte ich.

»Die Kekse sind in zehn Minuten so weit«, sagte er.

»Kuchen und Brot?«

»Sag deinem Vater nichts davon. Er glaubt ohnehin schon, dass ich uns alle mästen will.«

»Und das ist nicht so?«

Dave lächelte. »Iss.«

Ich nahm einen Bissen. Das Brot war noch warm. »Aber du zwingst mich nicht, über meinen Tag zu reden?«, sagte ich mit noch vollem Mund.

Er nahm das Backblech und schob die Kekse in den Ofen.

»Willst du über deinen Tag reden?«, fragte er, schloss die Ofentür und stellte den Küchenwecker.

»Nein«, sagte ich.

»Na dann, okay.«

Er schnitt sich Brot ab, strich Marmelade drauf und wir saßen schweigend da und aßen.

Mira

Erst als die Schulkrankenschwester leise andeutete, ob Mira vielleicht »versuchen wolle, wieder in den Unterricht zurückzugehen«, gab sie zögernd ihren Platz auf der Pritsche auf und schaffte es, ihren ersten Tag zu Ende bringen. Noch vier Unterrichtsstunden, dann würde sie in den Bus steigen, einen Fensterplatz beanspruchen und mit starrem Blick der neuen Route folgen, die sie von nun an nehmen würde, zweimal täglich, fünf Tage die Woche. Sie zählte die am Fenster vorüberziehenden Querstraßen bis nach Hause. Nichts war ihr je so weit weg vorgekommen.

Der Bus ließ sie an ihrer Einfahrt raus, die Doppeltüren schlossen sich mit einem »pst« hinter ihr.

In dieser Straße war ihr Haus das einzige Relikt aus der Zeit, bevor die Leute in der Nachbarschaft angefangen hatten, gefakte Herrenhäuser zu erbauen, die bis an die Grundstücksgrenzen gingen. Kunstvolle Kronleuchter wurden für alle sichtbar in riesigen Dielenfenstern ausgestellt. Das Haus von Miras Familie mit dem Weidenschaukelstuhl auf der umlaufenden Veranda wirkte, als sei es aus dem Savannah der Zwanziger Jahre des vorigen Jahrhunderts geflohen. Ihre Mutter fand, das habe Charme. Mira fand, es wirke einsam. So als habe es seine Freunde überlebt.

Sie atmete tief durch – das war ein Versuch, sich von diesem Tag zu reinigen und an etwas Positives zu denken, das sie ihrer Mutter berichten konnte. Ihre Mutter stand auf positives Denken. Miras Stärke war das nie gewesen. Das

Schwesternzimmer würde sie mit keinem Wort erwähnen. Sollte ihre Mutter doch glauben, dass sie diesen Tag aufrecht durchgestanden hatte.

Mira stieg die Treppe zum Haus hoch. Vermeiden ließ es sich nicht. Sie wohnte hier. Irgendwann würde sie reingehen müssen.

»Mira? Bist du das?«, rief ihre Mutter, als die Haustür hinter Mira zuknallte.

»Jaha.«

Mira ging nach hinten durch, zu der Computernische vor der Küche, wo ihre Mutter in diesen Tagen normalerweise anzutreffen war. Vor vierzehn Monaten hatte die Anwaltskanzlei, für die sie das letzte Jahrzehnt gearbeitet hatte, beschlossen, sie lieber freizustellen, als sie zur Partnerin zu machen. Unglücklicherweise handelte es sich um dieselbe Kanzlei, für die auch Miras Vater arbeitete – und der war Partner. Nach ihrer Entlassung verklagte Miras Mutter die Firma wegen Geschlechterdiskriminierung, und seither wurde das Thema Arbeit – etwas, das ihre Eltern immer verbunden hatte – tunlichst umgangen.

Heute trug ihre Mom Sweatpants und ein T-Shirt, das die Teilnahme an irgendeinem 5000-Meter-Lauf verkündete. So als müsste der Beweis erbracht werden, dass sie einmal ihre gesamte Zeit mit 5000-Meter-Läufen verbracht hatte, statt im Pyjama vor einem Computerbildschirm immer bleicher zu werden. Ihr krauses Haar war zu einem Pferdeschwanz zusammengebunden, der ihr üppig den Nacken runterquoll. Das war ihr Judenafro, sagte sie.

Auf dem Kaminsims im Wohnzimmer stand ein gerahmtes Foto von Miras Eltern aus ihren gemeinsamen Zeiten an der juristischen Fakultät der Columbia-Universität, beide zogen komische Gesichter, das Haar ihrer sehr weißen Mutter war auftoupiert, passend zu dem Afrolook, mit dem sich ihr Dad damals präsentierte. Mira liebte dieses Bild von den beiden.

»Lass dich anschauen«, sagte Miras Mutter.

Mira zog einen Stuhl in die Computernische und unterzog sich der Inspektion.

»Also?«, sagte ihre Mutter. »Erzähl mir alles.«

»War okay.«

»Nur okay?«

Mira seufzte. Sie hatte nicht genug Energie, diesen Tag durchzustehen und dann auch noch darüber zu reden.

»Ich bin müde«, sagte sie.

»Müde-müde? Oder einfach müde?«

»Müde-müde.« Das war ihr Code. Schien besser zu sein als andere Worte, die mit der Last von Diagnosen im Schlepp daherkamen. Als ob sie gerade mal ein richtig gutes Mittagschläfchen brauchte, um sich wirklich besser zu fühlen.

»Auf einer Skala von eins bis zehn«, sagte ihre Mutter.

»Elf«, sagte sie.

Ihre Mutter guckte sie an, als versuche sie sich zu erinnern, welche Einheit positiver Ansprachen sie schon eine Weile nicht mehr zur Anwendung gebracht hatte.

»Was?«, sagte Mira.

»Elf heißt, wir brauchen einen Termin bei Kelly.«

»Nein, Mom, bitte. Ich halte mich an die Diät. Dann muss ich bloß wieder diese grauenhaften Pferdevitamine runterwürgen.«

Kelly war die ganzheitliche Ernährungsberaterin, zu der Miras Mutter sie gebracht hatte, nachdem im letzten Frühjahr die Medikamente abgesetzt worden waren. Nach den Tabletten hatte Mira sich unruhig und beklemmt gefühlt, so als ob ihr Kopf versuchte, ihr Hirn an seinem Platz festzuhalten, was irgendwie nicht gelingen wollte. Kelly war der Kompromiss gewesen.

»Entweder Kelly oder Dr. Hellman. Du hast die Wahl.« Pferdepillen oder Zappeldrogen.

»Gib mir doch einfach die Chance, mich an diesen Laden zu gewöhnen, okay? Hast du gedacht, da drinnen wäre eine ganz besondere Luft, die mich ratzfatz total gesund macht?«

»Ich will nur Bestätigung, dass du der Schule eine Chance gibst.«

»Mach ich. Ich habe alle meine Kurse besucht, bis auf Sport.«

»Mira ...«

»Mom ...« Sie versuchte den Ton ihrer Mutter zu treffen, versuchte, das hier in eine spielerische Unterhaltung zu verwandeln und nicht in eine weitere panische Sitzung zum Thema »Was wir als Nächstes ausprobieren sollten«.

Ihre Mutter seufzte. »Ich will einfach nur sichergehen, dass wir wirklich alles tun, was wir können.«

»Erste Schultage sind schwer. Gib mir ein bisschen Zeit.«

»Okay. Ich hab's verstanden. Aber nächste Woche haben wir einen festen Termin bei Kelly, und den lassen wir nicht ausfallen, okay?«

»Klar, Mom.«

»Was hast du heute gegessen?«

»Weiß nicht. Nichts. Ich hatte keinen Hunger.«

Kopfschüttelnd wandte sich ihre Mutter wieder dem Computer zu. »Das geht nicht, absolut nicht. Dein Blutzucker, Mira. Sonst haben wir uns doch all die Arbeit mit dem glykämischen Index umsonst gemacht. Morgen gebe ich dir dein Mittagessen mit.« Sie klickte sich durch die allergenfreien Rezepte auf ihrer liebsten Kochwebsite. »Sieh mal. Vegane, glutenfreie Quiche.«

»Was genau macht das zur Quiche?«

»Na, die Form, vermute ich mal. Es hat die Form von Quiche.«

»Hört sich cool an.«

»Spar dir deinen Sarkasmus.«

»Hört sich ekelhaft an.«

»Danke für deine Ehrlichkeit.«

»Mom, du willst keine Ehrlichkeit. Ich war ehrlich, als ich gesagt habe, dass ich müde bin, und du hast total überreagiert.«

»In Ordnung. Wir fangen noch mal von vorn an, okay?«

»Okay.«

»Also, hast du heute neue Freunde gefunden?«

»Am ersten Schultag findet man nicht so einfach ›neue Freunde‹.«

»Aber kam dir irgendjemand nett vor? Hast du Molly Stern gesehen?«

»Oh ja. Molly Stern habe ich so was von gesehen.«

»Und?«

»Na, sie ist Molly Stern. Was willst du hören? Sie ist wie ein Mensch gewordenes Streifenhörnchen.«

»Bist du ganz sicher, dass du jetzt nicht einfach nur ein Snob bist?«

»Ich. Seit wann bin ich denn ein Snob?«

»Molly ist vielleicht nicht besonders cool oder sonst was«, sagte ihre Mom. Automatisch verdrehte Mira die Augen. »Aber sie ist ein nettes Mädchen, und sie könnte dir dabei helfen, dich einzugewöhnen.«

»Ich sollte sie demnach benutzen, um mich einzugewöhnen, und sie dann fallen lassen, wenn ich ›coole‹ Freunde gefunden habe?«

»Du weißt, dass ich das nicht gemeint habe.«

»Das hast du aber gesagt.«

»Wenn du bei den Leuten, die du kennenlernst, nur halb so kompliziert bist, ist es erstaunlich, dass du überhaupt Freunde hast.«

»Ich hab keine. Weißt du doch.« Mira stand auf. »Sebby ist nicht vorbeigekommen, oder?«

»Nein«, sagte ihre Mutter. »Aber kein Besuch, solange deine Hausaufgaben nicht erledigt sind.«

Mira grunzte.

»Ich nehme doch an, dass du Hausaufgaben hast?«

»Haufenweise.«

»Mira …«

»Was?«

»Du gibst dieser Schule doch eine Chance, nicht wahr?«

»Ja. Mach ich. Versprochen.«

»Okay.«

»Okay.« Mit übertriebener Anstrengung schulterte Mira ihre Schultasche. »Ich schlafe jetzt eine halbe Stunde, dann mache ich meine Hausaufgaben, und dann finde ich einen Haufen neuer Freunde, einverstanden?«

»Stell dir den Wecker«, rief ihre Mutter ihr hinterher, als Mira die Treppe zu ihrem Zimmer hinaufging. »Dein Vater hat gesagt, er kommt zum Abendessen nach Hause. Er will alles über deinen Tag hören.«

Eine Stunde nachdem der Wecker zu klingeln aufgehört hatte, wachte Mira auf. Ihr graute vor dem bevorstehenden Wiederkäuen ihres Tages für ihren Vater beim Abendessen und sie rief Sebby an. Ihn zu erreichen war nicht immer leicht, weil auf seinem billigen Handy normalerweise kein Guthaben mehr war, was nur hieß, dass er es nicht geschafft hatte, sich eine Guthabenkarte unter den Nagel zu reißen. Das hieß leider, dass er am sichersten zu erreichen war, wenn man bei ihm zu Hause anrief.

Beim ersten Klingeln wurde der Hörer abgenommen.

»Bei O'Connor. Stephanie am Apparat.«

Mira stieß einen Seufzer der Erleichterung aus, zum Glück war es nicht Sebbys Pflegemutter, eine Frau, die es für sündhaft unhöflich hielt, den Hörer an jemanden weiterzu-

reichen, bevor sie sich nicht mindestens zehn Minuten lang nach Gesundheit und Wohlergehen sämtlicher Familienmitglieder des Anrufers erkundigt hatte.

»Hey, Stephanie. Hier ist Mira. Ist er zu Hause?«

»Weiß nicht, Mira. Was ist es dir wert? Aua!«

Die unverkennbaren Geräusche geschwisterlicher Aggression wurden von dem Ausruf »Gib mir den Hörer, du miese Made!« begleitet, dann folgte ein schmollendes »Das sag ich!« und schließlich war Sebbys Stimme am anderen Ende der Leitung zu hören.

»Tut mir leid, Babe, hier wimmelt es von kleinen Maden.«

»Das ist eklig, Sebby.«

»Ist die Wahrheit. Sie hinterlassen dünne Schleimspuren. Bleib dran.«

Im Hintergrund hörte man Kinder kreischen und ein Baby weinte.

Dann war es still.

»Ich bin im Vorratsschrank, echt wahr«, sagte er.

»Was macht ihr denn dort?«

»Big Momma ist der letzte Mensch auf der Welt, der noch ein Telefon mit Schnur hat. Die reicht nur bis zur Speisekammer.« Sebby nannte seine Pflegemutter Big Momma, was er zum Brüllen komisch fand, weil Tilly O'Connor so dünn war, dass sie ihre Gürtel in der Kinderabteilung kaufen musste.

»Nein, ich meine, was soll das Gekreische?«

»Neue Lieferung. Zwillinge.«

»Das ist nicht dein Ernst.«

»Doch, doch. Das ist purer Wahnsinn hier.«

Tilly war von Beruf Pflegemutter, sie nahm Kinder in Not auf, die ihr durch eine Dienststelle der Kirche vermittelt wurden. Mindestens zwanzig Kinder hatte sie schon betreut, seit ihr Mann vor neun Jahren bei einem Unfall auf einer Baustelle gestorben war. Zurzeit lebten noch drei andere Kinder in ihrem Haus, zwei Jungs und Stephanie, alle jünger als Sebby.

»Wow. Zwillinge. Das ist ja der Jackpot für Tilly.«

»Und weißt du was: Sie steckt Stephanie zu mir ins Zimmer, weil sie Platz für zwei Gitterbettchen braucht.«

»Oh nein.«

»Du sagst es. Ich und Klein-Stephanie – wir werden uns hier so richtig nahekommen.«

»Darf Tilly so was?«

»Der Staat sagt, das geht klar, solange jeder sein eigenes Bett hat. Glaub mir, ich hab mich erkundigt, weil ich wissen wollte, ob ich anonym Anzeige erstatten kann.«

»Vielleicht findet sie, dass du einen guten Einfluss hast.«

»Vielleicht sollte ich ihr sagen, dass ich ein gottloser Homo bin, und mich hier rausschmeißen lassen.«

»Damit scherzt man nicht, Sebby.«

»Nein, reiß ja keine Witze über gottlose Homos, wenn du in der Speisekammer der frommen Hausherrin festsitzt. Das ist einfach zu paradox, um witzig zu sein.«

»Und da rufe ich an und will mich über meinen Tag beschweren.«

»Ach ja? Wie war's?«

»Grauenhaft.«

»Irgendwelche besonderen Vorfälle.«

»Na ja, kleine Panikattacke im Krankenzimmer.«

»Das war's?«

»Das war's.«

Das Geschrei war wieder da. »Hier drinnen ist er! Er versteckt sich im Schrank, damit er keinen Ärger kriegt!«, kreischte es.

Sebby seufzte. »Hörst du? Ist kein Witz.«

»Ist schon ein bisschen witzig«, sagte Mira.

»Ich mach besser Schluss. Ich muss einen Termin machen, weil ich mir Dauerohrstöpsel implantieren lassen will.«

»Wir reden morgen weiter.«

»Bye, Babe.«

»Bye, Sebs.«

Mira beendete das Gespräch und legte sich wieder auf ihr Bett. Sie schaute an die Wand über ihr. Dort hingen ausgebreitete Nylonflügel an einem Haken, wie die Trophäe einer erfolgreichen Feenjagd.

Unter diesen Flügeln wünschte sie sich, es möge sich alles zum Guten wenden. Für sie beide.

Jeremy

Zwei Wochen nach Schuljahresbeginn beschloss Peter, es mir nicht mehr nachzusehen, dass ich nie ein Wort mit jemandem wechselte.

Meine Mittagspausen hatte ich in seinem Büro verbracht. Was Dave mir zu essen eingepackt hatte, lag ein wenig wackelig auf meinem Skizzenbuch in meinem Schoß, während ich mich in einen Kunstband aus der Bibliothek vertiefte. Das war das Beste am ganzen Tag. Die einzige Störung waren Schüler, die ab und zu Peters Aufmerksamkeit suchten, unter dem Vorwand, über ein Referat oder ein Sonderprojekt sprechen zu müssen.

Peter war der meist bewunderte Lehrer an der St. Francis, mindestens zehn Jahre jünger als seine Kollegen und der einzige, der sich von den Schülern beim Vornamen nennen ließ. Ein langes Gesicht, blassbraune Haare und ein Körper, der sich mit raumgreifender Selbstsicherheit durch die Gänge bewegte, aufrecht genug, um Autorität zu vermitteln, aber lässig. Offen.

Saß ich allein in Peters Büro, wenn andere Schüler kamen, wurde ich eifersüchtig beäugt, und alle fragten sich, wieso ich mir einbildete, mich so in seinem Zimmer einnisten zu können. Dann fiel ihnen der Grund wieder ein, ein Ausdruck von Unbehagen oder Mitleid schob sich über ihre Gesichter wie eine Wolke und ich wendete mich wieder meinem Skizzenbuch zu und ließ sie ziehen.

An diesem Tag steuerte ich Peters Büro an, sobald es

zur Mittagspause geklingelt hatte. Wie üblich stand seine Tür offen, ich ließ meine Sachen auf den Boden fallen und machte es mir gemütlich, holte einen Keks aus der Tasche, den Dave mir morgens eingepackt hatte, und aß ihn, wobei ich das Buch mit den impressionistischen Gemälden vollkrümelte, das die Bibliothek gerade reinbekommen hatte.

»Jeremy, Alter.« Peter trat hinter mir ein und warf sein Lunchpaket auf den Schreibtisch. »Wie läuft's denn so?«

»Gut.« Ich versuchte die Kekskrümel zusammenzufegen.

»Stört's dich, wenn ich mich zu dir setze?« Er nahm auf der anderen Seite vom Schreibtisch Platz.

»Ist dein Büro«, sagte ich.

»Gut, dass du da bist. Ich wollte dir was zeigen.« Er zog ein Blatt Papier aus dem Regal hinter seinem Rücken und hielt es mir vor die Nase.

»Anmeldung für neue Klubs«, las ich.

»Das Angebot für die Klubs nach der Schule soll erweitert werden, und da dachte ich, dass du vielleicht Interesse hättest, einen Kunstklub zu gründen.«

»Ich?«

Er legte das Blatt auf mein aufgeschlagenes Buch.

»Vielleicht was für die Schüler, die mehr Zeit im Zeichensaal verbringen möchten, als ihnen im regulären Unterricht zur Verfügung steht.«

Da war was dran, die derzeitigen Malkurse konnte man eigentlich vergessen. Ein zutiefst frustrierter ehemaliger Kunstmaler war dazu herangezogen worden, den ewig gleichen Unterricht in perspektivischem Zeichnen und Farb-

lehre abzuspulen. Ich versuchte immer, jede Aufgabe so schnell wie möglich zu erledigen, um wieder an die Zeichnungen gehen zu können, die ich sowieso schon den ganzen Tag machte.

»Glaubst du, die Schule würde uns den Zeichensaal zur Verfügung stellen?«

»Für einen Klub bestimmt.«

Ich nahm das Papier und sah es mir genauer an. Zur Hälfte bestand es aus Zeilen für die Unterschriften und E-Mail-Adressen interessierter Mitschüler.

»Und du willst, dass ich den Klub gründe?«

»Lass dir zehn Unterschriften von x-beliebigen Mitschülern geben – und du hast einen Klub. Ich stehe euch mit Rat zur Seite.«

Ich merkte, dass meine Hände anfingen zu schwitzen, als ich auf das Papier guckte. Zehn Leute. Mit zehn Leuten hatte ich in der ganzen letzten Woche nicht geredet.

»Für deine Collegebewerbung wäre das auch wichtig«, sagte Peter. »Einen Klub zu gründen zeugt von Eigeninitiative.« Er nahm sein Lunchpaket und wickelte ein Thunfischsandwich aus dem Papier.

»Aber bei mir ist nichts mit Eigeninitiative«, sagte ich.

»Hör mal, ich weiß, dass du gern mehr Zeit im Zeichensaal zur Verfügung hättest – und wenn du dafür eine kleine Führungsrolle übernehmen musst, dann ist das eben der Eintrittspreis.«

»Du versuchst doch bloß, mich dazu zu bringen, mit Leuten zu reden, oder?«

Er lächelte und biss von seinem Sandwich ab, lehnte sich in seinen Stuhl zurück und sah mich kauend an.

»Ich werde in eine Falle gelockt«, sagte ich.

»Besorg die Unterschriften, dann sehen wir weiter«, meinte er. »Es wird nicht wehtun, das verspreche ich.«

»Leicht gesagt.« Ich schob das Blatt hinten in mein Skizzenbuch.

»Gar nicht leicht gesagt, ich hab den Mund voll Thunfisch.«

Ich hatte Freunde, bevor das alles passiert ist. Oder zumindest Leute, mit denen ich redete. Simon zum Beispiel, den Science-Fiction-besessenen Schachspieler aus der Mittelstufe, der nach der achten Klasse weggezogen war. Und Ahmed, der frischgebackene Kapitän des Mathe-Teams, der jetzt ausschließlich mit den anderen Mitgliedern des Mathe-Teams abhing. Aber das war alles vor dem letzten Frühjahr gewesen. Jetzt fielen mir nicht mal zehn Leute ein, die mir den Gefallen tun würden, ein blödes Stück Papier zu unterschreiben.

An diesem Tag saß ich in Peters Englischunterricht und starrte auf das Unterschriftenblatt, zwanghaft zog ich es immer wieder zur Hälfte aus meinem Skizzenbuch – und dann schob ich es schnell wieder rein.

In Peters Kurs waren hauptsächlich Schüler meiner Stufe, also Leute, die schon im letzten Jahr in den Peter-Kult eingeführt worden waren und jetzt wiederkamen, weil sie mehr davon wollten. Fast alle meldeten sich im Unterricht zu Wort, weil sie Peter unbedingt mit einem schlauen Beitrag

beeindrucken wollten. Die nervigste Schleimerin aus dem Peter-Fanklub war Talia, die immer früh zum Kurs kam, damit sie an dem großen runden Tisch, den Peter für seinen Klassenraum bevorzugte, auch ja den Platz direkt neben Peter bekam. Sie war winzig, hatte eine Kommandostimme und weißblondes Haar, das sie eher konservativ zu einem Zopf geflochten trug, der ihr über den Rücken baumelte.

Am heutigen Tag belehrte Talia uns darüber, dass man Kurt Vonneguts *Schlachthof 5*, die uns verordnete Sommerlektüre, unmöglich lesen konnte, ohne zuvor William Faulkners *Schall und Wahn* gelesen zu haben. Peter, der sich ständig über seine Schüler zu amüsieren schien, war der Einzige, der ihr zuhörte.

»Man kann Vonnegut nicht wirklich verstehen, wenn man die Anspielungen nicht versteht«, sagte sie gerade.

Talia und ich waren beide Lebenslängliche in St. Francis. Wir waren eine seltsame Spezies. Lebenslängliche fingen im St.-F.-Kindergarten im Grundschulgebäude an und zogen durch die Stadt, um in die Mittelschule und schließlich in die Highschool aufzusteigen. Nach zehn gemeinsamen Jahren in einer so kleinen Institution wussten wir alle viel zu viel übereinander. Irgendwann in der dritten Klasse hatte eine Art Klaustrophobie eingesetzt, die offenbar nur schwer wieder loszuwerden war.

Wenn also jemand Neues in diese Welt vorgegebener Machtstrukturen kam, jemand, der aussah, als wäre eine gewisse Leere nichts Unbekanntes für ihn, dann würde diese Person auffallen. Oder mir auffallen. Mir fiel sie auf.

»Mira.« Am ersten Schultag, als wir uns am Tisch reihum vorstellten, hatte sie ihren Namen gesagt. Ihr lockiges Haar war mit einer Schleife zusammengebunden, gedankenverloren klopfte sie mit silbern lackierten Fingernägeln auf den Tisch.

Ich war so entschlossen, nicht in die bekannten Gesichter zu gucken, dass ich den Blick immer auf sie richtete, wie ich irgendwann bemerkte. Auf ihren Hinterkopf morgens im Geschichtskurs. Auf sie, wenn sie nachmittags in Peters Unterricht mir schräg gegenübersaß, auf ihre Locken, die auf ihrer Mission, aus der Ordnung auszubrechen, im Laufe des Tages gut vorangekommen waren. Sie war die einzige andere Person, die genauso still war wie ich. Während ich dasaß und zeichnete, arbeitete sie oft ziemlich unverhohlen an Hausaufgaben für ihre anderen Kurse. Das offene Algebrabuch vor ihr wurde nur halb von ihrem Englischheft verdeckt.

Auch nach der Schule hatte ich sie gesehen, sie rannte dann immer den Hügel runter, um sich mit einem schlaksigen Jungen in Straßenklamotten zu treffen, der dort jeden Tag auf der Bank auf sie wartete. Die Nachmittagssonne strahlte von hinten auf seine blonden Haare und versah ihn mit einem Heiligenschein.

Ich widmete mich meinen Skizzen, immer wieder unterbrochen von verstohlenen Blicken auf die Anmeldeliste. Jedes Mal, wenn ich das Blatt wieder in meinen Skizzenblock schob, hoffte ich, es würde für immer verschwinden. Ein Bild von mir ganz allein im Zeichensaal zuckte mir

durch den Kopf. Ob sie mir wohl einen Klub für nur eine Person zugestehen würden?

Talia beharrte noch immer »auf diesem direkten literarischen Einfluss«, als ich von meinem Skizzenbuch aufschaute und merkte, dass Mira mich ansah – oder zumindest den Raum, den ich gerade einnahm. Eigentlich sah sie nichts Bestimmtes an. Aber dann sah ich sie an, wie sie mich ansah. Es dauerte eine Weile, ehe ihr Blick die zufällige Überschneidung der Sichtfelder registrierte. Ich spürte, wie ich vor Verlegenheit erstarrte. Aber dann lächelte sie, neigte den Kopf ein wenig in Richtung Talia, die irgendwie immer noch redete, und verdrehte die Augen. Ich lachte, eher geschockt, weil sie mich bemerkt hatte, als sonst was – dass jemand bereit war, für mich einen Witz zu machen. Das Mädchen neben mir guckte giftig auf meine Zeichnung und Miras ungeniert aufgeschlagenes Algebrabuch. Mira lächelte und widmete sich wieder ihren Hausaufgaben.

Die letzte Stunde dieses Schultages zog sich unendlich, weil ich beschlossen hatte, Mira zu bitten, den Zettel für den Kunstklub zu unterschreiben.

Mein letzter Kurs fand im Biosaal im ersten Stock statt, von wo aus man einen ausgezeichneten Blick auf den Parkplatz und einige der Oberstufenschüler hatte, die das Privileg genossen, ihre Stundenpläne selbst zu gestalten – und es so einfädeln konnten, dass sie in der letzten Stunde »Lernzeit« hatten. Lehrer, die diese Lernzeit in der letzten Stunde betreuten, waren berüchtigt dafür, die Schüler früher gehen

zu lassen, denn das bedeutete, dass auch sie früher gehen konnten. Ein Augenblick der Wahrheit – und Eingeständnis, dass keiner von uns in diesem Gebäude festsitzen wollte.

Noch fünfzig Minuten Fruchtfliegenvortrag, dann würde ich aus dem Klassenraum stürzen, mir Jacke und Rucksack aus dem Spind schnappen und mich durch die Schülermassen drängeln, die sich vor dem Haupteingang stauten, raus in die einladende Nachmittagsluft. Mit dem Formular in der Hand stand ich da und mein Blick suchte die aus dem Gebäude quellenden Gruppen von Leuten ab. Ich entdeckte sie nicht. Die Bank unten am Hügel war leer.

Ich guckte auf das Blatt Papier in meiner Hand. Wie kam ich darauf, dass sie unterschreiben würde? Weil sie neu war? Weil sie es nicht besser wusste? Glaubte ich etwa, dass sie noch nicht mitgekriegt hatte, dass ich unsichtbar war?

Ich hatte den Rucksack abgenommen, mich hingehockt und den Reißverschluss aufgemacht, um das Formular reinzustecken, als sie an mir vorbeiging, der Kilt ihrer Schuluniform zog ganz nah an meinem Gesicht vorbei. Ich schaute auf und sah ihren unverwechselbaren wirren Haarknoten, der heute mit einer lila Schleife zusammengebunden war – zu der auch ihr Lippenstift passte.

»Mira!« Ich kauerte noch immer über meinem Rucksack.

Sie drehte sich um. »Ja?«, sagte sie.

»Äh, Mira ist doch richtig, oder?«, sagte ich und stand auf.

»Jap.«

»Ich bin Jeremy – aus deinem Englischkurs.«

»Ja. Ich weiß. Was ist denn?«

»Oh, äh, ich … sammele Unterschriften für die Gründung eines neuen Klubs. Es ist ein Kunstklub. Für jeden, der nach der Schule gern noch Zeit im Zeichensaal verbringen möchte. Ich brauche zehn Unterschriften und hab überlegt, ob du vielleicht … äh, ob du dich eventuell eintragen möchtest?«

Ich zog das Formular wieder aus dem Rucksack und hielt es wie ein Schild vor mich.

»Ich hab Kunst nicht belegt«, sagte sie.

»Das macht nichts. Du musst nicht unbedingt mitmachen. Ich brauche nur zehn Unterschriften von irgendwelchen Schülern.«

Mira nahm mir das Blatt ab.

»Hast du einen Stift?«

Ich zog einen aus meiner Hemdtasche. Klappte das tatsächlich? Musste ich nur fragen?

»Brauchst du meine E-Mail-Adresse auch?«

Ich guckte das Formular an, als hätte nicht ich die letzten drei Stunden nonstop draufgestarrt.

»Ja, glaub schon. Dann kann ich allen, die sich eintragen, einfach eine Nachricht schicken und sie wissen lassen, ob es klappt.«

Sie nahm Stift und Papier und versuchte es sich zum Schreiben auf die Hand zu legen.

»Oh, hier.« Ich zog ein Buch aus meinem Rucksack und hielt es ihr als Unterlage hin.

Sie unterschrieb, setzte ihre E-Mail-Adresse dazu, nahm mir das Buch ab und gab mir den Zettel zurück.

»Was ist das?«, fragte sie und schlug das Buch auf. Es war ein Band über die Arbeiten meines Lieblingskünstlers Nick Cave, ein Geburtstagsgeschenk von Dad und Dave.

»Oh, das ist ein Künstler. Er macht diese irren Kostüme.«

Sie blätterte sich durch Bilder von Leuten, die von Kopf bis Fuß von Plüschtieren und bunten Fransen bedeckt waren.

»Das mag ich am liebsten.« Ich zeigte auf ein Foto von einem kleinen Strichmännchen, das aus der Höhle seines eigenen Körpers lugte, sein Gesicht war in der Schwärze des hölzernen Kokons nicht zu erkennen.

Eine Weile sah sie das Bild prüfend an, dann schlug sie das Buch zu und gab es mir wieder.

»In dem Klub machen wir also solche Sachen?«, fragte sie.

»Was immer wir wollen, glaub ich.« Ich bückte mich und steckte Buch und Formular wieder in den Rucksack.

»Cool. Danke, dass du mich angesprochen hast.«

Ich schaute zu ihr hoch, das konnte nur sarkastisch gemeint sein, da war ich mir sicher. Aber sie lächelte wie über einen Witz, den ich noch nicht so ganz verstanden hatte.

Plötzlich war der Junge von der Bank hinter ihr, fasste sie um die Taille und hob sie hoch.

»Muss ich dich ins Einkaufszentrum tragen«, brüllte er. »Was dauert hier denn bloß so lange?«

»Lass mich runter, du Bestie!«, kreischte sie und versuchte ihn zu treten. Lachend ließ er von ihr ab.

»Dieser nette junge Mann hat mich gebeten, seiner Geheimgesellschaft beizutreten.« Mira zeigte auf mich. »So was kann man nicht übers Knie brechen.«

»Oh, wenn das so ist.« Der Junge drehte sich zu mir um und streckte mir die Hand hin. »Sebastian Tate, Sebby. Wenn du einen Geheimbund gründen willst, dann wirst du mich sicherlich als Sekretär haben wollen.«

»Das Outfit dafür hat er«, sagte Mira.

»Oh, ich … das ist ein Schulklub«, sagte ich. Ich kam mir vor wie vom Tornado erfasst. Um mich herum schien sich die Luft zu verwirbeln.

Sebby drehte sich zu Mira. »Wie heißt er?«

»Jeremy.« Sie lächelte noch immer so, als wolle sie mir versichern, dass ich hier nicht verarscht wurde.

Sebby wendete sich wieder an mich. Er packte meine Hand. »Jeremy, ich komme in deinen Klub, okay? Das ist nur zu deinem Besten. Wann findet er statt?«

»Noch existiert er nicht«, sagte ich. Meine Hand wurde immer heißer.

»Sag es Mira sofort, wenn du es weißt.«

Ich nickte, leicht verängstigt.

»Was machen wir in diesem Klub?«, fragte er.

»Kunst«, sagte ich. »Es ist ein Kunstklub.«

»Fantastisch, ich liebe Kunst.«

»Sebby, nun komm«, sagte Mira. »Gib den armen Jungen frei. Wir haben noch was vor.«

Er lächelte mich an, führte meine Hand an seine Lippen und küsste sie, dann ließ er sie los.

»Du bist frei«, sagte er.

Mira war den Hügel schon halb runter.

»Wir sehen uns, Jeremy«, rief sie mir zu.

Ich guckte mich um, weil ich wissen wollte, ob jemand irgendwas von alldem mitgekriegt hatte, aber wie üblich war ich unsichtbar gewesen. Ich berührte meine Hand da, wo er sie geküsst hatte, so beiläufig flirtend, so mühelos für ihn. Wo kamen diese Leute her? Dieses Zwischenspiel hatte mir Mut gemacht, so als hätte mir der kurze Moment, in dem ich ihre Aufmerksamkeit hatte, eine Art Anerkennung beschert. Wenigstens bedeutete das, dass ich nicht mehr unsichtbar war.

Ich ging auf die nächsten neun Leute zu, die ich sah, und brachte sie dazu, das Formular zu unterschreiben.

Mira

Sie hatten es schon fertiggebracht aus *Victoria's Secret* und *Hot Topic* rausgeworfen zu werden, als das Piepen von Miras Handy den Eingang einer E-Mail ankündigte. Sie und Sebby saßen auf einer Bank und aßen riesige »New York Style«-Bretzeln aus *Mama's New York Style Bretzel Shop*. Sebby zog dem Verkäufer von *Hot Topic* Fratzen, der sie aus dem Laden verbannt hatte, nachdem er ihn beim Ausprobieren der falschen Glitterwimpern erwischt hatte. Sebby steckte sie sich auf dem Weg nach draußen einfach ein. Und um die Sache rundzumachen, schnappte er sich auch noch blauen Nagellack.

Mira holte das Handy aus der Tasche.

Eine E-Mail von Jeremy, dem Jungen aus ihrem Englischkurs.

Danke fürs Unterschreiben der Kunstklub-Petition, stand da. Wir treffen uns mittwochs gleich nach der Schule im Atelier, wenn du teilnehmen möchtest.

»Ich glaube, unser neuer Freund hat seine Unterschriften zusammen«, sagte sie und reichte Sebby das Handy.

»Super«, sagte Sebby. »Mittwochs habe ich Zeit.«

»Du hast jeden Tag Zeit.«

»Du kennst mein Leben nicht.«

»Ehrlich gesagt, doch.«

Der *Hot Topic*-Verkäufer hinter dem Tresendisplay von Goth-Schmuck und *Manic Panic* äugte zu ihnen rüber. Mit seinem langen fettigen Pferdeschwanz und dem ausge-

blichenen Ramones-T-Shirt war er zu alt für diesen Job, den er vermutlich nur hatte, weil sie ihn sonst nirgendwo haben wollten. Und an diesem Tag war es seinem Selbstwertgefühl auch nicht zuträglich gewesen, von zwei Teenagern schikaniert zu werden. Diesen Blick kannte Mira von den vielen Nachmittagen, die sie mit Sebby im Einkaufszentrum verbracht hatte. Der Typ überlegte, ob er den Sicherheitsdienst nun rufen sollte oder nicht.

»Komm, weg hier«, sagte sie. »Dieser Typ hat es auf uns abgesehen.«

»Gib dich nie geschlagen!«, sagte Sebby. Trotzdem sprang er von der Bank auf und warf dem *Hot Topic*-Typen eine Kusshand zu, dann schlenderten sie durch die heiligen Hallen des Handels, an Ladenketten mit Kleidung vorbei, von spießig bis billig und wieder zu spießig.

Mira blieb stehen, um in ein Schaufenster zu gucken, das die »HEIßESTEN LOOKS DES HERBSTES!« versprach – und dürre Kleiderpuppen in hautengen Jeans und kurzen Strickjacken ausstellte.

»Diese Klamotten sind der Tod«, sagte sie, »und alle, die sie tragen, sind innerlich gestorben.«

»Der Junge war süß«, sagte Sebby, der gerade kein Interesse an ihren üblichen Tiraden gegen massenproduzierte Kleidung hatte.

»Der Junge vom Klub? Jeremy?«

»Ja. Der Junge vom Klub war süß, oder?«

»Du hast schamlos geflirtet«, sagte sie.

»Das war kein Flirten. Das ist meine Art der Begrüßung.«

»Du warst schamlos.«

Sie gingen weiter, weg von der anstößigen Kleidung hin zum weniger brisanten Süßwarenbereich des Einkaufszentrums.

»Also, wer von uns beiden geht mit ihm zum Schulball?«, fragte Sebby.

»Du kannst ihn haben«, sagte Mira.

»Ja, aber will ich ihn? Hat er mich in dieser E-Mail überhaupt erwähnt?«

»Ja, er hat geschrieben: PS. Dein Freund ist ein übler Flirter.«

»Hat er nicht!«

»Nee, hat er nicht, aber ich glaub, du hast ihm total Angst gemacht. Ich hab ihn bis heute noch nie ein Wort sagen hören – und ich sitze jeden Tag mit ihm im Unterricht.«

»Vielleicht braucht er ein paar Freunde.«

»Also, ich bin nicht auf der Suche nach weiteren Freunden. Ich habe meine beste Freundin Molly Stern.«

»Gott, ich kenne Molly Stern nicht mal und ich liebe sie schon.«

»Nimm sie. Bitte.«

Sie gingen an dem großen Springbrunnen vorbei, der schon seit zwei Jahren nicht mehr funktionierte. An der obersten Düse baumelte ein Schild, das verkündete: DER SPRINGBRUNNEN IST IM FRÜHLING WIEDER DA.

»Ich finde nur, du solltest unvoreingenommen sein gegenüber diesem Jeremy«, sagte Sebby. »Offensichtlich schwärmt er für dich.«

»Für mich?«

»Ja. Er hat dich gebeten, in seinen Klub zu kommen.«

»Er brauchte einfach nur zehn Leute, die diesen Zettel unterschreiben.«

»Er hat dir sofort gemailt.«

»Das hast du ihm doch aufgetragen!«

»Ich wechsele jetzt bewusst das Thema, weil du dich zu sehr aufregst. Also, was wirst du im Kunstklub machen? Ein Ölgemälde. Eine Bronzebüste?«

»Oh, Himmel, muss ich da jetzt tatsächlich hin?«

»Warum nicht? Hast du etwa was gegen die schönen Künste?«

»Ich hab was dagegen, mehr Zeit in diesem Gebäude zu verbringen als unbedingt notwendig. Sieben Stunden täglich reichen. So lange kann ich kaum die Augen aufhalten.«

»Wenn du deiner Kreativität Ausdruck verleihen kannst, gibt dir das vielleicht einen Energieschub.«

»Tja, da hab ich meine Zweifel.«

Vor dem Süßwarenladen blieb er stehen.

»Okay, erstens: Ich brauche Gummibären. Zweitens: Du gehst ganz bestimmt in diesen Kunstklub, denn ich gehe mit dir. Ich habe Jeremy gesagt, dass ich das mache, und er zählt offensichtlich auf mich.«

Sie folgte ihm in den Laden, in dem er sich eine Tüte nahm und sich zu Kostproben aus den großen Plastikbehältern verhalf.

»Und was genau wirst du im Kunstklub machen?«, fragte Mira.

Sebby hatte die Gummibären gefunden und nahm eine Handvoll.

»Ich bin total der Künstler, klar? Ich werde eine Mauer bemalen. Kinder, die sich an den Händen halten. Weltfrieden. Sehr geschmackvoll.«

»Aha. Hast du genug Süßigkeiten eingesackt?«

»Nicht ganz.« Er klappte noch einen Behälter auf und schnappte sich einen riesigen Jawbreaker, den er sich in die Hosentasche stopfte, wo er eine große Beule machte.

»Okay, dann los.«

Der Teenager am Tresen schaute kaum auf, als sie, ohne zu bezahlen, den Laden verließen.

Sebby hielt ihr die Tüte hin, damit sie sich etwas nahm.

»Ich schwör's, meine Mutter hat die Fähigkeit entwickelt, Zucker an mir riechen zu können«, sagte sie.

»Das Leben ist kurz«, sagte er. Er nahm ein neongrünes Gummibärchen und hielt es ihr vors Gesicht. »Erkennst du diesen kleinen Zuckerkerl und seine Mission an, dir Frieden und Erfüllung zu verschaffen – auch wenn du dafür einen gewaltigen Zuckerspiegelcrash in Kauf nehmen musst?«

»Das tu ich«, sagte sie. »Ich akzeptiere die Bedingungen des kleinen Zuckerkerls und den Zorn meiner unmöglichen Mutter.«

Sie aß ihm aus der Hand, wobei sie ihm absichtlich in den Finger biss.

»Mit der Freude kommt der Schmerz«, sagte er und stopfte sich den Mund mit Süßigkeiten voll.

Sebby

Wenn du ohne Mira im Einkaufszentrum bist, gehst du andere Wege. Du hast andere Dinge zu verrichten, wenn du allein bist.

Irgendwie ist es dann leichter, Sachen einzusacken, du kannst dich schneller bewegen. Andererseits erregt ein einzelner Teenager immer mehr Argwohn. Wenn nicht ein zusätzlicher Körper Deckung gibt, fängt die Überwachungskamera leichter ein, was deine Hände tun.

An diesem Tag ist es dir gelungen, einige Sets Kopfhörer mitzunehmen, eine Packung wiederaufladbare Batterien und eine Halskette von *Claire's*, von der du glaubst, sie könne Mira gefallen. Du hast sie schon zuvor mal gesehen und dich wieder an sie erinnert, eine Gruppe Kaugummi kauender Zwölfjähriger, die sich eingehend die Plastikohrringe anschauen, hat dich gedeckt, und du bist schnell rein und wieder raus gewesen.

Jetzt steckst du die Hände in die Hosentaschen, während du dich vom Laden entfernst, und spürst das befriedigende Klimpern der Kette. Der Typ, der bei dir an der Ecke wohnte, würde dir ein bisschen Kohle für die anderen Sachen geben. Und nun stellt sich dieses Adrenalinhoch von Sehen und Nehmen ein. Begehren und Erfüllung – ohne von etwas so Krassem gestört zu werden wie Geld, das von einer Hand zur anderen geht.

Es ist total sinnlos, das Risiko einzugehen, heute noch irgendetwas anderes zu klemmen, und somit Zeit, nach etwas

Gesellschaft Ausschau zu halten. Für gewöhnlich ist Sam im Plattenladen ganz hinten am südlichen Ende des Einkaufszentrums zu finden. Der Laden ist ein Relikt, zugepflastert mit den Band-Plakaten der letzten zwanzig Jahre und Ankündigungen von Konzerten, die schon vor langer Zeit gejamt worden ist. Da gibt es neben CDs tatsächlich noch LPs, beides ist schwer verkäuflich, es sei denn an eingefleischte Sammler.

Bedauerlicherweise entspricht Sam dem Großteil der Plattenladenkundschaft. Klamotten, die nicht richtig passen, Haare, die ein bisschen zu energisch gebürstet worden waren. Und zu alt, um mittags um eins in einem Plattenladen rumzuhängen, statt zu arbeiten, was wahrscheinlich heißt, dass er bei seinen Eltern wohnt. Aber du solltest ja auch nicht hier sein.

Heute ist er in der Jazzabteilung. Sam liebt Jazz. Und Indie Rock. Und Folk. »Alles außer Metal.«

»Hey«, sagst du und guckst aus dem stets menschenleeren Gospelgang rüber.

Vorsichtig schaut er auf, so als sei er überzeugt davon, dass du auf gar keinen Fall ihn angesprochen haben kannst. Da steht wohl jemand hinter ihm – oder vielleicht hast du ja auch leise nach jemandem auf der anderen Seite des Ladens gerufen. Anscheinend ist er früher mal wegen ähnlicher Annahmen verletzt worden.

»Oh, hey. Hey, Sebby«, sagt er und akzeptiert dann doch, dass du tatsächlich mit ihm redest.

»Was Gutes gefunden?« Du nickst den LPs zu, die unter seinem Arm klemmen.

Er zuckt die Achseln. Er guckt dir nie richtig in die Augen. Immer ein bisschen links oder rechts an dir vorbei. Oder er beobachtet deine Lippen, wenn du redest, als ob er sich deine Worte ansehen muss, um sie zu verstehen.

»Wollen wir uns was zu essen holen?«, fragst du. Es ist dein Job, ihn aus dem Laden zu locken. Beim ersten Mal schien er nicht so schüchtern zu sein, aber ab da ist es deine Sache gewesen.

»Okay«, sagt er. »Ich bezahl die hier mal eben.«

Du wartest vor der Tür auf ihn.

»Zum Restaurantbereich?«, sagt er.

»Klar«, sagst du.

Er kauft dir einen Burger und für sich eine Cola und ihr sitzt an einem Plastiktisch und du isst, während er davon redet hat, dass er vielleicht nächste Woche in der Radioshow beim Collegesender der Stadt um drei Uhr morgens für seinen Freund einspringen könnte. An der Playlist hat er schon den ganzen Monat gearbeitet, aber ihm macht Sorgen, dass er das zu sehr durchgeplant hat, die Sendung würde vielleicht besser werden, wenn er spontan den Eingebungen des Augenblicks folgt. Du nickst höflich, obwohl du dir wünschst, dass Sam nicht über sein Leben reden würde, weil dich das bloß traurig macht. Mehr wegen dir als wegen ihm.

Du hast deinen Burger aufgegessen. Er hat seine Cola nicht angerührt.

»Willst du hier raus?«, sagst du.

Das bedeutet, dass ihr in die Behindertentoilette auf der obersten Etage von *Sears* geht, dahin, wo Matratzen verkauft

werden – und das Ironische daran ist dir durchaus bewusst. So viele Betten in der Nähe, aber doch nicht in Reichweite. An einem Montag um halb zwei nachmittags machen sich nicht mal Verkäufer die Mühe, hierherzukommen. Ein Obdachloser ist da, der hier ab und an gern mal ein Nickerchen auf einem der Betten macht. Aus dem Augenwinkel nimmst du ihn wahr, als du mit Sam den Gang entlanggehst. Ist wohl ganz gemütlich.

An der Toilette ist nicht viel auszusetzen. Sauber gemacht wird hier nie, aber anscheinend benutzt sie auch niemand. Vielleicht nur der Obdachlose. Wenn das so ist, dann hält er ganz gut Ordnung.

Du bist zwar schon oft mit Sam hier gewesen, aber am Anfang ist es immer komisch. Vermutlich betrinken Leute sich deshalb für so was. Gegenseitiges Befummeln, an das man sich nicht erinnern kann, ist so viel besser als dieses glasklare Bild von Sam, der sich vorsichtig auf den Boden hockt, während du dich an die Wand neben dem Händetrockner lehnst. Seine Knie knacken ein bisschen, und du siehst dich gezwungen, noch mal kritisch zu überprüfen, auf wie alt du ihn schätzt. Fünfundzwanzig? Dreißig? Aber Sam ist wahrscheinlich der Typ, der schon im Alter von zehn Jahren knackende Knie hatte.

Doch sobald er deinen Reißverschluss aufmacht, ist dir das Komische und die absolute Uneleganz der Situation völlig egal. Kein Gedanke mehr an den armen Sam oder Sams arme Knie oder an dich oder sonst was.

Das Schöne an Sam ist, dass es ihn nicht zu stören scheint,

dass du Geräusche machst. Dass es so klingt, als würdest du es tatsächlich genießen, entlarvt natürlich deine eigene Einstellung zu dieser Begegnung. Dass du nichts Schämenswertes in all diesem Durcheinander finden kannst – wie ein normaler Mensch. Aber Sam scheint sich auch nie zu schämen. Er ist einfach ein Typ, der kein Date kriegen kann, zu viel Zeit im Plattenladen verbringt und nicht genug an die Sonne kommt. Die Zeit, die er mit dir auf der Behindertentoilette in der obersten Etage von Sears verbracht hat, ist womöglich das Einzige in Sams Leben, für das er sich nicht schämt.

Also machst du Lärm. Ist dir doch egal. Du willst erwischt werden. Sie sollen wissen, wie schön es dort in der Behindertentoilette sein kann – du willst die Welt inspirieren mit deiner Fähigkeit, an den unmöglichsten Orten etwas genießen zu können. Zufällig schlägst du mit der Faust gegen den Händetrockner und setzt ihn dabei in Betrieb. Du lächelst, als neben dir die heiße Luft rauspustet. Dein Leben ist absurd. Du versuchst, daran nicht zu denken.

Und dann kannst du gar nicht mehr denken und das ist das Schönste überhaupt. Dein Kopf ist weg und auf deinen Schultern ist nur noch eine Wolke. Ein Augenblick der Spannung, kurz bevor du wieder auf den Boden krachst. Da. Da ist es.

Hinterher hält er dich irgendwie, sein Kopf ruht an deinem Bein. Du willst ihn berühren, aber du willst diesen besonderen Moment nicht stören, den er zu erleben scheint – abgesehen davon hättest du lieber die Arme ausgestreckt,

die Wand hinter dir umarmt und die Luft vom Trockner gespürt, der wieder lospustet.

Als Sam dann schließlich aufsteht, geht er zum Waschbecken und wäscht sich Hände und Gesicht. Du fühlst dich ihm nah, als du ihn dabei beobachtest. Als ob ihr beide verheiratet wäret, zu Hause. Vielleicht wärst du gerade mit dem Zähneputzen fertig gewesen und jetzt würdet ihr zusammen ins Bett gehen. Er würde sich in Löffelstellung an dich schmiegen und sagen, er habe den Wecker früh gestellt, weil er am Morgen eine Besprechung habe. Du erwägst, ihn zu fragen, ob er mit dir so tun will als ob. Ihr könntet euch auf eine der Matratzen legen. Und den Obdachlosen bitten, das Licht auszumachen.

Die ersten paar Male hast du angeboten, es ihm auch zu machen, aber er hat den Kopf geschüttelt, das Thema gewechselt und davon geredet, wann das neue *Arcade Fire*-Album rauskommen würde. Und dann hast du nicht mehr gefragt.

Unten an der Rolltreppe sagst du Sam Tschüss. An manchen Tagen hat er dir angeboten, dir noch was zu kaufen, außer dem Essen, wenn du irgendwas brauchst. Aber heute machst du einen schnellen Abgang, ehe er davon anfangen kann. Du willst zurück in deine Straße, weil du wissen willst, wie viel du für die Kopfhörer rausschlagen kannst, und du kannst es auch kaum erwarten, Mira die Kette zu bringen. Die süße Ruhe des Augenblicks in der Toilette verblasst und dein Hirn ist schon bei der nächsten Sache. Der freundliche, langsame Sam hat für heute seinen Zweck erfüllt und du hast noch was vor.

Sam steht noch da, wo du ihn hast stehen lassen, unten an der Rolltreppe. Du schaust dich ein Mal um und er hat sich nicht von der Stelle gerührt. Er starrt in seine Plastiktüte, als ob in der irgendwelche Antworten liegen würden. Er ist ein netter Kerl – und für nett hast du schon immer eine Schwäche gehabt. Nächstes Mal überlegst du dir vorher, was er dir kaufen könnte. Das macht ihn anscheinend glücklich.

Ob er jetzt wohl wieder zurück in den Plattenladen geht? Vielleicht hat er gar nicht so viel für Platten übrig. Vielleicht wartet er da ja nur auf Jungs, die sich mit ihm treffen wollen – und du bist Teil eines durchorganisierten Netzwerks von Dropouts und Gesetzesbrechern, die sich an Sam wenden, um die Monotonie eines leeren Nachmittags aufzulockern.

Jeremy

Am Tag unseres ersten Klubtreffens versicherte Peter mir, er würde gleich nach seiner Fachbereichskonferenz nach Schulschluss zu mir in den Zeichensaal kommen, aber er bestand darauf, dass ich selber den Raum vorbereitete und meine neuen Klubmitglieder begrüßte. Ich war immer noch nicht überzeugt davon, dass tatsächlich irgendjemand auftauchen würde. Ein paar knappe Antworten hatte ich auf meine Mails bekommen, doch ich konnte mir auf der Welt nichts anderes vorstellen, als die nächste Stunde allein im Zeichensaal zu sitzen. Natürlich würde mir dann wenigstens erspart bleiben, mit jemandem reden zu müssen.

Ich saß mit meinem Skizzenblock in der Ecke, als drei aus dem ersten Jahrgang reinkamen. Sie schienen einer Art St.-F.-Emo-Subkultur entsprungen zu sein, zwei Mädchen mit schwarzem Nagellack und ein Junge mit gelockertem Schlips und halb aufgeknöpftem Hemd, unter dem ein altes Morrissey-T-Shirt verborgen war.

»Ist das der Klub?«, fragte der Junge.

»Ja, so ist es«, sagte ich. Jetzt war mir klar, dass ich nicht mehr aus der Nummer rauskam.

»Cool«, sagte der Junge. Er wählte einen der Zeichentische aus und die beiden Mädchen setzten sich links und rechts von ihm.

Ich wusste, was Peter beabsichtigte. Er wollte mich zu menschlichem Kontakt zwingen, das hier war eine Art Konfrontationstherapie für Einzelgänger – und ich war halb ge-

nervt, halb geschmeichelt. Das war Peters Art, Dinge zu erledigen. Wegen der Einmischung allzu wütend auf ihn zu sein war unmöglich, man hatte schließlich genug damit zu tun, dankbar dafür zu sein, dass ihm so viel an einem lag und er sich überhaupt einmischte. Aber ich verfluchte ihn immer noch stumm, als Mira und Sebby hereinkamen.

Mein Herz fing an zu rasen, als ich die beiden zusammen sah. Ich wusste nicht genau, wie ich mich für die Wiederkehr dieses Energietornados rüsten sollte, den Sebby mit sich brachte. Seine scherzhafte Verabschiedung in der letzten Woche hatte ich nicht vergessen, wie seine Lippen sich auf meiner Hand angefühlt hatten, als er einen Kuss darauf gesetzt und sie dann fallen gelassen hatte. Und diese entspannte Lockerheit, mit der er durch die Welt zu kommen schien.

»Hi, Jeremy«, sagte Sebby lächelnd.

»Tut mir furchtbar leid«, sagte Mira. »Er hat darauf bestanden mitzukommen.«

»Ach, das ist okay. Gut – äh –, dass du da bist«, sagte ich, es fiel mir schwer, ihn direkt anzusehen. Er war wie ein zu helles Licht. Wie die Sonne.

Sebby grinste Mira spöttisch an. »Siehst du? Hab ich dir doch gesagt. Er will mich dabeihaben.«

»Mein Freund hat ein Riesenego, Jeremy. Bitte bestätige ihn nicht noch.«

Hinter den beiden kam Peter rein und Mira zog Sebby zu einem der hinteren Zeichentische.

»Wie läuft's?« Peter ging auf mich zu.

»Okay, glaub ich«, sagte ich.

»Sieht doch aus, als ob durchaus einige Leute in deinem Klub sein wollen.«

»Ja, vielleicht.«

»Sollen wir anfangen?«

Ich nickte.

»Klasse.« Er drehte sich zu den beiden besetzten Tischen um.

»Hi, Leute«, sagte er. »Ich stelle mich mal vor. Ich bin Peter. Ich glaube, die meisten von euch kenne ich schon.« Er begrüßte die Emo Kids. »Liz, Greg, Courtney. Schön, euch hier zu sehen.«

Courtney wurde rot unter ihrem langen Pony.

»Und?« Er wendete sich an den hinteren Tisch. »Mira. Und deinen Freund kenne ich nicht, glaube ich.«

Sebby, der begeistert war, ein Stichwort zu bekommen, erhob sich feierlich.

»Sebastian«, sagte er mit königlichem Nicken und nahm seinen Platz wieder ein.

»Schön, dich kennenzulernen, Sebastian«, sagte Peter. Mit zusammengekniffenen Augen, man hätte es fast für ein Zwinkern halten können, sah er Mira an. Sie bemühte sich um ein höfliches Lächeln, weil sie für das Mitbringen ihres nicht immatrikulierten Freundes nicht angemacht werden wollte.

»Ich werde diesem Klub als Fachberater dienen«, sagte Peter. »Hauptsächlich stehe ich euch für alle möglichen Fragen zur Verfügung, die ihr haben könntet. Doch jetzt überlasse ich Jeremy das Feld.«

Auf die für ihn typische unbefangene Art setzte er sich auf einen der Tische und sah mich erwartungsvoll an. Ein paar Neuankömmlinge, Rose, der Talia auf den Fersen folgte, retteten mich mitten im Satz.

»Oh, kommen wir zu spät?«, fragte Talia und setzte sich so nah wie möglich neben Peter, wobei sie so tat, als sei nichts. Notizbuch und Stift legte sie sorgfältig vor sich auf dem Tisch zurecht. Rose nutzte die Gelegenheit zur Flucht und entwischte in den hinteren Teil des Zeichensaals.

Ich beobachtete, wie Mira Rose mit Sebby bekannt machte, und wünschte mir, bei ihnen sitzen zu können, statt hier vorne festzuhängen, schon darauf gefasst, mich gleich total zu blamieren.

»Jeremy?«, sagte Peter. »Bist du bereit, das Wort an deinen Klub zu richten?«

Ich holte tief Luft, warf einen letzten Blick auf die vor mir liegenden Notizen, Stichpunkte, die ich bis zur Absurdität geprobt hatte, und begann.

Mira

Nachdem Mira ein qualvolles obligatorisches Treffen mit einem der Beratungslehrer der Schule durchgestanden hatte, bei dem sie darüber in Kenntnis gesetzt wurde, dass sie mit der Arbeit an ihrem Bewerbungsessay fürs College bereits im Kindergarten hätte anfangen müssen, hatte sie sich schließlich einverstanden erklärt, Sebby zum Kunstklub mitzunehmen. Aufgrund der »ungewöhnlichen Umstände«, die sie nach St. Francis geführt hatten, war man offenkundig »in Sorge um ihre Fortschritte« und »ihr Vermögen, sich erfolgreich in die akademische und soziale Welt der Schule einzufinden«.

Einen besorgten Kommentar zur Anzahl der Stunden, die sie im Zimmer der Schulkrankenschwester verbrachte, versuchte sie abzuwürgen, indem sie davon anfing, dass sie bei der Gründung eines neuen Klubs mitwirkte, dessen Mitglieder in dieser Woche zum ersten Mal zusammentreffen würden. Damit zeigte sie anscheinend hinreichendes Interesse am Wachleben, sodass man sie ohne weitere Belästigungen ziehen ließ. Und hier waren sie nun.

Wenigstens war Rose auch aufgetaucht. Mira hatte Rose, das Mädchen mit den raspelkurzen Haaren und der strengen Brille, nach dem ersten Schultag in den Mittagspausen ein bisschen näher kennengelernt. Sie hatte so eine nervös rebellische Ader, die in Momenten zum Vorschein kam, in denen sich ein normales Lachen zum hexenhaften Kichern wandelte. Mira wusste nicht immer genau, was so witzig war,

aber Rose hatte irgendwas an sich, das in ihr den Wunsch erweckte, es wissen zu wollen.

Rose setzte sich hinten an den Tisch zu Mira und Sebby und Mira übernahm die förmliche Vorstellung.

»Rose, das ist Sebby«, sagte sie. »Sebby, Rose.«

»Ach ja, Sebastian, oder?«, sagte Rose. »Ich hab von dir gehört.«

»Hoffentlich nur Schreckliches.«

»Das Übelste.«

Sie warteten darauf, dass Jeremy endlich den Startschuss zum Kunstklub-Treffen gab. Im Wesentlichen drehte er dem Raum den Rücken zu und warf immer dann einen verängstigten Blick zu ihrem Tisch rüber, wenn er so mutig wurde, sich mal umzudrehen.

»Danke, ihr alle, dass ihr gekommen seid«, sagte er schließlich. Es klang, als würde er zum ersten Mal in seinem Leben lauter als im Flüsterton sprechen. »Es ist … äh, echt super, dass ihr alle hier seid.« Flüchtig guckte er zum Tisch von Mira, Sebby und Rose, dann wieder auf seine Zettel.

Sebby sah Mira an und zog eine Augenbraue hoch.

»Also, heute müssen wir an unseren Leitlinien arbeiten.« Diese Worte keuchte er beinahe hervor. »Ich … ich weiß, irgendwie ist das langweilig. Aber wenn wir offiziell als Klub anerkannt werden und von der Schule Geld für Material bekommen wollen, dann brauchen wir so was.«

»Das finde ich herrlich«, flüsterte Sebby. »Ihr zahlt hier ein Vermögen und dann müsst ihr die um zwanzig Tacken für Bastelpapier anbetteln.«

»Du hast es erfasst«, schien Roses Blick sagen zu wollen.

»Leitlinien zu formulieren ist eine richtig gute Art, die Arbeitsfähigkeit einer Gruppe in den Blick zu nehmen«, stellte Peter in den Raum.

Talia machte sich tatsächlich Notizen, sie kritzelte wie besessen in ihr Notizbuch, sobald Peter den Mund aufmachte.

»Ist dieser Klub nicht einfach dazu da, dass wir nach Schulschluss noch Zeit im Zeichensaal verbringen können?«, fragte Courtney vom Tisch ganz vorn.

»Ja, aber … wenn wir wollen, könnten wir als Gruppe auch andere Sachen machen«, sagte Jeremy. »Eine Ausstellung unserer Arbeiten zum Beispiel – oder Ausflüge. Wenn alle das wollen …«

»Schwitzt er?«, flüsterte Sebby.

»Oh Mann, nicht die Nerven verlieren, Jeremy«, flüsterte Rose.

Talia hob die Hand.

»Ja?«, sagte Jeremy.

»Ich stimme für die Ausstellung«, sagte sie. »Am Ende des Schuljahres.« Sie sah sich um, weil sie sich versichern wollte, dass alle mit ihr einig waren.

»Nun, wir sind eigentlich noch nicht so weit, über irgendetwas abzustimmen«, sagte Jeremy.

»Für die Collegebewerbungen ist eine Ausstellung das Beste«, sagte Talia. »Jeder stellt eine Mappe zusammen und dokumentiert darin die Ausstellung. Ausflüge sind Zeitverschwendung, jedenfalls was das College angeht.«

»Wer ist dieses Mädchen?«, flüsterte Sebby Mira zu.

»Das willst du nicht wissen.«

Peter rettete sie. »Das waren ein paar tolle Ideen, Talia. Danke, dass du das Gespräch in Gang gebracht hast. Jeremy, verteil doch Zettel an alle, dann kann jeder aufschreiben, was er sich vom Klub erhofft.«

Jeremy war dankbar für die Anweisung, reichte einen Stapel leere Blätter herum und verzog sich wieder in die Ecke.

Sebby wendete sich an Rose. »Okay, was hat dieser Junge für eine Geschichte?«

»Wer? Jeremy?«

»Mira und ich haben uns um ihn geschlagen und wir müssen das jetzt klären.«

Mira verdrehte die Augen. »Wir schlagen uns nicht um ihn. Du kannst nur das Flirten nicht lassen.«

»Ich glaube, da hast du bessere Chancen zu gewinnen«, sagte Rose und zeigte mit dem Bleistift auf Sebby. »Das ist nur meine wohlbegründete Vermutung.«

Sebby lächelte Mira triumphierend an. »Ich gewinne!«

»Ja, du gewinnst. Leitlinie, Leute«, sagte Mira und tippte mit dem Bleistift auf das leere Blatt vor sich.

»Ich war mit ihm in der Mittelschule von St. F.«, sagte Rose. »Nachdem wir hierher aufgestiegen sind, hat er es echt schwer gehabt. Im letzten Frühling war da so eine üble Sache mit seinem Spind. Irgendwer hat was echt Fieses draufgeschrieben, so ungefähr einen Monat vor Ende des Schuljahres. Das war ein echt großes Ding.«

»Was haben die denn geschrieben?«, wollte Mira wissen.

Rose malte was in die Ecke ihres Blattes und zeigte es ihnen. *Jeremy ♥ 2 suk dix*, stand da.

»Im Ernst?«, sagte Mira.

»Gesprayt«, sagte Rose. »Echt groß.«

»Warum sollte jemand so was machen?«

»Ich glaub, wenn du ein Arschloch bist und Bock auf ein Hassverbrechen hast, dann suchst du nicht groß nach einem Grund.«

»Bringen sie euch hier denn keine Rechtschreibung bei?« Sebby warf einen kritischen Blick auf das Blatt. –

»Offensichtlich nicht«, sagte Rose und überkritzelte, was sie geschrieben hatte. »Aber sie bringen uns bei, wie man aus solchen Sachen einen Riesenskandal macht. Nicht, dass das kein Riesenskandal gewesen wäre, aber den Rest des Jahres mussten wir spezielle Kurse in ›Einfühlsamkeit‹ über uns ergehen lassen – und das jeden Tag stundenlang.«

»Das ist doch besser, als die Sache einfach unter den Teppich zu kehren, oder?«, sagte Mira.

»Klar, aber das Ganze wurde zu einem großen Witz. Für den Rest des Jahres wurde »J sux dix« überall hingekliert. Man sah das ständig. Ein riesiger Schweinkram.«

»Und was ist mit Jeremy passiert?«, fragte Mira.

»Der kam nicht mehr in die Schule. Ich hab ihn dieses Jahr erst zu Schulanfang wiedergesehen. Er war schon immer eher ein Einzelgänger, aber jetzt redet er kaum noch.«

»Siehst du, diese Schule braucht mich«, sagte Sebby zu Mira. »Ich werde alle möglichen Geheimbünde gründen, die sich der Vernichtung von Arschlöchern verschreiben.«

»Du hast deine eigene Schule, weißt du«, sagte Mira.

Er nahm einen Bleistift und schrieb auf das leere Blatt vor sich: My school sux dix.

Rose lachte.

Nach dem Treffen fuhren Mira und Sebby mit dem Bus zu ihm nach Hause. Sie wollte dem entgehen, was ihre Mutter zum Abendessen kochte, und Tilly machte es nichts aus, wenn sie sich eine Pizza bestellten.

Sobald sie zur Haustür reinkamen, hörten sie das Geschrei. Mindestens drei Kinder schienen sich in der Küche zu bekriegen.

»Okay, vielleicht besser nicht«, sagte Sebby.

»Wir gehen einfach in dein Zimmer«, sagte Mira.

Tilly reckte den Kopf aus der Küche. Sie hatte ein Baby auf dem Arm und ein anderes vor die Brust geschnallt. Hinter ihr flogen Buntstifte durch die Luft.

»Oh, gut. Sebastian, ich brauche dich. Du machst doch ein paar Besorgungen für mich?«

»Ich habe Hausaufgaben.«

»Na, dann eben, wenn du damit fertig bist.«

Sebby zog Mira zu seinem Zimmer.

»Ich mache den ganzen Abend Hausaufgaben«, rief er.

»Sebastian, ich brauche deine Hilfe. Das ist keine Verhandlungssache«, sagte Tilly, als er die Tür zu seinem Zimmer zuschlug.

Sein Zimmer hatte sich verändert, seit Mira zum letzten Mal zu Besuch gewesen war. Vor drei Wochen hatte er es mit

seinem Pflegebruder Jonathan geteilt, der an seinem achtzehnten Geburtstag seine Sachen gepackt hatte und gegangen war, ohne sich zu verabschieden. Jetzt häufte sich auf Jonathans Seite des Raumes alles Pinke und Glitzernde, das die kleine Stephanie in den neun Jahren ihres Lebens hatte in die Finger kriegen können. Diademe, Federboas, Poster von pinken Ponys und ein Feenprinzessinnenkleid waren einige der Hauptattraktionen.

»Wie kann es angehen, dass du bei Weitem nicht das Schwulste in diesem Zimmer bist?«, sagte Mira.

»Wundert mich auch. Ziemlich eindrucksvoll, was?«

Er setzte sich auf sein ewig ungemachtes Bett unter die wenigen Poster, die er an die Wand gehängt hatte. Die Warhol-Banane von Velvet Underground war Sebbys Art, retro und unangebracht phallisch zugleich zu sein. Eines musste Mira Tilly zugestehen, sie ließ alle mit ihren Zimmern machen, was sie wollten. An Sebbys letzter Pflegestelle hatten sich die Wege von ihm und den Pflegeeltern getrennt, als dem Vater klar geworden war, dass Sebby nicht so wild auf das Baseballthemenzimmer war – sorgfältig eingerichtet für ein Kind, das nie geboren worden war.

»Wie kann Tilly glauben, dass du Hausaufgaben zu erledigen hast?« Mira ließ sich aufs Bett fallen.

Er verdrehte die Augen. »Sie geht einfach davon aus, dass ich wieder zur Schule gehe, vermute ich.«

»Vermutest du?«

»Ich achte darauf, zwischen acht und drei nicht zu Hause zu sein.«

»Und du glaubst nicht, dass irgendjemand mitkriegt, dass du nicht hingehst?«

»Ich geh manchmal.«

Mira zog eine Augenbraue hoch.

»Gut, ich werde gehen. Alles gut, okay? Mach dir darüber keine Sorgen.«

»Ich wünschte, du könntest wirklich mit mir auf die St. F. gehen«, sagte sie.

»Tja, in welchem Universum könnte man über so was vielleicht nachdenken?«

»Die vergeben Stipendien.«

»An Leute mit Wahnsinnszensuren. Nicht an Loser und Schulverweigerer.«

Sie drohte ihm mit dem Finger. »Du sollst dich nicht selbst schlecht machen, Sebby«, sagte sie. »Was würde Dr. Samuels dazu sagen?«

»Dr. Samuels mochte dich lieber als mich. Dr. Samuels war der Meinung, ich sollte mich selbst noch viel schlechter machen.«

»Haha.«

»Glaubst du das, was Rose uns über Jeremy erzählt hat?«

»Oh Gott, der arme Junge«, sagte Mira. »Kein Wunder, dass er so still ist.«

»Und ich finde es herrlich, dass all dieser überzogene liberale Scheiß total nach hinten losgegangen ist«, sagte er. »War doch klar, ging gar nicht anders. Menschen sind Arschlöcher. Ende der Geschichte.«

»Die Welt, wie Sebastian Tate sie sah.«

»Das ist eine Philosophie, die mich weit gebracht hat im Leben.«

In diesem Augenblick flog die Tür auf, Stephanie stand auf der Schwelle und funkelte sie an.

»Lernst du wohl mal anzuklopfen, du miese Made?«, brüllte Sebby sie an.

Die Hände auf die Hüften gestemmt stand sie da, das pinke Barbie-Shirt spannte über dem runden Bauch.

»Habt ihr euch meine Sachen angeschaut?«, fragte sie.

»Oh, ja doch.« Sebby drehte sich zu ihrer Seite des Zimmers um und starrte auf den Berg pinker Requisiten. »Die ganze letzte Stunde hat uns das Funkeln deiner Diademsammlung in Trance versetzt.«

Alarmiert guckte Stephanie auf ihre Besitztümer.

»Wir haben deine Sachen nicht angerührt, Stephanie«, sagte Mira.

Stephanie tat ihr immer ein bisschen leid. Sebby musste der nervigste Bruder der Welt sein. Und Stephanie wohnte schon ihr Leben lang in diesem Haus, schon Jahre bevor er aufgetaucht war. Sie war einmal eines dieser anbetungswürdigen Babys gewesen, um die Tilly so hingebungsvoll herumschwänzelte. Mira hoffte, dass Tilly es gelungen war, ihre Enttäuschung darüber zu verbergen, dass Stephanie zu einer selbstständig redenden und herumlaufenden Person herangewachsen war. Und Sebbys Auftauchen vor drei Jahren musste Stephanie als noch viel größere Ungerechtigkeit empfunden haben als die wachsende Schar jüngerer Geschwister. Er war viel schwieriger rumzukommandieren.

»Wir haben nur geredet«, sagte Mira.

Stephanie marschierte zu ihrem Regal, schnappte das abgeschlossene Tagebuch mit dem Einhorn darauf und drückte es sich an die Brust.

»Ihr hättet die Tür nicht zumachen dürfen zum Reden«, sagte sie.

»Na ja, wir haben nicht nur geredet«, sagte Sebby. »Wir haben es auch getan, deshalb fanden wir, wir sollten die Tür lieber zumachen.«

Stephanies Gesicht verzog sich zu einer verschrumpelten Fratze übertriebenen Ekels.

»Das ist nicht wahr«, sagte sie, nicht so ganz sicher.

»Oh doch.« Mit einem Satz sprang Sebby auf Mira drauf und fing an sie zu kitzeln.

»Runter von mir, du Idiot!«, kreischte sie und kickte ihn quer übers Bett. Er lachte und tat so, als würde er sich den Reißverschluss hochziehen.

»Siehst du.« Stephanie sah ihn entsetzt an, fühlte sich aber bestätigt. »Sie würde es nie mit dir machen.«

»Du weißt nicht mal, was Sex ist, Trollmädchen«, sagte Sebby.

»Weiß ich wohl.« Stephanie drückte ihr Tagebuch fester an sich.

»Na, nächstes Mal, wenn Mira und ich eine Nummer schieben, lassen wir die Tür auf, damit du zuschauen kannst. Okay?«

Stephanie schien abzuwägen. Sollte sie versuchen, zu kontern, oder auf ihren kleinen pinken Keds zur Tür rausstür-

men? Ihr Gesicht hatte sich erneut zu einer finsteren Miene verzogen, sodass sie aussah wie ein alter Mann mit Zöpfen. Sie entschied sich fürs Rausstürmen und knallte im Zuge dessen die Tür hinter sich zu.

»Siehst du?«, sagte Sebby. »Privatsphäre.«

»Du traumatisierst das arme Mädchen ja richtig.«

»Na ja, vor zwei Tagen hat sie mir Wackelpudding ins Bett gekippt. Ich seh mich eher in einer Art Wettstreit mit ihr.«

Er legte sich aufs Bett und schob den Kopf auf Miras Schoß.

»Also, was denken wir über den kleinen Jeremy?«, sagte er.

Sie spielte mit seinen Haaren, strich sie erst zu einer Irokesenfrisur hoch und dann in sein Gesicht.

»Der schüchternste Junge der Schule«, sagte sie. »Hör lieber auf zu flirten, wenn du es nicht ernst meinst.«

»Wer sagt denn, dass ich es nicht ernst meine?«

Mira tat so, als schnappe sie geschockt nach Luft. »Willst du damit sagen, du magst einen Jungen?«

»Er ist süß.«

»Ja. Er ist sehr süß. Wie ein kleiner Chihuahua, der zittert, wenn ihm jemand zu nahe kommt.«

»Vielleicht braucht er ein paar Freunde«, sagte Sebby. »Wir können ihm helfen, sich an menschliche Interaktion zu gewöhnen.«

»Ach, nennen die jungen Leute das heute so?« Sie krallte Anführungszeichen in die Luft. »Menschliche Interaktion.«

»Wenn der Junge mich unwiderstehlich findet, kann ich nichts dafür.«

»Willst du wirklich, dass wir uns mit ihm anfreunden?«

»Es ist nur zu deinem Besten. Du hast null Freunde.«

»Hallo? Und du?«

»Jaja«, sagte er, »aber ich hab genug damit zu tun, mit Jeremy rumzumachen, also …«

Sie schnappte sich ein Kissen und tat so, als wollte sie ihn damit ersticken.

»Tu's«, sagte er mit erstickter Stimme unter dem Kissen. »Erlöse mich von meinem Elend.«

Sie schleuderte das Kissen übers Bett.

»Nee, nee«, sagte er, »du lässt mich hier nicht allein. Wer hört dann meinen Klagen über mein bescheuertes Leben zu?«

»Dein Leben ist nicht bescheuert.«

Im Wohnzimmer krachte es, es folgte ein Schrei und Stephanie brüllte: »Ich war das nicht, ich war das nicht!« Immer wieder.

Sebby seufzte. »Mein Leben ist aber idiotisch.«

Mira stand auf. »Komm, wir sagen Tilly, dass wir bei mir zu Hause Hausaufgaben machen, und dann gehen wir in den Park und essen Pizza.«

»Okay«, sagte er. »Gott, ich weiß gar nicht, warum ich überhaupt hierherkomme.«

»Ich bedauere sagen zu müssen, dass du hier wohnst.«

»Danke für dein Mitgefühl.«

»Ist mir ein Vergnügen.«

Jeremy

Der Homecoming-Ball von St. F. fand am zweiten Freitag im Oktober statt. Es war das erste große Event im Schuljahr und so wichtig, dass nur der Frühlingsball mithalten konnte. Ich sagte mir, dass ich aus demselben Grund hinging, aus dem ich immer zu so etwas ging: damit ich mir nicht von meinem Dad vorwerfen lassen musste, ich würde mich nicht genügend anstrengen, Freunde zu finden. Basketballspiele, Schultheateraufführungen, Motivationsansprachen. Während der meisten Veranstaltungen in der Mittelschule und in meinem ersten Jahr an der Highschool hatte ich eine Stunde lang in einer Ecke gestanden und versucht, möglichst nicht aufzufallen, ehe ich ihn angerufen und gebeten hatte, mich abzuholen.

»War es wirklich so schlimm?«, hat er dann immer gefragt, wenn ich ins Auto stieg.

»Ja«, hab ich immer geantwortet. »War es.«

Aber schon, als ich noch in meinem Zimmer stand und überlegte, ob ich mir Mühe geben oder einfach in meiner Schuluniform auflaufen sollte, wusste ich, dass ich zum ersten Mal in meinem Leben hingehen *wollte*. Denn ich hoffte, dass sie da sein würden.

Es fühlte sich ein bisschen gefährlich an, dieses Interesse an anderen Leuten. Es war ein Zeichen dafür, dass es etwas gab, das ich brauchte, zumindest aber wollte. Es schien irgendwie Aktivitäten meinerseits zu fordern – und ich hatte keine Ahnung, was als Nächstes kommen sollte.

Mittlerweile hatte sich der Kunstklub dreimal getroffen, Mira und Sebby waren jedes Mal da gewesen und hatten mit Rose am hinteren Tisch rumgealbert. Zwischen ihnen und mir war eine Distanz, die ich nicht überbrücken konnte, und ich merkte, dass ich unbedingt wissen wollte, was geschehen würde, wenn mir das doch gelang.

Also würde ich in der Hoffnung zu dem Fest gehen, dass sie auch kamen und ich mich nicht total zum Affen machte. Ein wenig machte ich mir Sorgen, dass eine Veranstaltung am Abend meine Mitschüler vielleicht veranlassen könnte, sich schlecht zu benehmen, etwas von sich zu zeigen, das schon immer in ihnen schwelte. Das Fest fand zwar unter Aufsicht statt, aber die strengen Regeln und Strukturen unseres Alltags würden mich dort nicht schützen. Wollte mir jemand das Leben schwer machen, dann wäre dieser Abend für ihn wie geschaffen.

Die Tür stand offen, ich konnte meinen Dad und Dave in der Küche hören. Auch wenn Dad leise spricht, kann man ihn ein Stockwerk höher immer noch verstehen.

»Ich bin nur froh, dass er hingehen will«, sagte er. »Das hatte ich wirklich nicht erwartet.«

Antwortgemurmel von Dave, dessen Stimme sich selten über ein Flüstern erhob, auch wenn er normal redete.

»Gegen solche Sachen hat er sich schon früher immer gesträubt«, sagte Dad.

Wieder Gemurmel. Ich machte meine Tür zu.

Abgesehen von meiner Schuluniform hatte ich echt nichts anzuziehen, abgesehen von einem guten Anzug für Beerdi-

gungen, aus dem ich fast rausgewachsen war, und all meinen Sommersachen, abgeschnittenen Jeans und T-Shirts, die jetzt in die unterste Kommodenschublade verbannt waren.

Dolly Parton, die Katze beobachtete mich vom Bett aus.

»Das ist keine gute Idee, oder?«, sagte ich.

Sie legte den Kopf auf die Pfote.

»Dolly Parton, wenn du meinst, ich sollte lieber zu Hause bleiben, dann mach jetzt nichts.«

Sie guckte mich an und maunzte leise.

Mira

Mira stand in ihrem Zimmer vor dem Kleiderschrank und versuchte Entscheidungen zu treffen. Sie war noch nie zu einem Schulball gegangen, nicht mal in MouVi, und Sebby hatte sie nur überzeugen können, zu diesem zu gehen, weil er glaubte, es könne lustig werden.

»Ich denke, dass du und ich unterschiedliche Definitionen für das Wort *lustig* haben«, erwiderte sie.

Ihr Schrank quoll über mit ihren einst siegreichen Eroberungen aus dem Secondhandladen, die nun fünf Tage die Woche vernachlässigt wurden.

»Es tut mir leid«, flüsterte sie ihnen zu.

Dann rief sie Sebby an und wählte die Freisprechfunktion.

»Ich komm nicht weiter mit dem Outfit«, sagte sie.

»Was haben wir denn?«

»Also, es geht irgendwie alles. Sie schreien alle danach, getragen zu werden.«

»Na, es ist Homecoming. Gibt es ein Motto?«

»Ja, das Motto ist Blödheit. Ich kann nicht fassen, dass du mich zwingst, hinzugehen.«

»Irgendwas mit Gemeinschaft? Cheerleader?«

Sie wühlte in ihrem Schrank herum, dabei rutschten Kleider von den Bügeln. »Wie fändest du das Kunstseidene mit den Magentastreifen? Hat was von den Cheerleadern der Fünfzigerjahre – mit einem Touch Achtziger?«

»Das – und ein Pompom im Haar.«

»Ich weiß nicht, ob ich auf so viel Aufmerksamkeit aus bin.«

»Leb wild und gefährlich!«

»Jaja.« Sie legte auf.

Ja, das mit den Magentastreifen würde schon gehen. Im Brustbereich wurden die schmalen vertikalen Streifen von einem Muster breiterer diagonaler Streifen unterbrochen. Ein hoher runder Halsausschnitt, lange Ärmel mit Gummibund an den Handgelenken, Gummizug in der Taille und ein ausgestellter Rock.

Das war ein toller Fund gewesen. Sieben Dollar bei *Arc's Family Thrift* im letzten Frühjahr. Schwarze Chucks, graue Strumpfhosen und ein schwarzes Stirnband würden den Look abrunden.

Sie saß vor dem Spiegel ihrer Frisierkommode, auf der sich Tücher und Ketten häuften. Ein Handspiegel, mit dem sie ihren Hinterkopf begutachten konnte, lehnte auf dem Tisch. Als sie sich gerade die Haare um das Stirnband herum hochsteckte, klingelte ihr Handy. Auf dem Display stand »Schwesterfrau«.

Sie ging ran. »Hey, Julie. Was gibt's?«

»Schwesterfrau« war ein Witz aus der Zeit, als ihre damals zehnjährige ältere Schwester nach der Ausstrahlung einer Doku über Polygamie eine Phase durchmachte, in der sie vom Mormonentum besessen war. (Julie hatte zu den Zehnjährigen gehört, die mit einer Schwäche für Dokumentarfilme ausgestattet waren.) Das Grundlegende hatte sie allerdings missverstanden, sie hatte gedacht, bei den Mormonen

handele sich um eine Gemeinschaft, die auf der engen Beziehung zwischen biologischen Schwestern gründete, und hatte damit angefangen, die sechsjährige Mira gefühlvoll »Schwesterfrau« zu nennen.

Jetzt konnte Mira das Rascheln von Wind am anderen Ende der Leitung hören. Möglicherweise, weil ihre Schwester schlicht unfähig war, sich mal nicht zu bewegen. Nicht mal Windstille konnte Julie tolerieren.

»Weißt du, wo Dad ist?«, sagte Julie ohne Einleitung. »Er geht nicht an sein Telefon.«

»Wahrscheinlich im Büro«, sagte Mira. »Normalerweise ist er nicht vor neun zu Hause.«

»Meinst du das ernst? Darüber musst du mit ihm reden, Mira. Er darf die Zeit mit der Familie nicht vernachlässigen.«

Julie war die Organisatorin der »Familienzeit« gewesen, ehe sie aufs College gegangen war, ihrer Meinung nach war die Familienzeit lebenswichtig für die Gesundheit einer jeden erfolgreichen Familie. Wie vieles bei Julie fand die Familienzeit nicht statt, weil man Lust darauf hatte, sondern weil irgendeine von außen kommende Kraft das gebot.

Doch jetzt war Julie auf der Uni (nicht irgendeiner Uni, sondern natürlich Harvard), und es war keiner mehr da, der der Familie sagte, wie sie sich zu benehmen hatte. Im ganzen letzten Jahr hatten Mira und ihre Eltern zwar unter demselben Dach, aber jeder für sich in ganz eigenen Welten gelebt, und es wurde ihnen erst langsam klar, wie abhängig sie von Anweisungen gewesen waren. Es gab immer noch ge-

meinsame Abendessen, an denen ihr Vater teilnahm, wenn er rechtzeitig nach Hause kam, aber das war so etwas wie der Nachklang einer gemeinsamen Geschichte. Nun gestaltete sich ihr Leben meistens so, dass sich Mira in ihrem Zimmer aufhielt, ihre Mutter in der Computernische oder mit dem Kreuzworträtsel am Küchentisch und ihr Vater vor dem Fernseher, wo er Entspannung suchte, wenn er denn endlich nach Hause kam. Sie waren Bewohner eines Hauses, aus dem langsam die Luft entwich.

»Ich glaube, er hat bei der Arbeit echt viel zu tun«, sagte Mira.

Julie stieß einen langen Seufzer der Enttäuschung aus.

»Wenn du ihm jeden Abend einen Familienplan mailst, wird er sich dran halten, da bin ich mir sicher«, sagte Mira.

»Ich weiß, du machst dich lustig, aber du musst dich ernsthaft darum kümmern.«

»Was soll ich denn machen?«

»Ihr müsst mehr Zeit als Familie verbringen, Mira.«

»Na ja, ohne dich sind wir keine Familie, Julie«, gab Mira sarkastisch zurück, aber erst als sie es ausgesprochen hatte, wurde ihr klar, dass sie der Wahrheit ein bisschen zu nah gekommen war.

»Du musst dich nur ein bisschen anstrengen.« Julies Ton trug einen Hauch von Herablassung in sich, die sie sich aufgrund ihrer extra vier Jahre immer herausnahm.

»Ich versuche einfach Mom und Dad glücklich zu machen, indem ich zur Schule gehe«, sagte Mira. »Zu mehr habe ich momentan nicht die Kraft.«

»Ich dachte, du wärst jetzt an der St. Francis.«

»Ja, bin ich.«

»Und – ist das nicht leichter?«

»Wie meinst du das?«

Entweder war am anderen Ende der Leitung ein besonders starker Windstoß zu hören oder wieder ein Seufzer.

»Gehst du durch einen Windkanal?«, fragte Mira.

»Ich bin auf dem Weg zur Bibliothek. Ich dachte, du wärst von der Mountain View abgegangen, weil du Schwierigkeiten hattest.«

Mira legte die Haarnadeln ab und löste ihr Haar.

»St. F. ist nicht leichter, nur anders.«

»Na gut, Mom sagt, du machst dich ganz gut mit der neuen Diät und so. Megagut, dass du versuchst abzunehmen.«

»Es geht nicht ums Abnehmen«, sagte Mira, »sondern um Nahrungsmittelunverträglichkeiten.«

»Oh, sie hat bloß von Diät gesprochen.«

»Nahrungsmittelunverträglichkeitsdiät.«

»Na, vielleicht hilft das ja auch beim Abnehmen, was?«

»Darum geht es nicht.«

»Könnte aber nicht schaden.«

Mira schwieg. Sie stützte den Kopf in die Hand, die das Handy nicht hielt.

»Hallo?«, sagte Julie.

»Jah, bin noch da«, sagte Mira.

»Was? Bist du sauer, weil ich das gesagt hab? Es stimmt, Mira. Tut mir leid, dass ich so deutlich werde, aber in den letzten Jahren hast du so zugenommen, und das ist wahr-

scheinlich der Grund dafür, dass du dich nicht wohlgefühlt hast.«

»Das ist nicht das Problem«, sagte Mira.

»Und – was sagt dein Arzt?«

»Geht dich nichts an, Julie.«

»Wenn es mich nichts angeht, warum erzählst du mir dann davon?«

»Tu ich nicht. Ich erzähl dir gar nichts, weil du nicht zuhörst.«

Jetzt schwieg Julie. Noch ein Windstoß pfiff durch ihr Handy.

»Hör mal«, sagte sie schließlich. »Ich gehe jetzt gleich in die Bibliothek. Ich wollte nur Dad zu fassen kriegen, weil ich ihn schnell was zu meiner Vorlesung in Verfassungsrecht fragen muss.«

»Warum fragst du nicht Mom? Die ist zu Hause.«

»Jaja«, sagte Julie. »Dann rufe ich jetzt einfach Mom auf der Festnetznummer an.«

»Super.«

»Okay, pass auf dich auf, Kleine!« Die gezwungene Heiterkeit in Julies Stimme war nicht zu überhören.

Mira beendete das Gespräch und ließ das Handy auf die Frisierkommode fallen, versehentlich stieß sie dabei den angelehnten Handspiegel um, der nun dalag wie eine kleine, wenig schmeichelhafte Wasserpfütze. Ein Doppelkinn starrte zu ihr hoch.

Miras Körper war schon eine ganze Weile nicht mehr ihr Freund. In der Klinik hatte man versucht ihr zu vermit-

teln, dass sie ihrem Körper helfen konnte, indem sie ihrem Geist half. Aber nach fast einem Jahr war sie noch immer der Überzeugung, dass er gegen sie war. Nicht nur, weil sie dicker war, sonder wegen der Erschöpfung, die aus dem Nichts zu kommen schien. In diesen Momenten hatte sie buchstäblich das Gefühl, von Gewichten ins Bett gedrückt zu werden. Und weil sie ihren Körper nicht lieben konnte, hatte sie beschlossen, das zu lieben, was sie ihm anzog. Die Kleider, das Make-up, die Tücher, alles in diesem Zimmer war ein Versuch, den Selbsthass unter Kontrolle zu behalten und unter keinen Umständen aufzugeben, wenn etwas, das gestern noch gepasst hatte, heute nicht mehr passte.

Wieder guckte sie auf den Spiegel runter. Das passte zu ihrer Schwester, dieses Bild aus ungünstiger Perspektive, das Mira all ihre Fehler unter die Nase rieb. Julie die Perfekte, Julie die Erfolgreiche. Die Dünne. Die Sportliche. Mira war immer dicker gewesen als Julie, schon als sie noch klein waren. Und offensichtlich hielt ihre Schwester das für ein weiteres Zeichen der Schwäche.

Sie richtete den Spiegel wieder auf, sodass er vertikal auf dem Frisiertisch stand und ihr ganzes Gesicht zeigte. Halbherzig griff sie nach einer Haarnadel und steckte sie in ihre Haare.

»Hässlich«, dachte sie, als sie ihr Spiegelbild betrachtete. So als ob sich in ihr etwas gegen ihren Willen regen wollte. Sie holte tief Luft. Das war doch nur eine Gespräch mit Julie gewesen. Es bedeutete nichts. In einer halben Stunde würde sie sich mit Sebby beim Ball treffen. Alles wäre okay.

Sie griff nach einem lila Lippenstift, der zu den Streifen auf ihrem Kleid passte. Auf ihren Schultern lastete die vertraute Müdigkeit, das Gefühl, dass sie von etwas runtergedrückt wurde. Sie wollte sich ins Bett legen und weinen, bis das Gefühl weg war. Sie wollte sich zusammenrollen und einschlafen.

Nein. Sie würde jetzt Lippenstift auftragen. Sie würde aus dem Haus gehen. Sebby wartete auf sie.

»Alles ist gut«, sagte sie zu sich.

Ihre Mom setzte sie um acht vor der Schule ab. Sebby tauchte zehn Minuten später mit dem Fahrrad auf, in seinem abgetragenen grauen Kapuzenshirt, das er auf einer Expedition zu *Arc's* gefunden hatte, sah er tadellos schlampig aus. Er musterte ihr Outfit.

»Da fehlt ein Haarpompom, ich bleibe bei meiner Empfehlung.«

Dann gingen sie den Hügel hinauf, steuerten den Eingang der Turnhalle an. Um sie herum rückten die Leute in Rudeln an, die sich vorab versammelt hatten, um sich für dieses wichtige soziale Ritual ihren Gruppenstatus zu sichern. Durch die Menge, die in das Gebäude strömte, kam Molly Stern auf sie zugesprungen – in einem hautengen beigefarbenen Kleid. Im Grunde sah sie nackt aus.

»Mira, wir haben dich im Diner vermisst«, sagte sie und packte Mira ein bisschen zu fest am Arm. Ihr Hauptanliegen schien die Haltsuche zu sein. Sie hatte Mira eingeladen, nach der Schule mit den Mädels ins Diner zu gehen. »Und dann,

du weißt schon…« »Du weißt schon« schien das Codewort dafür zu sein, auf dem Parkplatz Erdbeersekt zu konsumieren – Mira hatte respektvoll abgelehnt. Sie konnte sich nicht vorstellen, den Abend auf weniger erfreuliche Art zu verbringen, als rosa Flüssigkeiten mit genau der Gruppe von Mädchen in sich hineinzukippen, die sie schon in der Mittagspause kaum ertragen konnte.

»Ja, tut mir echt leid«, sagte Mira. »Sebby und ich hatten noch dies und das zu erledigen.

Sebby zog die Augenbrauen hoch bei dieser Lüge.

»Sebby, das ist Molly Stern«, sagte Mira.

»Oh, Molly Stern.« Er nahm ihre Hand, womit Mira nicht mehr Mollys gesamtes Körpergewicht abstützen musste. »Hab schon viel von dir gehört.«

»Echt?«

Mira folgte den beiden und hörte Sebby sagen: »Weißt du, Mira spricht ständig von dir.«

Die Queen des Mittagstisches Sarah und Vize Anna hielten sich etwas im Hintergrund.

»Sie verträgt aber auch überhaupt nichts«, sagte Sarah und verdrehte die Augen.

Aus den offenen Türen der Turnhalle dröhnte Musik. Vor ihnen unternahm Molly den ehrenhaften Versuch, die Schwelle zu überschreiten, ohne der Länge nach hinzuschlagen.

»Omigod«, sagte Sebby in seinem besten Valley-Girl-Ton, als Molly sich wankend entfernte. »Mit deiner Freundin Molly werden wir heute Abend ja so viel Spaß haben.«

Mira schob ihn in die Turnhalle. Der dröhnende Tempel für zwangsverordnete Volleyballspiele war in die etwas schräg anmutende Version eines Highschool-Ballsaals verwandelt worden.

St. F. war so klein, dass die traditionellen Initiationsriten hier oft wie eine Miniaturausgabe der echten Events wirkten. Ein Gerät neben dem DJ-Pult feuerte bunte Lichtstrahlen auf eine kleine Gruppe von Leuten, die früh mit dem Tanzen anfangen wollte, während viele andere noch an den Wänden klebten und die Luft prüften. Man kam sich vor wie in einer Kulisse spürbarer Nostalgie, wie an einem Ort, an dem große Momente verlorener Unschuld stattfinden sollten.

»Wow«, Mira schaute sich um, »megagut.«

»Wann kommen sie denn mit dem Schweineblut und kippen es dem schüchternen Mädchen mit den telekinetischen Kräften über den Kopf?«, fragte Sebby.

»Erst nach zehn, glaube ich.«

»Und was sollen wir bis dahin machen? Das hier ist nicht gut durchgeplant.«

Die Leute, die vor dem DJ-Pult tanzten, sahen komisch aus – so ohne Schuluniform. T-Shirt-und-Jeans-Kombinationen waren sorgfältig zusammengestellt worden, um sich gegenseitig zu beweisen, wie total normal man doch war.

Talia kam hinter Sebby und Mira zur Tür rein, ihr langer Zopf baumelte über den Rücken eines geblümten Sackkleides.

»Hi, Talia.« Sebby war entzückt, sich mit dem berüch-

tigtsten Mitglied des Kunstklubs austauschen zu können. »Irgendwelche guten Skizzen gemacht in letzter Zeit?«

»Wie bitte?« Talia war abgelenkt, sie guckte an ihm vorbei in den Raum.

»Oh, suchst du jemanden?«, fragte Sebby.

Mira zerrte an seinem Arm, damit er diesen Austausch beendete.

»Ja«, sagte Talia. »Was hast du da von Skizzen gesagt?«

»Ach, ich meine nur wegen des Kunstklubs …«, sagte Sebby. »Arbeitest du mit Zeichenkohle? Ich mag ja lieber Pastellkreiden.«

»Soll das ein Witz sein?«, sagte Talia.

»Nein, ich mein's ernst, ich würde gern mehr über deine Schaffensprozesse erfahren.«

Sie guckte ihn abschätzig an. »Ist dir schon mal der Gedanke gekommen, dass es irgendwie seltsam ist, deine gesamte Zeit an einer Schule zu verbringen, die du nicht mal besuchst?«

Sebby heuchelte einen geschockten Blick. »Aber, Talia«, sagte er. »Und ich dachte, du freust dich, mich zu sehen.«

Talia wendete sich an Mira. »Hast du Peter gesehen?«, fragte sie.

»Nein«, sagte Mira. »Was soll Peter denn hier?«

»Er hat Aufsicht«, sagte Talia in einem Ton, der durchblicken ließ, dass sie Mira für völlig beschränkt hielt.

»Nein«, sagte Mira und zog Sebby jetzt am Arm – mit der stummen Bitte, doch bloß mit dem Lachen aufzuhören. »Ich habe ihn nicht gesehen. Warum? Stimmt was nicht?«

»Doch«, sagte Talia. »Alles in Ordnung.« Nach einer unbehaglichen Pause setzte sie noch hinzu: »Tschüss.« Dann steuerte sie auf den Hintereingang der Turnhalle zu.

Sebby krümmte sich vor Lachen.

»Oh mein Gott. Talia!« Er streckte die Arme nach ihr aus. »Komm zurück!«

»Führe sie nicht in Versuchung.«

»Ich dachte, wir wären Freunde.«

»Dieses Mädchen hat keine Freunde. Für sie gibt es nur Menschenwesen, die sie dulden muss, weil ihr Raumschiff auf diesem Planeten eine Bruchlandung hatte und sie nicht wieder nach Hause kann.«

»Talia, zu Hause anrufen.«

»Genau.«

Sie waren bis zur Tanzfläche vorgedrungen. Sebby stellte sich vor Mira, nahm ihre Hand und legte seine freie Hand auf ihre Hüfte.

»So ein gigantisches Fest«, sagte er.

»Wie immer sind deine Ansprüche viel zu niedrig«, erwiderte sie.

Jeremy

Ich ging hinter einer Gruppe kreischender Mädchen aus dem ersten Jahr in die Turnhalle und bereute sofort, mich nicht etwas mehr darum bemüht zu haben, auszusehen wie alle anderen. Warum hatte ich mir keine neuen Jeans und ein pseudo-verwaschenes Band-T-Shirt besorgt? Es lag schon eine gewisse Ironie darin, dass selbst ohne Uniform alle haargenau gleich aussahen.

Ich entdeckte Mira und Sebby sofort. Man konnte sie unmöglich übersehen, Mira in einem magentafarbenen Kleid, das beim Tanzen um sie herumwirbelte, Sebby in seinen ausgefransten Kakihosen aus dem Secondhandladen. Ohne auf ihre Umgebung zu achten, tanzten sie eine Art Tango mitten in der Turnhalle.

Ich blieb an der Seite stehen und beobachtete sie, wobei mir klar wurde, dass ich keinen Plan hatte für diesen Abend. Meine übliche »In der Ecke stehen und nach einer Stunde Dad anrufen«-Strategie würde mich nicht weiterbringen, wenn ich irgendwie dazugehören wollte. Aber mich mitten in den Raum zu stellen und die Leute anzustarren war auch keine Option. Verzweifelt hielt ich nach einem Zufluchtsort Ausschau und entschied mich für den Tisch mit den Erfrischungen. Ich konnte ja einfach den ganzen Abend Punsch trinken.

Rose saß hinter dem Tisch und stapelte Kekse zu einem Turm auf.

»Hey, Jeremy«, sagte sie.

»Hey«, sagte ich. »Was machst du da?«

Sie legte den letzten Keks obendrauf. »Den schiefen Turm aus Keksen.« Sie versuchte den Turm noch etwas schiefer zu machen, aber er kippte kläglich um. »Ich muss nachsitzen und arbeite hier ein paar Stunden ab. Mrs Pierce kennt keine Gnade, wenn man zu spät kommt – und sie unterrichtet ganz hinten im zweiten Stock, ich komme also ständig zu spät.« Sie nahm einen zerbrochenen Keks und hielt ihn mir hin. »Willst du einen. Ist umsonst.«

»Okay«, sagte ich.

»Überrascht mich, dich hier zu sehen«, sagte sie. »Du bist doch sonst nicht so der Typ, der tanzt.«

»Tja. Eigentlich nicht.«

»Du bist du eigentlich nicht der Typ von irgendwas. Außer vom Kunstklub. Ich vermute also, du bist jetzt der Typ vom Kunstklub, was?«

»Ist wohl so.«

»Ich bin's auf jeden Fall. Wir haben jetzt also die Kunstklub-Verbindung, Jeremy.«

Sie streckte mir die Faust entgegen. Ich zuckte zusammen.

»Stoß dagegen, Jeremy. Ein Faustst0ß.«

Ich stopfte mir den Rest vom Keks in den Mund und stieß meine Faust gegen ihre. Rose lachte.

Plötzlich spürte ich eine Hand auf meiner Schulter und dann stand ich zwischen Mira und Sebby.

»Kekse!«, sagte Sebby. »Rose, du hast ja Kekse.«

Rose sammelte die Bruchstücke ihres Turmes zusammen und ließ sie durch die Finger rieseln.

»Ich habe Kekse mehr als genug«, sagte Rose.

Sebby setzte sich neben den Keksteller auf den Tisch. Mira setzte sich neben Rose.

»Hi, Jeremy«, sagte Sebby.

»Hey. Hi,«, sagte ich.

»Warum sitzt du hier?«, wollte Mira von Rose wissen.

»Ich liebe Kekse. Ich kann mich keinen Schritt von ihnen entfernen«, sagte Rose. Sie stopfte sich drei auf einmal in den Mund und prustete sie in Richtung Sebby.

»Igitt. Das bedeutet Krieg.«

»Nein, nein, wir fangen jetzt keine Essensschlacht auf dem Homecoming-Ball an«, sagte Mira. »Das wäre irgendwie zu symbolisch oder so. Komm schon.« Sie stand auf und griff nach Sebbys Hand. »*Tainted Love* läuft. Wir können uns die Klassiker der Achtzigerjahre doch nicht entgehen lassen.«

»Na gut.« Sebby ließ sich von ihr mitziehen. Er packte meine Hand und schleifte mich hinterher.

»Viel Spaß, Jeremy«, rief Rose uns nach.

Mira und Sebby diskutierten darüber, welche ihrer ausgefeilten Choreografien sie mir zeigen sollten. Inspiriert von Roses aktuellem Job entschieden sie sich für »Back den Keks«. Dazu gehörte, das Rühren von Teig in der Schüssel zu imitieren, und dann so zu tun, als ob man Teigkugeln auf ein Backblech fallen ließ, das dann in den Ofen geschoben wurde. Die Zeit, die verging, wurde durch das Tippen auf eine imaginäre Uhr dargestellt. Schließlich wurde das Blech aus dem Ofen gezogen und ein Keks gegessen.

Ich versuchte, den Bewegungen zu folgen, auch wenn

Sebby uns am liebsten beide herumwirbelte und mir langsam schwindelig wurde. Ich wusste gar nicht mehr, wie ich hierhergekommen war. Ich hatte einen Keks gegessen. Ich war in die Turnhalle gegangen. Und was war vorher gewesen? Und jetzt? Wir drei lachten und drehten uns im Kreis, als ob es sich genau so gehörte. Als ob alles ganz normal wäre.

Ein anderer Song wurde angespielt und Sebby verlegte sich auf romantische Moves, er strich sich mit den Fingern am Gesicht entlang und ließ sich auf den Boden sinken.

»Wenn Sebby anfängt sich in Szene zu setzen, dann brauche ich eine Pause«, sagte Mira mir ins Ohr. »Ich geh mal frische Luft schnappen.«

Sie sagte was zu Sebby, der nickte, und sie ließ uns allein zurück. Sebby lächelte mich an und umfasste meine Taille. Dazu nahm er meine Hand.

«Wie sieht's bei dir denn mit Standardtanz aus?«

Plötzlich war ich mir der Gegenwart anderer Leute um uns herum wieder bewusst, mir fiel meine Angst wieder ein, dass der Abend aus dem Ruder laufen könnte.

Ich merkte, wie ich ein wenig zurückwich, aber Sebby packte mich nur fester, zog mich an sich, sodass unsere Oberkörper sich berührten. Wir waren beinahe gleich groß, er war aschblond, ein Kontrast zu meinen tiefbraunen Haaren, und sein Gesicht hatte scharfe Kanten an Stellen, an denen meines hartnäckig rund geblieben war. Aber irgendwie hatte ich das Gefühl, in einen Spiegel zu gucken, als ich ihm in die Augen sah – als würde ich dort das Bild von mir entdecken, das ich mir wünschte.

»Willst du nicht mit mir tanzen?«, sagte er lächelnd.

Meine Hände schwitzten. Ich wusste nicht, was ich sagen sollte. Ich hatte einen Keks gegessen ... ich war in die Turnhalle gekommen ...

Er beugte sich vor. »Das interessiert keinen«, flüsterte er mir ins Ohr. »Und wenn, dann scheiß drauf.«

Ich holte tief Luft und nickte, versuchte zu lächeln – und dann neigte er meinen Oberkörper weit nach hinten – und ich stolperte rückwärts und musste so lachen, dass mir alles egal war. Scheiß auf die anderen. Ja, das war's. Genau das war's.

Mira

Mira drängelte sich durch den Hinterausgang der Turnhalle ins Freie. Sie guckte sich noch einmal um und sah, wie Sebby den Arm um Jeremy gelegt hatte und ihn weit nach hinten neigte.

»Sei vorsichtig mit dem schüchternen Jungen«, hatte sie Sebby zugeraunt. Natürlich hörte er nicht auf sie.

Draußen auf dem Parkplatz schien der Abend eine unglückliche Wende genommen zu haben. Molly Stern lehnte an einem Jeep und gab geräuschvoll alles von sich, was sie tagsüber – oder möglicherweise in der ganzen Woche – zu sich genommen hatte. Rose stand neben ihr und hatte noblerweise die Aufgabe übernommen, Molly die Haare aus dem Gesicht zu halten, während Sarah und Anna aus einiger Entfernung missbilligend zusahen. Und mittendrin war der Aufsicht führende Peter Sprenger. Beinahe hätte Mira sich umgedreht und wäre wieder reingegangen, ihre Neugier gewann allerdings die Oberhand, als sich Talia, die einen Becher Wasser umklammert hielt, an ihr vorbeidrängelte. Vor lauter Eifer, diesen zu Peter zu bringen, verschüttete sie die Hälfte.

»Molly, trink doch mal einen Schluck Wasser, okay?«, sagte Peter.

Molly, die das Kotzen vorübergehend eingestellt hatte, hob den Kopf und versuchte sich aufzurichten.

»Sie ist einfach an den Kekstisch gekommen und hat mir auf die Schuhe gereihert«, sagte Rose. »Ich hab sie, so schnell

ich konnte, nach draußen geschleift, aber ich glaube, sie hat eine Spur hinterlassen.«

»Ich glaube, ich sollte … etwas essen«, sagte Molly unter Schluchzen.

Talia machte Anstalten, ihr beim Trinken aus dem Wasserbecher behilflich zu sein.

»Sie kann den Becher allein halten, Talia«, sagte Rose. »Ich bin mir ziemlich sicher, dass ihre Arme noch funktionieren.«

Talia funkelte Rose wütend an, während Molly Wasser nippte und versuchte das Weinen zu unterdrücken.

Peter nahm Sarah und Anna in den Blick. »Kann ich mal mit euch beiden reden?«, sagte er.

Sarah zögerte, und einen Moment lang sah es fast so aus, als würde sie tatsächlich ablehnen, aber dann gab sie sich einen Ruck und kam näher, Anna folgte ihr.

»Wart ihr vor dem Fest mit Molly zusammen?«, fragte Peter.

Sarah zuckte mit den Schultern. »Kann sein.«

»Kann sein oder ja?«

Sarah und Anna sahen sich an.

»Ja«, sagte Sarah.

»Und was genau habt ihr gemacht?«

»Nichts.« Betrunken wie sie war, richtete Sarah sich auf, um so für eine Auseinandersetzung gerüstet zu sein.

Peter schwieg wirkungsvoll. »Na, gut«, sagte er dann. »Es gibt zwei Möglichkeiten, die Sache zu regeln. Die erste wäre, dass ihr mir genau sagt, was Molly getrunken oder sonst wie

zu sich genommen hat – und wir sorgen dafür, dass sie entsprechende Hilfe bekommt. Die zweite ist, dass ich von der Annahme ausgehen muss, dass ihr alle high seid und jeder eine Flasche Wodka geleert habt – folglich werde ich eure Eltern anrufen und ihnen meine Vermutung mitteilen.«

Sarah starrte ihn wütend an, sie hasste es, ein Machtspiel zu verlieren, auch gegen einen Lehrer.

»Nur Erdbeersekt«, murmelte sie. »Sie hat so fünf Gläser getrunken. Wahrscheinlich hat sie heute nichts gegessen und deshalb ist ihr schlecht geworden.«

»So sah es aber nicht aus«, sagte Rose.

Molly wollte etwas zu ihrer Verteidigung vorbringen, aber die Anstrengung drehte ihr den Magen wieder um, und Rose griff rasch nach ihren Haaren, damit sie nicht im Weg waren.

Sarah verzog angewidert das Gesicht.

»Können wir jetzt gehen?«

»Wie kommt ihr nach Hause?«, fragte Peter.

»Meine Mutter holt uns später ab«, sagte Anna.

»Ich schlage vor, du rufst sie jetzt an.«

Anna nickte, sie war leichter einzuschüchtern als ihre Freundin.

»Hast du ein Handy?«, fragte Peter.

»Ja.«

»Dann hol es raus und ruf deine Mutter an, damit sie euch abholt. Sofort.«

Sarah stand mit verschränkten Armen da, während Anna der Anweisung folgte. Molly hatte wieder aufgehört zu kot-

zen. Jetzt weinte sie und versuchte unter Tränen zu erklären, dass sie einen empfindlichen Magen hatte.

»Rose und Talia, ihr bringt Molly zur Toilette und helft ihr, sich frisch zu machen.«

»Ich muss bei den Getränken bleiben«, sagte Rose. »Da ist wahrscheinlich schon die Hölle los wegen der Kekse.«

»Dann eben Talia allein«, sagte Peter. »Kannst du ihr helfen?«

»Klar«, sagte Talia und führte die weinende Molly zum Eingang. Peter folgte den beiden. Rose und Mira sahen ihnen nach.

»Die Zicke hat mir auf die Schuhe gekotzt«, sagte Rose zu Mira. »Die kann sich selber sauber machen.«

»Arme Molly«, sagte Mira.

»Und wer bedauert mich?«, sagte Rose. »Das ist die einzige Gelegenheit, bei der ich meine Stiefel zur Schule anziehen kann, und dann werden sie vollgekotzt.«

Mira sah auf Roses ziemlich eindrucksvolle Springerstiefel.

»Wahrscheinlich macht sie das noch authentischer«, sagte sie.

»Stimmt«, sagte Rose. »Na, ich geh lieber wieder rein. Kommst du mit?«

Mira sah sich auf dem Parkplatz um, Straßenlaternen beleuchteten einzelne Flecken aus Beton im Dunkeln. Grüppchen von älteren Schülern rauchten heimlich hinter den Autos.

»Ich bleib noch ein bisschen draußen.«

»Und lässt die Jungs tanzen?«, sagte Rose, die durch die geöffneten Flügel der Eingangstür hineinsah. Sebby und Jeremy waren noch immer mitten auf der Tanzfläche, jetzt mit einer improvisierten Version des Electric Slide.

»Ja, so was in der Art«, sagte Mira.

»Großzügig von dir, ihn zu teilen.«

»Er bestimmt über sich selbst.«

»Trotzdem«, sagte Rose.

Mira zuckte mit den Schultern.

»Na«, sagte Rose, »dann bis später.«

»Bis später.«

»Hinterher gehen wir wahrscheinlich ins Diner«, sagte Rose auf dem Weg zur Tür. »Alle kommen mit.«

»Okay, cool.«

Mira sah Rose nach, die reinging, und schlenderte um den Parkplatz herum. Etwas Trauriges und Unheimliches hatte sie seit dem Gespräch mit ihrer Schwester beschlichen, das sich kaum abschütteln ließ. Sie setzte sich auf den Rinnstein und holte ihr Handy aus der Rocktasche, rief die Nachrichten auf und schrieb an Julie.

Du hast mich verletzt vorhin, tippte sie – und löschte es sofort wieder. Sie beobachtete ein paar Oberstufenschüler, die in der Nähe rauchten. Der Geruch von Pot wehte zu ihr herüber.

Ist dir eigentlich ganz egal, was im letzten Jahr mit mir passiert ist – oder hältst du mich einfach nur für eine fette Versagerin? Eine Minute lang starrte sie auf die Nachricht. Sie konnte den Druck hinter den Augen spüren.

Dort fing es immer an, wanderte dann hinunter zu ihrem Herzen, ihrem Bauch. Nicht weinen. Nicht weinen. Nicht weinen.

Sie sah auf ihr Kleid. Der Gummibund in der Taille war zu eng, zwickte sie an den Speckrollen, die unweigerlich auftauchten, sobald sie sich hinsetzte. Plötzlich hatte sie das Gefühl, das elastische Band würde ihre Blutzirkulation abklemmen. Warum hatte sie nur dieses Outfit gewählt? Warum war sie heute Abend überhaupt hierhergekommen?

Sie stand auf, klopfte sich den Staub vom Rock und steckte das Handy wieder in die Tasche. Sie sah zu den Rauchern hinüber. Einer der Jungs starrte sie unfreundlich an und wandte den Blick dann wieder ab. Ja, klar, Julie hatte recht. Sie, Mira, war eine fette Versagerin. Sie strengte sich nicht genug an. Sie war nicht gut genug. Ihre Eltern bereuten wahrscheinlich sogar, noch ein zweites Kind bekommen zu haben. Sie hätten es einfach bei dem einen belassen sollen und alles wäre bestens gewesen. Dann hätte ihre Mutter sich nach einem neuen Job umgesehen und nicht beschlossen, ihre Zeit darauf zu verwenden, die unheilbare Kranke zu heilen.

Mira ging auf die Turnhalle zu und atmete die Nachtluft so tief wie möglich ein. In der Klinik hatten sie ihr beigebracht, bewusst zu atmen, es war eine Aufgabe, die Lungen zu füllen und dann wieder zu leeren, als ob ihr Körper das sonst vergessen würde. Er musste erinnert werden. Ein und aus. Alles in Ordnung. Versuch dir in Erinnerung zu rufen, dass alles in Ordnung ist.

Sie hatte Peter nicht bemerkt, beinahe wäre sie in ihn hineingestolpert. Er stand an der Tür, hatte den Parkplatz im Blick.

»Hi, Mira«, sagte er.

»Hey«, sagte sie.

»So weit alles in Ordnung?«, fragte er.

»Ja, klar.«

»Kein Erdbeersekt für dich heute Abend.«

»Ich steh mehr auf Whiskey«, sagte sie.

Peter lächelte. »Lass mich raten. Jack Daniels? Pur?«

»Auf Eis«, sagte Mira.

Er nickte. »Nice.«

Auf die eine Hälfte seines Gesichts fiel Licht aus der Turnhalle, Mira konnte nicht umhin zu bemerken, wie viel jünger er aussah, wenn er nicht Hemd und Krawatte trug.

»Wie geht's Molly?«, fragte Mira, der die Unterhaltung plötzlich ein bisschen unangenehm war.

»Das wird schon wieder.« Er schüttelte den Kopf. »Echt schade. Molly ist ein kluges Mädchen, weißt du. Zu klug für so was.«

»Wird sie Ärger kriegen?«

Er schüttelte den Kopf. »Alle machen dumme Fehler, wenn sie jung sind.«

»Ist wohl so.«

»Und ich möchte nicht, dass sie wegen so einer Sache einen Schulverweis bekommt. Sie hat ihre Lektion heute Abend sicherlich gelernt.«

»Ja, aber Sarah und Anna bestimmt nicht.«

»Weißt du was, Mira? Mädchen wie Sarah lernen wahrscheinlich ihr Leben lang nicht dazu. Nach der zweiten Scheidung mit fünfundvierzig stellen sie sich vielleicht die Frage, warum sie sich immer so allein fühlen – und überlegen, aus welchem anderen Grund, als Ansprüche zu stellen und sich die Nägel machen zu lassen, sie wohl noch auf diesen Planeten gesetzt worden sein könnten.«

Mira sah ihn an. Er meinte es völlig ernst.

»Natürlich«, fügte er hinzu, »will ich damit nicht sagen, dass Sarah überhaupt jemals so viel Erleuchtung erlangen wird.«

Mira lächelte und er lächelte zurück. Das war also Peter ohne Uniform. In Jeans und T-Shirt. Ein echter Mensch.

»Dein Kleid gefällt mir«, sagte er. »Echter alternativer School-Spirit.«

»Darauf war ich aus. Die launische Cheerleaderin der frühen Achtzigerjahre.«

»Und du kennst dich mit den frühen Achtzigern aus?«

Mira lachte. »Ich hab die Filme gesehen.« Sie schaute auf ihr Kleid. »Warum, hast du sie anders in Erinnerung?«

»In den frühen Achtzigern war ich noch nicht auf der Welt«, sagte Peter.

»Echt nicht?«

Peter lächelte. »Wie alt schätzt du mich?«

»Keine Ahnung. Irgendwie siehst du wie ein Erwachsener aus.«

»Aha. Na, vielen Dank.«

In Wahrheit sah er überhaupt nicht erwachsen aus. Heute

Abend nicht. Man hätte ihn für einen Schüler der Abschlussklasse halten können oder für den großen Bruder von irgendjemand, der längst auf dem College war und aus nostalgischen Gründen mal reinschaute.

Miras Handy surrte in der Tasche. Sie zog es heraus und sah, dass sie zwei Nachrichten hatte. Die erste war von Sebby: Wir treffen uns im Zeichensaal. Diese Fete ist VORBEI.

Die zweite war von ihrer Schwester: Ich weiß nicht mal, wovon du eigentlich redest. Du führst dich gerade auf wie ein kleines Kind.

»Alles in Ordnung?«, fragte Peter.

Mira scrollte durch ihre Nachrichten.

»Oh nein«, murmelte sie. Der letzte Satz, den sie an Julie geschrieben hatte, war gesendet worden. Das hatte sie nicht gewollt. Ist dir eigentlich egal, was mit mir im letzten Jahr passiert ist – oder hältst du mich einfach nur für eine fette Versagerin?

»Oh nein. Oh Scheiße.«

»Stimmt was nicht, Mira?«

Jetzt spürte sie, wie die Tränen kamen. Sie ließen sich nicht mehr zurückhalten. Sie stopfte das Handy in die Tasche.

»Doch, ja, sorry. Ich muss nur los.«

Sie lief durch die Turnhalle zum Foyer, mit gesenktem Kopf an Leuten vorbei. Warum hatte sie diese Nachricht nicht gelöscht? Warum war sie so eine Vollidiotin?

Sie lief den leeren Flur entlang zum Zeichensaal. Drinnen brannte kein Licht, aber durch die Glasscheibe in der Tür konnte sie Jeremy und Sebby sehen. Sie saßen im Dunkeln

nebeneinander auf einem der Tische, ihre Schultern berührten sich beinahe. Sebby lächelte Jeremy an, dann richtete er den Blick wieder auf etwas, das sie beide betrachteten.

Plötzlich hatte Mira das Gefühl, nicht atmen zu können. Wenn sie sich jetzt auf den Boden setzte, würde sie nie wieder aufstehen. Raus, sie musste hier raus.

Sie schaffte es bis vor die Tür und den Hügel hinunter, setzte sich auf die Bank. Sie kramte ihr Handy heraus und rief zu Hause an. Sie bemühte sich, so normal wie möglich zu klingen, als sie ihre Mom bat, sie bitte sofort abzuholen.

Jeremy

Als die Musik auf dem Fest eine Wende zum »Unannehmbaren« nahm (laut Sebby), beschloss er, dass wir uns alle in unserem Basislager, dem Zeichensaal, treffen sollten.

»Glaubst du, der ist offen?«, fragte er.

»Ich hab einen Schlüssel«, sagte ich.

»Okay, geil.«

Ich schloss die Tür auf und wir betraten den leeren Raum. Es fühlte sich ein bisschen gespenstisch an, wegen des Lärms von der Turnhalle, der die Flure herunterwaberte, es war, als hätten die Geister des Gebäudes sich hier verschanzt, um etwas Ruhe zu haben.

»Zeigst du mir jetzt deine Radierungen … oder deine Briefmarkensammlung?«, sagte Sebby.

»Ich hab Skizzen«, sagte ich.

»Geht auch.«

Ich holte meine Mappe aus dem Schrank. Sie war voller Arbeiten aus dem Unterricht im letzten Jahr – und dem, was ich so gemacht hatte, wenn ich im Unterricht nicht mitgearbeitet hatte. Ich legte alles auf einem der Zeichentische aus.

»Wer ist das?« Sebby nahm ein Blatt in die Hand, das eine Vielzahl von Ansichten eines Mannes in winziger Badehose zeigte.

»Ein Typ, der sich gern am Strand nicht weit von unserem Sommerhaus sonnt. Er kommt jeden Tag um Schlag zwölf Uhr für genau eine halbe Stunde. Diese Badehose ist pink, ich hatte keine Buntstifte. Aber die Badehose ist immer pink.«

»Wo liegt euer Sommerhaus?«

»Provincetown. Das ist in Massachusetts. Cape Cod.«

Sebby schaute von den Zeichnungen auf.

»Da war ich schon«, sagte er. »Mira und ich sind mal hingefahren.«

»Von klein auf habe ich jeden Sommer in P'town verbracht. Wir haben eine Fischerhütte, die mein Dad zu einem kleinen Haus umgebaut hat.«

»Schön«, sagte Sebby. Er legte die Zeichnung hin.

»Kannst du sehen?«, fragte ich. »Sonst schalte ich das Licht an.«

»Nein«, sagte er. »Ich mag die Dunkelheit.« Er grinste mich an. Ich versuchte abzulenken, indem ich einen anderen Stapel Papier durchforstete. Mal sehen, ob ich noch was fand, das sich zu zeigen lohnte.

»Du zeichnest viel, was?«, sagte er.

»Ja. Mach ich irgendwie, ohne nachzudenken«, sagte ich.

»Wer ist das?« Sebby hielt eine andere Zeichnung hoch.

Ich schaute auf. Es war ein Porträt einer Frau mit glatten Haaren, die zum Pferdeschwanz gebunden waren. Sie lächelte schüchtern. Ich hatte vergessen, dass dieses Bild in der Mappe lag.

»Das ist meine Mom«, sagte ich und guckte weg.

Sebby sah das Porträt prüfend an. »Sie sieht aus wie du«, sagte er.

»Ich hab das nach einem Foto gezeichnet. Sie ist nicht da. Nicht mehr.«

»Tot?«, sagte Sebby. »Meine ist tot.«

»Oh. Nein«, sagte ich. »Das tut mir leid.«

»Schon okay«, sagte er. »Ist lange her.«

»Meine ist gerade erst weg«, sagte ich.

Sebby nickte.

Die Tür ging auf und Rose steckte den Kopf zur Tür herein.

»Du hast eine Nachricht geschickt?«, sagte sie zu Sebby.

»Ja, lasst uns hier abhauen«, sagte er.

»Ins Diner?«, sagte sie. »Ich fahre.«

Sebby guckte mich an.

»Geht das klar?«, fragte er.

»Sicher, ich pack nur schnell die Sachen weg.«

Er half mir die Zeichnungen zusammenzusammeln und wieder in die Mappe zu legen.

»Du bist wirklich gut«, sagte er. »Im Zeichnen.«

»Danke«, sagte ich. »Das ist nur, weil ich es so oft mache, da werde ich besser. Das könnte jeder.«

»Nein. Du hast einen Stil. Irgendwie kann ich spüren, was du fühlst, wenn ich sie anschaue.«

Er schnürte das Band um die Mappe und schob sie wieder ins Fach.

»Ich glaube nicht, dass du dich so fühlen möchtest wie ich«, sagte ich.

»Warum nicht?«

Rose spähte wieder zur Tür herein.

»Beeilung, bitte, die Damen«, rief sie.

»Hast du Mira gesehen?«, fragte Sebby sie.

»Sie war draußen auf dem Parkplatz – mit der unglaublich kotzenden Molly«, sagte Rose.

»Iih.«

»Ziemlich iih. Schreib ihr, dass sie sich hier mit uns treffen soll. Ich muss hier weg.«

Sebby ging zur Tür, drehte sich noch einmal um.

»Kommst du?«, fragte er.

Ich nickte. »Ja«, sagte ich. »Klar.«

Mira

Am sichersten fühlte Mira sich in Augenblicken wie diesen allein in ihrem Zimmer, geborgen im Schoß von Dingen, die vor der Außenwelt schützten. Vor der Innenwelt auch, vor den Bereichen in ihrem Kopf, die nicht ihr Bestes im Sinn hatten. Sie sammelte Sachen, wie jemand Essensrationen hortete – ihr überquellender Schrank, ihre Schals und Mützen, ihr Schmuck, das waren die Vorräte in ihrem emotionalen Atombunker.

Aber eigentlich war ihr Zimmer nur ein sicherer Ort zum Auseinanderfallen. Das Auseinanderfallen war unvermeidlich. Hinter der vor der Außenwelt verschlossenen Tür konnte sie aufhören so zu tun, als würde sie irgendwie funktionieren. Sie und das Leben waren nicht immer die besten Freunde. Es war schön, das zugeben zu können.

So leicht war das also, dahinzuschwinden, wenn etwas heftig an der Schnur an ihrem Herzen zog. Das Gefühl war ihr vertraut, ihre Seele kehrte sich nach innen, wendete sich ab von der Welt, weil sie nicht gesehen werden wollte. Dieses Gefühl war ein alter Bekannter. Doch die letzte Begegnung lag schon eine Weile zurück. Sie hatte es nicht erwartet.

Wie fühlte es sich an? Worte dafür zu finden war gut. Ein Druck im Kopf. Ein Wunsch, aus der Haut zu kriechen. Als müsse ein Teil von ihr entfernt werden. Ein Teil war vergiftet. Als seien Körper und Hirn immer Feinde gewesen. Als könne nur einer diese Nacht überleben.

Wenn es so schlimm wurde, war sie bereit alles zu tun,

damit es aufhörte. Und da lag die Gefahr. Das Gefühl selbst hatte keine Geduld, wollte nicht sitzen und warten. Und deshalb machte es ihr weis, sie könne nicht überleben, solange es bei ihr war. Sie würde sich selbst zerstören, um es zu vernichten.

Sie wollte unters Bett kriechen, zu den alten Schuhen, einzelne Exemplare, die ihre Partner verloren hatten, und den Socken, die mitten in der Nacht von den Füßen gestreift worden waren. Zu einer Kiste mit Sachen, die ihr mal etwas bedeutet hatten. Damals, als sie ein Mensch war und keine leere Hülle, in der es furchtbar rauschte. Sie passte nicht mehr unters Bett. Vielleicht war das früher mal möglich gewesen.

Jetzt hatte sie Tabletten, die »nur bei Bedarf« einzunehmen waren, aber ihre Mutter verwahrte sie in ihrem Zimmer. Denn sie selbst hätte vielleicht schon zu viele genommen. Sie musste sich also an ihre Mutter wenden. Und das kam überhaupt nicht infrage. Sie hatte es geschafft, sich während der Autofahrt zusammenzureißen, war nach oben in die Sicherheit ihres Zimmers gelangt, ohne Verdacht zu erregen. Die Niederlage, jetzt einzugestehen, was gerade passierte, wäre zu groß. Sie konnte nicht auch noch die Scham ertragen, versagt zu haben. Und den enttäuschten Blick ihrer Mutter. Denn so war sie wirklich. Sie machte sich nur etwas vor, wenn sie herumlief und ihren Tag bewältigte wie ein normaler Mensch. Was war das doch alles für ein Witz. Ein Streich, den sie sich selber spielte. Irre komisch.

Sie hatte keine Schere in ihrem Zimmer. Immer noch

nicht. In der Schublade unten in der Küche lagen immer noch ausschließlich Essbesteck. Die scharfen Messer hielt ihr Vater in einem Schrank unter Verschluss. Und im Badezimmer gab es nur Einmalrasierer. Nach so langer Zeit noch. Sie musste in diesem Moment unbedingt etwas anderes fühlen. Auch wenn es nur eine andere Art Schmerz war. Sie hatte die schreckliche Lektion gelernt, dass sie den Dämon in die Schranken weisen konnte, wenn sie ihn nur ein kleines bisschen Zerstörung kosten ließ. Damit zeigte sie ihm, dass sie immer noch die Kontrolle hatte.

Sie zu retten war nicht die Angelegenheit von irgendjemand anders.

Bitte, lass das nicht wieder passieren. Bitte, mach, dass es nicht passiert.

Was stimmt nicht mit mir irgendwas stimmt nicht mit mir.

Im Badezimmerschrank war noch Erkältungsmedizin vom letzten Monat, als ihre Mutter krank gewesen war. Eine Dosis war noch übrig.

Nimm sie. Nimm sie, damit du diese Nacht überlebst. Damit du schlafen kannst.

Nimm sie und sag dir immer wieder diese Worte: Es wird vorübergehen ich verspreche ich verspreche es wird vorübergehen.

Jeremy

Das Diner-nach-der-Fete-Phänomen war eine ganz neue Erfahrung für mich, weil ich vorher nie länger als eine Stunde auf einer Schulparty geblieben war, aber anscheinend war diese Migration zum rund um die Uhr geöffneten Diner die Straße runter Pflicht an so einem Abend. Die meisten unserer Schulkameraden waren da, lärmten und lachten über die Tische hinweg, drehten immer mehr auf, was im Lauf der Nacht zu vollkommen verrückten Szenen führte.

Rose, die einen Anfängerführerschein hatte und über eines der Autos ihrer Familie verfügte, hatte mich und Sebby zum Diner mitgenommen. Wir hatten eine freie Sitzecke im hinteren Teil gefunden und unseren Claim abgesteckt. Sebby hatte Mira getextet, und gleich nach unserer Ankunft ging er nach draußen, um sie anzurufen.

»Drama mit der Gattin«, sagte Rose.

Ehe ich darauf reagieren konnte, kam die Kellnerin an unseren Tisch, ein Mädchen mit weiß gebleichten, raspelkurzen Haaren und einer Reihe von Piercings am linken Ohr.

»Ich bin heute Abend nicht in Stimmung, wenn du also mehr willst als Kaffee und Fritten, dann verdrück dich lieber in eine Ecke, in der jemand anders bedient«, sagte sie, wobei sie Rose ansah.

»Jeremy, das ist Ali, meine Ex«, sagte Rose.

»Das hättest du wohl gern«, sagte das Mädchen. Ihre Haare und die Piercings sahen seltsam aus zu der gestärk-

ten weißen Kellnerinnenbluse und der schwarzen Schürze. »Also, was darf es sein?«

»Kaffee und Fritten, bitte«, sagte Rose. »Jeremy?«

»Kaffee«, sagte ich.

Ali notierte unsere Bestellung und ging an den nächsten Tisch.

»Sie ist meine Ex«, sagte Rose. »Sie mag es nur nicht zugeben.«

Rose holte was aus der Handtasche und stellte es auf den Tisch. Es war ein kleiner Flachmann aus Metall. Sebby rutschte neben mich auf die Sitzbank.

»Alles okay?«, fragte Rose.

Er schüttelte den Kopf. »Wird schon wieder«, sagte er. »Sie hat das manchmal.« Er langte nach Roses Flachmann. »Darf ich.«

»Bedien dich, mein Freund«, sagte sie.

Ali brachte unseren Kaffee und ein großer Junge mit zu großer Pilotenbrille und wirren schwarzen Haaren folgte ihr zu unserem Tisch und rutschte auf den Platz neben Rose.

»Nick ist hier«, sagte Ali zu Rose.

Der Junge legte Rose den Arm um die Schulter.

»Rosewood«, sagte er. »Wie geht's?«

»Schlechter, jetzt, wo du hier bist, Nick«, sagte Rose und schüttelte seinen Arm ab.

»Noch Kaffee?« Ali sprach Sebby an. »Kaffee für dich?«

»Ja, bitte, meine Hübsche«, sagte Sebby.

Ali lächelte.

»Für mich nichts«, sagte Nick. »Ich bin geschäftlich hier.«

Ali ging noch einen Kaffee holen.

»Nick, das sind Jeremy und Sebby«, sagte Rose. »Nick ist Alis Freund.«

Nick schob sich die Pilotenbrille auf den Kopf und grinste uns an.

»Ist mir ein Vergnügen«, sagte er.

»Ich hab dich schon mal irgendwo gesehen«, sagte Sebby.

»Möglich«, sagte Nick. »Ich komm viel rum.«

»Du gehst auf die West Pleasant High.«

»Manchmal«, sagte Nick. »Gehst du dahin?«

»Ja«, sagte Sebby. »Manchmal.«

»Dann sehen wir uns ja vielleicht dort«, sagte Nick. Er setzte seine Brille wieder auf. »Kann ich euch irgendwelche Kaltgetränke bringen?«

»Hau ab, Nick«, sagte Rose. »An diesem Tisch gilt ein absolutes Alkoholgebot.«

Sie goss sich etwas aus dem Flachmann in ihren Kaffee – und in meinen.

»Na gut«, sagte Nick. »Schön, dich kennengelernt zu haben, Sebby. Wir sehen uns in der Schule.«

Nick stand auf und steuerte den Tisch von Footballspielern am anderen Ende des Raums an.

»Schleimer«, murmelte Rose.

Ali kam mit einem weiteren Kaffee und Fritten mit geschmolzenem Käse. Rose zupfte an ihrem Ärmel.

»Komm, setz dich zu uns«, sagte sie und mimte den Welpenblick.

»Ich mach um vier Schluss, Stalkerin«, sagte Ali und ging.

»Ich mach's dir um vier«, erwiderte Rose trocken.

Sebby kicherte und kippte sich den Rest aus dem Flachmann in den Kaffee.

Flirrender Lärm beherrschte den Abend, Leute drängelten sich um die besten Plätze, Rose flirtete mit Ali, Nick ging von einem Grüppchen zum anderen und kreuzte immer wieder bei uns auf, um Rose auf den Zeiger zu gehen. Schließlich holte ich mein Skizzenbuch raus, um wenigstens etwas zu tun zu haben. Ich schlug eine leere Seite auf und fing an zu kritzeln.

»Hier«, Sebby nahm mir den Bleistift aus der Hand, »ich kann einen Truthahn malen.«

Er legte meine Hand flach auf die Seite und fuhr mit dem Bleistift langsam an den Fingern entlang.

»Da. Ein Truthahn!«, sagte er.

Ich lachte. Inzwischen hatte er seinen geimpften Kaffee ausgetrunken und meinen dazu. Ich hatte keine Ahnung, warum man um Mitternacht ein Bedürfnis haben sollte, Kaffee zu trinken.

Sebby drehte meine Hand um, sodass meine Handfläche nach oben zeigte. Mit seinem Finger fuhr er meine Lebenslinie entlang.

»Ein langes Leben«, sagte er. »Zu Beginn etwas verhalten, ab der Mitte wird's intensiver.«

Ich lächelte ihn an, denn ich wusste nicht, was ich sonst tun sollte.

»Der Truthahn braucht einen Kehllappen«, sagte er.

Ich nahm ihm den Bleistift ab und versuchte dem Trut-

hahn ein naturgetreueres Aussehen zu geben. Rose sagte irgendetwas, und Sebby lachte, und der Raum war voller Lärm, von dem ich nichts mitbekam, weil die Welt in Stille versunken war, als er mich berührt hatte – und nichts sonst war von Bedeutung.

Mira

Der Morgen kam aggressiv daher, giftete Mira durch den Spalt zwischen den Vorhängen an. Wenigstens hatte sie geschlafen. Und jetzt war sie wach. Genau so sollte es sein.

Dass sie sich selbst überlebt hatte, war ein bittersüßer Sieg. Es bedeutete, dass ein Teil von ihr verloren hatte. Das Hässliche hatte sich als kleiner schwelender Klumpen tief unten in ihren Bauch gelegt. Ganz weg war es nicht. Verschwinden würde es nie.

Sie stieg aus dem Bett, zog einen Pullover über den Pyjama und folgte dem Kaffeeduft nach unten.

Ihre Mutter saß am Küchentisch und löste ein Kreuzworträtsel.

»Herrenloser Welpe wartet vorn auf der Treppe auf dich«, sagte sie.

Mira goss zwei Becher Kaffee ein und ging raus.

»Hey«, sagte Sebby, als sie aus der Haustür trat.

»Hey.« Sie reichte ihm einen Becher.

»Danke.«

»Was machst du hier?«

»Auf dich warten.«

Sie setzte sich neben ihn auf die Treppe.

»Du hättest mich wecken können.«

»Ich wollte nur eine Weile so sitzen. War ein lauter Morgen.«

»Jetzt schon?«

»Na ja, die Babys fingen gegen fünf an zu brüllen. Dann

ist Stephanie aufgewacht und hat einen Anfall gekriegt, weil niemand Rücksicht darauf nimmt, dass sie ihren Schönheitsschlaf braucht oder so. Und das hat Daniel und Connor provoziert.«

»Klingt aufregend.«

»Das ist so ein verdammter Zirkus.«

»Du solltest hier einziehen. Nichts als passiv-aggressives Lösen von Kreuzworträtseln und ständige Essenskontrolle.«

»Wenigstens ist es still.«

»Oh, still ist es, keine Frage.«

Sie nahm einen Schluck Kaffee. Er schmeckte besser als sonst. Es war, als hätte sie vergessen, dass etwas gut schmecken konnte. Als würde ihr die wirkliche Welt von der anderen Seite des Kaffees zurufen.

»Schade, dass du gestern Abend nicht mitgekommen bist«, sagte er.

Sie schüttelte den Kopf. »Ich bin einfach durchgedreht«, sagte sie. »Schon okay. Du hättest mich nicht dabeihaben wollen.«

»Du weißt nicht, was ich will«, sagte er.

»Ich weiß, dass du die Irre nicht dabeihaben willst, wenn du dich an Jeremy ranmachst.«

»Erstens: Keiner hat sich an irgendjemanden rangemacht. Und zweitens: Tu vor dem Jungen, der drei Wochen deines Lebens mit dir in der Psychiatrie verbracht hat, nicht so, als ob du die einzige Verrückte wärst, die hier sitzt.«

Sie lächelte. »Keine Ahnung«, sagte sie. »War ein blöder Zeitpunkt zum Austicken. Ich wollte nur nach Hause.«

»Dann sag mir einfach, was los ist, klar?«, sagte er. »Und verschwinde nicht einfach so.«

»Ich hab dir gesagt, dass mit mir alles okay ist, als du angerufen hast.«

»Ja, aber ich wusste, dass das nicht stimmt.«

Sie sah die ruhige begrünte Straße entlang. Kinder mit Baseballschlägern auf dem Rücken steuerten auf ihren Rädern den Park an.

»Also, was geht ab?«, sagte Sebby. »Sprich mit mir.«

Mira beobachtete, wie ein Windstoß durch die sich verfärbenden Blätter der Eiche im Garten raschelte. Sie suchte nach etwas, das ihr verraten würde, was sie sagen sollte, damit es besser wurde. Wenn sie an Zeichen glaubte, würde sie vielleicht mehr davon sehen.

»Weißt du noch, wie sie in der Klinik erzählt haben, dass wir uns nach der Entlassung wieder an all diese Dinge gewöhnen müssten – an die vielen Forderungen, die es drinnen nicht gab?«

»Ja.«

»Ich hab das Gefühl, für mich ist das nicht wirklich beendet. Ich vergesse es nur manchmal. Ich vergesse, dass ich nicht weiß, wie man das macht – und dann erinnere ich mich plötzlich wieder.«

»Wie man was macht? Was meinst du?«

»Alles.«

»Na, das klingt überzeugend.«

»Ich habe gestern mit meiner Schwester geredet«, sagte Mira.

»Oh Gott«, sagte er. »Warum machst du denn so was?«

»Sie war auf der Suche nach meinem Dad. Sie hat nicht mal angerufen, weil sie mit mir sprechen wollte. Und dann hat sie es sofort geschafft, mir das Gefühl zu geben, der schlimmste Mensch auf Erden zu sein.«

»Echt begabt, das Mädchen.«

»Und später – bei der Party – war ich immer noch wütend deswegen, und aus Versehen hab ich ihr getextet, dass ich wütend war – und das hat alles nur noch schlimmer gemacht. Sie hält mich für eine erbärmliche Chaotin. Wahrscheinlich hat sie recht.«

»Du bist nicht erbärmlich.«

»Ich bin nicht wie sie.«

»Du sollst auch nicht wie sie sein. Dann wären wir nicht befreundet.«

Mira zog sich den Pullover über die Knie. Sebby machte die Beine lang und lehnte sich auf die Ellenbogen gestützt zurück.

»Hast du je das Gefühl, es könnte wiederkommen?«, sagte sie.

»Was?«

»Alles. Der Wunsch aufzugeben.«

»Ja. Klar.«

»Und dass du es dieses Mal vielleicht nicht überleben würdest?«

»Doch, würden wir. Wir tun es ja.«

»Ist wohl so.«

Er setzte sich auf und legte ihr den Arm um die Schultern.

»Wie können wir dir helfen?«, fragte er.

»Weiß nicht. Mir ist nicht zu helfen.«

Er schüttelte den Kopf. »Ein Ritual.«

Sie lächelte. »Vielleicht«, sagte sie.

»Zweifellos. Wir bringen den Göttern ein Opfer.«

»Okay«, sagte sie. »Wann?«

»Heute Abend.«

»Wo?«

»Hier.«

»Wir brauchen Sachen.«

»Darum kümmere ich mich.«

»Aber klau nicht alles, Sebs.«

»Nein. Nur das meiste.«

Er stand auf. »Um acht, ja?«, sagte er.

»Okay.«

Er gab ihr einen Kuss auf die Wange. »Leg deine Flügel an«, sagte er.

Jeremy

Nachdem Sebby mich per Textnachricht herzitiert hatte, kreuzte ich vor Miras Haus auf. Er stand auf der vorderen Veranda, als ich ankam, mit blauen Glitzerflügeln, die ihn aussehen ließen wie einen aufmüpfigen Nachtfalter.

»Hast du was mitgebracht?«, fragte er.

Ich hielt die Plastiktüte auf, die ich mitgeschleppt hatte. Eine Tüte Popcorn, eine Riesentüte M&Ms und eine Schachtel Weingummischlangen.

»Mein Dad konsumiert heimlich Junkfood«, sagte ich.

»Mega.« Er klingelte.

Mira kam an die Tür – in einem glänzenden rosa Kleid mit großem Kragen und winzigen durchsichtigen Plastikknöpfen, die wie Glas aussahen, wenn man die Augen etwas zusammenkniff. Unten guckte ein Spitzenunterrock raus. Sie trug lila Flügel, die zu Sebbys Flügeln passten.

»Jeremy«, sagte Mira. Es war eine Feststellung, keine Begrüßung.

»Hey«, sagte ich. »Hey, Mira.«

»Ich glaube, er kann helfen«, sagte Sebby.

»Echt?«

Sebby nickte.

Mira schien rasch in einigen Fragen Entscheidungen zu treffen. »Okay«, sagte sie dann.

Das Haus war, bis auf die weihnachtliche Lichterkette an der Treppe, dunkel. Wir gingen rein und schlossen die Tür hinter uns zu.

»Wunderschön«, sagte Sebby und richtete Miras Flügel. »Sagt ein Elfenwesen zum anderen.«

»Ich hab alles gegeben und mich aufgeführt wie meine herrschsüchtige Schwester. Endlich habe ich meine Eltern davon überzeugen können, dass wir heute Abend eine Party feiern dürfen.«

»Perfekt«, sagte Sebby.

Wir gingen hoch in Miras Zimmer. Tücher aus dem Secondhandladen waren zu einer langen Girlande zusammengebunden, die sich durch den Raum schlängelte und in einen Baldachin über ihrem Bett mündete. Ihr Schrank quoll über von Schuhen und Gürteln und verworfenen Outfit-Kombinationen. Ein paar Kleider hingen auf Ehrenplätzen an Haken an der Wand. Auf dem kleinen Tisch mit der Nähmaschine in der Ecke häuften sich Stoffreste und überall verstreut lagen Spulen mit Nähgarn.

»Wow«, sagte ich.

»Sorry, dass es so unordentlich ist«, erwiderte Mira.

»Nein, ich wusste nur nicht, was du ... alles hast.«

»Sie hortet«, sagte Sebby.

»Im Keller ist noch mehr, leider«, gab sie zu.

»Sie kommt bestimmt noch ins Fernsehen – in diese Sendung über Messies.«

»Halt die Klappe, Sebby.«

Mira hatte aus gegebenem Anlass in den Bereichen ihres Zimmers, die nicht schon voller Sachen waren, silberne und blaue Ornamente aufgehängt.

»Von unserem Weihnukka-Baum«, sagte Mira. »Mom ge-

steht uns einen Baum zu, aber nur in den Hanukkah-Farben, sonst setzt ihr jüdisches Schuldgefühl ein, und sie fängt an, uns gewaltsam mit Rugelach vollzustopfen.«

Auf ihrer Kommode hatte Mira kleine Teelichter und Räucherstäbchen aufgestellt, sie und Sebby zündeten sie an, bald war die Luft schwer vom Rauch. Ich atmete tief ein – und befürchtete, dass die beiden jeden Augenblick bemerken würden, dass es ein Fehler gewesen war, mich dabeizuhaben. Aber am Abend vorher hatte Sebby im Diner meine Hand genommen – und das schien zu bedeuten, dass er mich jetzt kannte. Dass ich die Erlaubnis hatte, das hier mitzuerleben.

Wir setzten uns im Kreis auf den Boden und präsentierten unsere Opfergaben. Die Tüte mit den Süßigkeiten von mir, eine Dose Glittergel und ein halber Liter Whiskey von Sebby.

»Ohne Flügel machst du nicht viel her als Elfe«, sagte Sebby zu mir. »Aber das muss reichen.«

Er machte die Dose mit Glitter auf und tunkte seinen Finger rein, dann hielt er sie Mira hin, damit sie das Gleiche tat.

»Du musst dich der Aufmerksamkeit der Götter würdig erweisen«, sagte er.

»Mach die Augen zu, Jeremy«, forderte Mira mich auf.

Ich schloss die Augen und spürte ihre Finger auf meinen Lidern, kalter Glitter wurde auf meinem Gesicht verteilt. »Perfekt.«

Ich schlug die Augen auf und sah zu, wie sie einander Glitter auflegten, und so wurden wir wie eins. Ein winziger Stamm.

Sebby öffnete die Whiskeyflasche und hielt sie feierlich hoch.

»Wir sind hier, um die Dämonen auszutreiben«, verkündete er.

Er reichte die Flasche an Mira weiter. »Trink«, sagte er, »und nenne beim Namen, was du bekämpfen musst.«

Sie lächelte und nippte an der Flasche. »Depression in Begleitung eines chronischen Erschöpfungssyndroms«, sagte sie.

»Mira«, mahnte Sebby. »Poetischer.«

Sie nahm noch einen Schluck und dachte nach.

»Die Dämonen der Traurigkeit«, sagte sie. »Die Schmerzen des täglichen Lebens. Die Gründe, nicht zu leben.«

»Gut. Jeremy?«

Mira reichte die Flasche an mich weiter.

»Was soll ich sagen?«

»Was dir wichtig ist. Wenn du willst«, sagte sie.

Ich nahm einen Schluck. Der Whiskey brannte auf dem Weg nach unten. »Ich weiß nicht«, sagte ich.

»Etwas, für das du alles geben würdest, um es loszuwerden.«

»Angst haben«, sagte ich. Ein kleiner Teil von mir, wie ein Knoten hinten in der Kehle, wollte weinen, als ich es aussprach. Doch etwas Stärkeres hielt die Tränen zurück. Etwas, das wusste, dass ich in diesem Moment keine Angst hatte.

»Gut«, sagte Mira. »Das ist wirklich gut, Jeremy.«

Ich reichte Sebby die Flasche.

Er betrachtete sie einen Moment lang. »Allein sein«, sagte er dann und trank.

Erst viel später würde ich begreifen, was Sebby damit meinte, dass die Gegenwart anderer Leute für ihn kein verlässlicher Schutz war. Und dass jemanden zu berühren nicht immer hieß, dass der auch wirklich da war.

»Und jetzt«, er nahm unser beider rechte Hand und legte sie auf die Flasche, »müssen wir all das gegen etwas Gutes eintauschen. Das Leben, das wir uns für uns wünschen.«

Er guckte uns an.

»Wie wäre es mit einem Leben, in dem ich Pizza essen darf?«, sagte Mira.

»Die Dämonen haben dich dazu gebracht, zu klein zu denken.« Er schloss die Augen, gemeinsam hielten wir die Flasche, das warme Brennen des Alkohols nährte etwas, das in jedem von uns wuchs, Energie strömte, wo unsere Finger sich berührten.

»Mögen wir unmöglich leben«, sagte Sebby, als er die Augen aufschlug. »Allen Erwartungen zuwider. Mögen die Leute uns angucken und sich fragen, wie solche Juwelen in der traurigen Wüste der Welt funkeln können. Mögen wir das unmögliche Leben leben.«

Sebby wedelte mit einem Räucherstäbchen über den Süßigkeiten, um sie zu segnen, und wir legten uns auf den Boden und aßen und reichten die Flasche herum.

Als das Räucherstäbchen heruntergebrannt war, zündete Sebby ein neues an und zeigte damit auf Miras Bett.

»Da drinnen lebt der Dämon!« Er stieg auf ihr Bett und hüllte es wedelnd in Rauch. »Warum hältst du meine beste Freundin gefangen in deinen gemütlichen Falten? Weißt

du denn nicht, dass sie mit mir im Einkaufszentrum sein muss?«

Mira kletterte zu ihm aufs Bett und lachte. »Brüll mein Bett nicht an«, sagte sie. »Bett ist doch nicht schuld.«

»Leg dich hin«, befahl er. »Schließ die Augen. Ich spüre, dass die Götter jetzt bei uns sind.«

Sie tat, was er von ihr verlangte, und sah zu, wie Sebby mit dem Räucherstäbchen um ihre Gliedmaßen herumwirbelte und sich ihre rauchigen Konturen in Luft auflösten.

»Besser«, flüsterte er. »Sie haben unsere Hilfeschreie gehört.«

Er beugte sich vor und küsste sie auf die Stirn, dann auf den Mund. Der Rauch waberte um die beiden herum, als er sich neben sie legte, seinen Körper an sie schmiegte und tief in den Raum zwischen ihrem Nacken und dem Kissen atmete. Sie spielte mit seinen Haaren, ihre Beine schlangen sich um seine, als ob ihre Körper zusammengehören sollten. Ganz tief in meinen Lungen keimte ein Schmerz.

Mira sah zu mir rüber.

»Er sieht hinreißend aus in Glitter, Sebs«, sagte sie.

Sebby schaute auf und lächelte. Mira streckte mir ihre Hand hin.

»Komm her, Jeremy.«

Ich folgte der Aufforderung, und sie zog mich neben sich aufs Bett, da lagen wir alle drei im Rauch, mein Körper an ihren gepresst.

»Du musst ihn küssen, Sebby«, sagte sie. »Um die Götter glücklich zu machen.«

Sebby lächelte, stützte sich auf den Ellenbogen und sah mich an, in seinen Augen funkelte echte Magie, hier, in Miras von Kerzen beleuchtetem Zimmer. Durch das halb geöffnete Fenster schlich sich eine Brise herein. Der Baumschmuck, der am Deckenventilator hing, wiegte sich sacht hin und her.

»Sie sagt, wir müssen«, sagte er.

Er lehnte sich zu mir herüber, und etwas – eine Kühnheit, die mir bis heute ein Rätsel ist – brachte mich zu ihm. Mira lag zwischen uns und wir kamen in dem Raum über ihr zusammen. Und dann waren seine Lippen auf meinen und das Universum wurde zu einer perfekten weißen Glut. Bis zu diesem Augenblick war ich nichts gewesen und eines Tages würde ich wieder nichts sein. Aber in genau dem Moment war mein Leben real. Seine Lippen und sein wunderbarer Mund.

Er zog sich zurück, Mira schmiegte ihren Körper wieder an ihn und wendete sich von mir ab.

»Gut«, sagte sie. »Jetzt kann der Zauber wirken.«

Jeremy

Am nächsten Morgen war ich schon vor dem Aufwachen in Panik, mein noch nicht ganz waches Hirn war bereits mit der Bilanz des vergangenen Abends beschäftigt. Das war der Teil von mir, der wusste, dass ich mich lächerlich gemacht hatte – egal, wie glücklich ich mit Mira und Sebby in dem Augenblick gewesen war. Dass ich das Recht haben könnte, mit ihnen zusammen dort zu sein, war ein völlig abwegiger Gedanke gewesen, und nun würde ich mit den für mich typischen Selbstvorwürfen gestraft werden.

Ich versteckte mich unter der Bettdecke, als ich mich an Sebbys Kuss erinnerte, an Miras Körper zwischen uns, und spürte, wie sich in meinem Bauch etwas regte, die Art Verlangen, die nur dazu führen konnte, erneut das Falsche zu tun und zu sagen. Für mich waren andere Leute keine gute Idee. Das hatte ich immer gewusst. Was hatte ich mir nur gedacht?

Ich guckte auf mein Handy auf dem Nachttisch. Eine neue Nachricht. Sie war von Mira.

Wir treffen uns an der Bushaltestelle Bloomfield Ecke Ridge. 15 Uhr.

Sie saßen schon im Wartehäuschen, als ich auf meinem Fahrrad ankam.

»Ausgezeichnet«, sagte Mira. »Du hast es geschafft.«

»Wohin fahren wir?«

»Zu *Arc's*«, sagte Sebby. Er drehte sich zu Mira um. »Oder *Goodwill*?«

»*Goodwill* hat sonntags zu.«

»Dann zu *Arc's*«, sagte Sebby. »Wir müssen unbedingt auf Secondhandtour gehen, um unsere gute Stimmung zu stärken. Wir haben kein Verständnis für Leute, die darauf bestehen, den Tag des Herrn in finsterer Untätigkeit zu begehen.«

Ich schloss mein Rad an.

»Wir gehen shoppen?«

»Wir gehen an einen Ort früherer Siege«, sagte er. »Kein Grund zum Übermut, aber *Arc's* hat uns wirklich nie enttäuscht.«

»Außerdem trage ich mein Glück bringendes Ein-Dollar-Outfit«, sagte Mira. »Ein-Dollar-Kleid, Ein-Dollar-Mantel, Ein-Dollar-Schuhe.«

Sie stand auf, um es mir zu zeigen. Es war ein irgendwie maritimes dunkelblaues Kleid mit kleinen weißen Punkten und weiß eingefasstem U-Boot-Kragen. Dazu ein taillierter Trench in Dunkelblau, der in Hüfthöhe ausgestellt war. Ramponierte braune Cowboystiefel rundeten das Ganze ab.

»Nice«, sagte ich. »Echt nur ein Dollar?«

»Genau genommen waren es zwei Dollar für die Stiefel, aber ich denke, das war ein Dollar für jeden, also zählt das trotzdem.«

Der Bus kam, wir stiegen ein und gingen zu den erhöhten Sitzen hinten durch.

»Wie weit ist es?«, fragte ich.

»Es ist eine Wallfahrt, Jeremy«, sagte Sebby. »Sie sollte Jahre deines Lebens dauern. Du musst dich als der Gaben

würdig erweisen, die dir zuteilwerden, wenn du das gelobte Land erreichst.«

»Zwanzig Minuten«, sagte Mira.

Arc's war ein Geschäft mit nichtssagendem Schaufenster in einer Ladenstraße in der Nähe des Highway, mit einem Basteladen auf der einen und einem Leihhaus auf der anderen Seite. Mira fing sofort an, einen Ständer mit Mänteln neben der Eingangstür zu durchwühlen.

»Himmlisch«, sagte Sebby, der das Schild las: ALLE ROT MARKIERTEN ARTIKEL SONNTAGS ZUM HALBEN PREIS, ALLE BLAU MARKIERTEN ARTIKEL MONTAGS ZUM HALBEN PREIS.

Er zog mich in den Laden hinein, eine Glocke an der Tür meldete einer desinteressierten Kundschaft unser Eintreten. Reihen von Kleiderständern füllten den Laden von vorne bis hinten, mehr ging nicht, vorne gab es zudem einen Bereich für Schuhe und Spielzeug und hinten waren Bücher. Füllige Frauen in Jogginghosen schoben Einkaufswagen durch die Reihen, nahmen geblümte Nachthemden und gebrauchte Halloweenkostüme für Kinder unter die Lupe, bevor sie sie wieder auf die Ständer hängten. Abgesehen davon, was für das Ausstellen der Ware erforderlich war, gab es keine Ladeneinrichtung. Das hier war ein Ort mit einer Mission. Nicht nötig, irgendwas zu beschönigen. Das hier war das Ausrangierte einer Wegwerfgesellschaft, einigermaßen zurechtdrapiert für diejenigen, die entweder die Geduld hatten, es zu durchforsten – oder finanziell

so unter Druck standen, dass sie ein Schnäppchen finden mussten.

»Suchen wir was Bestimmtes?«, fragte ich.

»Du warst noch nie hier, oder?«, sagte Sebby.

Ich schüttelte den Kopf.

»Wir sind auf der Suche nach allem und nichts. Wir suchen«, er nahm einen riesigen roten Plateauschuh mit Palmen auf der Hacke in die Hand, »nach Inspiration.«

Mira kam nach uns durch die Tür und verschwand sofort im hinteren Teil des Ladens.

»Am besten lässt man sie die erste halbe Stunde allein«, sagte Sebby. »Sie redet nicht gern, bevor sie nicht einen guten Haufen zusammenhat.«

»Macht ihr das oft?«

»Mira öfter als ich. Sie ist besessen.« Er stellte den Plateauschuh zurück.

»Leider nicht meine Größe«, sagte er.

Sebby führte mich in die Herrenabteilung und suchte mir ein paar T-Shirts und Pullover zum Anprobieren aus. Für sich selbst fand er eine lederne Motorradfahrerjacke mit einem Totenkopf auf dem Rücken, gemalt von jemandem, der offenbar mit der menschlichen Anatomie nicht besonders vertraut war. Er bestand darauf, sie im Laden zu tragen.

»Damit uns keiner von diesen hammerharten Typen anmacht«, sagte er und beäugte eine alte Dame mit einem rostigen Schmortopf im Einkaufskorb.

Wir trafen uns mit Mira vor den Umkleidekabinen, drei winzigen Verschlägen mit Schwingtüren im Saloon-Stil, die

unten den Blick auf die Füße und oben auf Kopf und Schultern freigaben. Mira hatte sich einen Arm voll Kleider und ein paar Gürtel über die Schulter geworfen.

»Modenschau«, sagte sie.

Ich nahm die Kabine neben ihr, während Sebby den Ständer mit den Accessoires davor plünderte und sich so viele Ohrclips an die Ohren heftete wie nur möglich.

»Okay, das hat Potenzial, glaube ich«, sagte Mira. Sie stieß die Türen ihrer Umkleidekabine auf und trat in einem lila Ballkleid mit bauschigem Rock heraus. Der Reißverschluss auf dem Rücken war offen und man sah den Verschluss ihres BHs.

»Obenrum ist es zu klein«, sagte sie, »ich könnte es aber an der Taille abschneiden und einen Rock draus machen.«

»So was kannst du?«, sagte ich.

»Sie ist geschickt mit Nadel und Faden«, sagte Sebby. Er wickelte sich ein paar Schals um den Hals. »Mira hat immer die Kostüme für die gefeierten Mountain-View-Akteure genäht.«

»Ist das wahr?«

»Nur Sachen für die Schulaufführungen der Mittelstufe in meiner alten Schule. Irgendwie ziemlich bescheuert.«

»Das klingt cool.«

Sie zuckte die Achseln. »Kein Kunststück.«

Ich zog eine Strickjacke an, die Sebby für mich ausgesucht hatte. Sie war blau, mit braunen Knöpfen.

»Die ist gut«, sagte Sebby.

»Aber wird er sie tragen?«, sagte Mira.

»Wirst du sie tragen?«, fragte Sebby mich.

Ich drehte mich um, damit ich mich im Spiegel anschauen konnte. Die Jacke sah aus wie etwas, das wir im Schrank meines verstorbenen Opas hätten finden können, spießig und ein bisschen zerlumpt. Aber Sebby hatte sie für mich ausgesucht. Und deshalb hatte ich Lust, sie für den Rest meines Lebens jeden Tag zu tragen.

»Hier einzukaufen bringt nichts, wenn du einfach nur Sachen ansammelst«, sagte Mira.

»Ja, dann stehst du am Ende vor einem Schrank wie dem von Mira«, sagte Sebby.

»Ich habe für alles, was ich kaufe, einen Plan«, sagte sie.

»Du sammelst Projekte, die du nicht umsetzt«, sagte Sebby.

»Ja, gut, manche Projekte finde ich später nicht mehr so lohnend. Aber das ist nicht meine Schuld. Die bescheuerte Schuluniform hat mir total den Spaß verdorben.«

Sie betrachtete sich im Spiegel.

»Aber an diesem werde ich arbeiten, glaube ich.«

»Glaubst du?«, sagte Sebby.

»Ja, Sebby, und nun hör auf rumzumosern.« Sie verschwand wieder durch die Schwingtür. »Ich entscheide mich, nachdem wir alles gesehen haben. Jeremy, du nimmst diese Strickjacke.«

»Und ich werde sie tragen.«

»Aber natürlich«, sagte Sebby. »Sie steht dir hervorragend.«

Zwei Stunden später hatte Mira sich gegen das lila und für ein handgenähtes schwarz-weißes Kleid im Stil der Vierzigerjahre entschieden und für eine original Pfadfinderführerinnenuniform inklusive Abzeichen und Fähnleinnummer. Sebby hängte die Totenkopflederjacke für fünfzehn Dollar wieder zurück auf den Ständer und erklärte, dass »bei *Arc's* nichts mehr als zehn Dollar kosten sollte, nicht mal dieses erlesene Werk tragbarer Kunst«.

Wir kauften die Strickjacke und einen auf alt gemachten braunen Ledergürtel, den Mira für mich ausgesucht hatte. Und wir waren schon fast aus der Tür, als sie an einem Ständer mit Accessoires für den Herrn stehen blieb.

»Guckt euch das an.« Sie nahm einen Schlips in die Hand. Dunkelblau mit weißer Schrift und weißen Blumen darauf.

»Was steht da?«, fragte ich.

»Das sind Shakespeare-Zitate«, sagte sie. »›Sei redlich gegen dich selbst.‹ Oder hier: ›Vielleicht schlafen, träumen.‹«

Sebby sah ihn sich genauer an. »Total zufällig herausgegriffen.«

»Den sollten wir für Peter kaufen«, sagte Mira zu mir.

»Peter Sprenger?«

»Ja.«

»Warum?«

»Findest du nicht, dass der geradezu nach einem Englischlehrer schreit? Ein Schlips mit Blumen und zusammengewürfelten Shakespeare-Zitaten?« Sie drehte ihn um, damit sie das Preisschild sehen konnte. »Kostet nur fünfzig Cent. Ich kauf ihn.«

Später im Bus tauschten wir uns über unsere Einkäufe aus.

»Du hast nichts ergattert«, sagte ich zu Sebby.

»Ich bin heute nur der starke Begleiter«, sagte er. »Außerdem ist es in meinem Zimmer gerade etwas voll. Da stapeln sich Diademe, die erstaunlicherweise nicht mir gehören.«

»Ich dachte, Tilly hätte dir einen Schrank versprochen«, sagte Mira.

»Ich glaub, sie erinnert sich nicht mal daran, dass ich da wohne.«

»Wer ist Tilly?«, fragte ich.

»Auch bekannt unter dem Namen Big Momma«, erklärte Sebby. »Sie leitet den Puff, in dem ich arbeite.«

»Seine Pflegemutter«, sagte Mira.

»Oh«, sagte ich.

»Stimmt aber«, sagte Sebby, der Miras neue Pfadfinderführerinnenuniform hochhielt. »Ich bin ein Mündel des Staates. Ziemlich sexy, was?«

»Du hast keine …« Ich wusste nicht, wie ich mich ausdrücken sollte.

»Tote Mutter, weißt du ja. Sonst niemanden. Bin in ein Bordell eingetreten.« Er faltete das Kleid ordentlich zusammen und legte es wieder in Miras Tasche. »Teile ein Zimmer mit einer auf Diademe versessenen Prostituierten.«

»Wahrscheinlich ist das nicht so fein, eine Neunjährige als Prostituierte zu bezeichnen«, meinte Mira.

»Gut. Dann eben dreckige Hure.«

Mira verdrehte die Augen und zog den Schlips aus der Tasche, den sie für Peter gekauft hatte.

»Wissen wir, wann Peter Geburtstag hat?«

»Wir müssen ihm das Teil heute überreichen«, sagte Sebby. »Damit er sich mit uns über die Entdeckung freuen kann.«

»Sonntags wird er nicht in der Schule sein«, sagte Mira.

Eine Minute verging, bevor ich beschloss zu sagen: »Ich weiß, wo er wohnt.«

Peter wohnte ein paar Häuserblocks von der Schule entfernt, in einer Doppelhaushälfte mit einem vernachlässigten Garten und blätternder Fassadenfarbe. In abgeschnittenen Jeans und einem weißen T-Shirt kam er an die Tür und starrte uns drei an, die wir auf seiner Schwelle standen wie schlecht vorbereitete, aber erwartungsvolle Trick-or-Treaters.

»Hallo, ihr«, sagte er und sah uns sinnig wie immer an, so als ob einer von uns gerade was Aufschlussreiches über *Fiesta* von Hemingway gesagt hätte.

»Wir haben Ihnen was mitgebracht«, sagte Mira.

»Ein Geschenk«, sagte Sebby.

»Wartet mal einen Moment.« Er ging wieder nach drinnen. Die Tür ging einen Spaltbreit auf, und wir konnten sehen, wie er Flaschen im Wohnzimmer zusammensammelte und sie klirrend in einen Recyclingbehälter in der Küche fallen ließ.

»Kommt doch rein«, sagte er, als er wiederkam, und machte die Tür weit auf.

Sein Wohnzimmer sah noch so aus wie bei meinem letzten Besuch, ein bisschen unordentlicher, da er niemanden

erwartet hatte. Ein Korb voll ungefalteter Wäsche stand auf einem durchgesessenen Futonsofa, daneben ein abgewetzter Sessel. Auf dem großen Flachbildfernseher lief ein stumm geschaltetes Footballspiel. Ein Stapel Schulaufsätze und einige rote und blaue Stifte lagen auf dem Couchtisch.

»Hättest du nicht die Jungs einladen müssen, um das Spiel zu gucken, Peter?«, frage Sebby, der es sich neben der Wäsche bequem machte.

»Was? Kann ein Mann an einem Sonntagabend denn nicht allein seine Wäsche falten, ohne als Weichei rüberzukommen?«

»Das hast du gesagt, nicht ich«, sagte Sebby.

»So langsam tut es mir leid, dass ich euch reingebeten habe.«

Mira setzte sich neben Sebby auf den Futon.

»Wir haben wirklich was für Sie«, sagte sie.

Sie holte den Schlips aus der Tasche und überreichte ihn Peter.

»Literarischer Halsschmuck.«

Peter musterte das Stück. »Kein Borger sei und auch Verleiher nicht«, las er vor.

»Shakespeare«, sagte Sebby mit Nachdruck.

»Das sehe ich.«

»Den haben wir im Secondhandladen entdeckt, und wir dachten, er würde Ihnen gefallen«, sagte Mira.

»Das tut er.« Peter lächelte. »Ich finde ihn wunderbar, danke.«

»Gern geschehen«, sagte Sebby.

Peters Küche war durch einen Tresen vom Wohnzimmer abgetrennt, ein paar unbequem wirkende Hocker standen davor, so als könne man sein Frühstück nur auf dem Sprung in den Tag essen. Er ging zum Kühlschrank.

»Kann ich euch was anbieten? Ich glaube, ich habe Saft.«

»Ich nehme eine Dr Pepper Zero mit einem Scheibchen Limette«, sagte Sebby.

»Wie gesagt, ich habe Saft.«

»Nein danke, wir möchten nichts«, sagte Mira.

Ich stand am Fenster und guckte auf die Veranda, die in Peters Garten führte. Ich machte mir Sorgen. Womöglich hatte ich gegen irgendeine geheime Übereinkunft zwischen mir und Peter verstoßen, indem ich Sebby und Mira mit hierhergebracht hatte. Andererseits könnte es vielleicht auch meine Art Dank für seine Hilfe sein, ihn aus dem einzigen Grund zu besuchen, nämlich ihm ein Geschenk zu bringen. Es war schwer, einen Weg zu finden, sich für so etwas zu bedanken.

»Sind das die Patriots?« Sebby guckte fern.

»Ja. Ich hab das nur im Hintergrund laufen, während ich korrigiere«, sagte Peter. »Ich bin eher ein Baskettballtyp.«

»Profiliga der Frauen?«, sagte Sebby. »Da sieht man total heiße Action.«

»Peter ist übrigens unser Lehrer«, sagte Mira, »wenn du also vermeiden könntest, mit ihm über *heiße Action* zu reden, wäre das ganz toll.«

»Hör mal, das ist Männersache«, sagte Sebby. »Das verstehst du sowieso nicht.«

Peter kam und setzte sich in den Sessel.

»Hab ich recht, Mann?« Sebby streckte die Hand zum Faustcheck aus. Peter kam ihm entgegen.

»Total, Digga«, sagte er.

Mira rollte mit den Augen.

Plötzlich kam ich mir seltsam vor. Ich hatte das Gefühl, ich müsste die Erinnerungen an dieses Haus für mich allein verarbeiten. Erst dann konnte ich mich so verhalten, als wäre es total normal, dass Sebby und Mira hier mit mir in Peters Wohnzimmer saßen, Witze machten und Peter in gewisser Weise zeigten, dass die Dinge für mich irgendwie besser geworden waren. Vielleicht würde ich doch Freunde haben und nicht länger der Junge sein, auf den er aufpassen musste. Aber das war alles so neu. Der Homecoming-Ball war erst zwei Tage her, und in diesem Moment war ich mir ganz sicher, dass die Freundschaft mit den beiden nicht von Dauer sein konnte. Ich machte mich schon darauf gefasst, wie sehr ich mich schämen würde, wenn Peter mich an einem unvermeidlichen Tag in der Zukunft fragen würde, warum er mich nicht mehr mit Mira und Sebby sah.

»Ich muss mal auf die Toilette«, sagte ich und ging zur Treppe gleich neben der Haustür.

»Du weißt ja, wo es ist«, sagte Peter.

»Ich auch«, sagte Sebby, stand auf und lief hinter mir die Treppe hoch.

Oben war das Bad links und Peters Schlafzimmer rechts, die offene Tür gab den Blick frei auf ein ungemachtes Bett und eine Kommode, aus der die Klamotten quollen.

»Er ist unordentlich, oder?« Sebby betrat das Zimmer.

»Wenn man allein wohnt, macht das wohl nichts«, sagte ich.

Sebby setzte sich aufs Bett und machte es sich gemütlich. »Was denken wir über Peter? Keine Freundin? Kein Freund?«

»Ich weiß, dass er im College eine ernsthafte Beziehung mit einem Mädchen hatte«, sagte ich. »Nach ihrem Abschluss hat er mit ihr eine Rucksacktour durch Europa gemacht. Sie wollte nicht wieder nach Hause, er schon. Also haben sie sich getrennt.«

Sebby lehnte sich aufs Bett zurück, in den zerwühlten Laken betrachtete er den Raum. Mein Kopf produzierte plötzlich ein Bild von uns beiden in diesem Bett und stellte sich vor, dass wir diejenigen waren, die diese Laken derart verknotet hatten.

»Du weißt eine Menge über ihn, was?«, sagte Sebby.

»Ja, irgendwie schon.«

»Und du warst schon mal hier?«

»Hm. Letzten Frühling. Da gab es einen Vorfall in der Schule …«

»Dein Spind«, sagte Sebby.

»Du hast davon gehört?«

Er nickte. »Spricht sich rum.«

Ich lehnte in der Tür und beobachtete ihn, wollte die Schwelle aber nicht überschreiten.

»Ich dachte, du musst pinkeln«, sagte er.

Ich schüttelte den Kopf. »Eigentlich nicht. Nur … äh …«

»Du wolltest eine Weile für dich sein?«

»So was in der Art.«

»In Peters Schlafzimmer? Ja, kapiere.« Er lächelte spöttisch.

Nun wurde ich rot. »Nein. So doch nicht.«

»Komm her«, sagte er.

»Ich glaube, wir sollten nicht hier sein.«

Ich ging auf ihn zu. Dabei machte mein Herz einen kleinen Satz, so als bereite es sich darauf vor, entweder wegzurennen oder aber zu bleiben und gegen meine dumme Angewohnheit anzukämpfen: Ich sabotierte jede Interaktion, jeden Versuch, in einer Welt zu leben, die aus mehr bestand als aus meinen ganz eigenen Traumbildern.

Ich setzte mich neben ihn aufs Bett.

Er zog sein Hemd hoch.

»Siehst du das?«, sagte er. Eine große rote Narbe zog sich längs über seinen Oberkörper.

»Ja.« Ich widerstand dem Drang, sie zu berühren.

Er zog das Hemd herunter. »Das waren zwei Wochen Krankenhaus, nachdem diese Affen aus meiner Schule mir mehr oder weniger den Bauch eingetreten hatten.«

»Im Ernst?«

»Allerdings.«

»Was ist passiert?«

»Ein paar Arschlöchern aus der Footballmannschaft gefiel meine Nase nicht.«

»Du kanntest sie?«

»Flüchtig.« Auf die Ellenbogen gestützt lehnte er sich zu-

rück. »Und richtig blamabel an der Sache ist, ich steh echt auf Football.«

»Aber du warst okay?«, sagte ich. »Ich meine, inzwischen ist alles okay mit dir?«

Er nickte. »Ja, klar. Das ist fast ein Jahr her. Du weißt schon. Man kommt drüber weg. Was bleibt einem auch anderes übrig?«

»Keine Ahnung«, sagte ich.

Wir schwiegen eine Weile. Meine Hand lag nah bei seiner auf dem Bett.

»Ich bin noch nie von jemandem verprügelt worden«, sagte ich. »Ich kann es mir gar nicht vorstellen.«

»Ist echt Scheiße. Dabei kann ich schon austeilen, weißt du? Aber das waren zwei gegen einen. Ich hatte keine Chance.«

»Zwei Wochen im Krankenhaus?«

»Hm. Zwei Operationen. Hätte nicht so eine große Sache sein sollen, aber bei der ersten gab es Probleme. Dem Arzt war die Zigarette in meine Bauchhöhle gefallen oder so.«

»Was ist mit diesen Typen passiert? Haben sie Ärger gekriegt?«

»Ich glaube, sie sind eine Zeit lang vom Unterricht ausgeschlossen worden. Keine Ahnung. Danach wurde es kompliziert. Sie waren irgendwie das Letzte, an das ich Gedanken verschwendet habe.«

»War deine Pflegemutter nicht völlig fertig?«

Er lehnte sich wieder zurück.

»Du meinst: Ist sie an meine Seite geeilt – wie der fürsorgliche Elternersatz, der sie sein sollte? Nee.«

»Wer hat sich dann um dich gekümmert? Nachdem das passiert ist?«

Er schüttelte seine Schuhe ab und zog die Füße aufs Bett.

»Mira«, sagte er. »Das hat Mira gemacht.«

Dann nahm er meine Hand, so wie zwei Abende zuvor im Diner. Ich versuchte stillzuhalten, während seine Finger meine Handlinien verfolgten und einer geheimen Botschaft nachspürten.

»Peter hat sich um mich gekümmert«, sagte ich schließlich. »Schätz ich mal. Letzten Frühling. Deshalb war ich hier.«

»Ich bin froh, dass du ihn hattest«, sagte er.

»Ja«, sagte ich. »Ich auch.«

Mira

Als Mira sich in Peters Haus umschaute, tat es ihr ein bisschen leid, dass die Schule ihm nichts Schöneres zur Verfügung gestellt hatte.

»Gefällt es dir hier?«, fragte sie.

»Ist in Ordnung«, sagte er. »Erfüllt seinen Zweck. Und in der anderen Haushälfte wohnt ein hinreißend schreiender Säugling, ist also echt prima.«

»Ja, ich dachte mir schon, dass der gigantische Minivan auf der Auffahrt nicht deiner ist.«

»Nein, ich lasse mein Auto an der Schule stehen. Ich gehe sowieso zu Fuß.«

Mira stand vom Sofa auf und ging zum Kühlschrank, begutachtete den Inhalt.

»Wow, du hast wirklich nur Saft!«

»Jap«, sagte Peter.

»Und Bier.«

»Aber das teile ich nicht mit meinen minderjährigen Schülern.«

Mira nahm eine Saftflasche in die Hand.

»Was ist das denn? Cran-Apfel? Bist du fünf?«

Im Fernsehen lief Autowerbung, ein rotes Cabrio schoss durch eine unglaubliche Felsformation in der Wüste. Peter schaltete den Apparat aus.

»Ich weiß nicht genau, ob es mir recht ist, dass mein sonst so friedliches Heim heute Abend so deutlich verurteilt wird.«

»Sorry.« Mira setzte sich wieder aufs Sofa. »Cran-Apfel ist megagut.«

Er lächelte sie an. Das typische Peter-Lächeln. Mira merkte, wie sie rot wurde, versuchte sich wieder zu fangen.

»Gefällt dir der Schlips wirklich?«, fragte sie.

»Er ist super«, sagte Peter. »Geht ihr oft in Secondhandläden?«

Sie nickte. »Macht mir Laune. In einem echt guten Laden hab ich das Gefühl, mich in einem Raum mit unendlich vielen Geschichten zu bewegen, und man muss nur stöbern, um die Geschichten zu finden, die man mit nach Hause nehmen will.« Sie brach ab, schämte sich plötzlich. »Hört sich albern an, was?«

»Mir gefällt das. Ein Raum voller Geschichten.«

»Und wenn du die Kleider dann trägst, helfen sie dir, eine neue Geschichte zu erzählen, aber sie bringen das Alte mit – zu dir –, und davon profitierst du in einer Weise, die du nicht mal so richtig verstehen kannst.«

Peter lächelte. »Das ist ein wunderschöner Gedanke, Mira.«

Sie guckte auf das gewebte Sofakissen neben sich. »Deshalb hasse ich diese Schuluniformen echt«, erklärte sie.

»Die sind so gehalten, dass sie keine Geschichte haben«, sagte er.

»Genau.«

»Das ist ihr ganzer Sinn und Zweck.«

»Stimmt.«

Er nickte. »Verstehe.«

Sie nestelte an einem Faden, der sich am Kissen gelöst hatte.

»Komm«, sagte er, »schau dir den Garten an. Es gibt einen ganz besonderen Platz, von dem aus mein Blick immer genau da hinfällt, wo ich einen Garten anlegen sollte. Aber ich habe einfach keine Geduld, etwas anzupflanzen.«

Sie folgte ihm auf die Veranda hinaus. Es dämmerte bereits. Der Garten war von Unkraut überwuchert.

»Wow«, sagte Mira. »Ziemlich krass.«

»Versuch mal, dir alles vorzustellen.« Peter setzte sich auf einen der rostigen Gartenstühle. »Vielleicht ein Gemüsegarten da drüben und dann ein paar Rosenbüsche und – wie heißt das noch? – ein Spalier.«

»Ein Spalier. Nice.«

»Und vielleicht noch ein kleiner Teich mit exotischen japanischen Goldfischen?«

Mira setzte sich neben ihn. »Na, du träumst groß – und darauf kommt es an.«

Sie saßen eine Weile da und schauten auf den Garten.

»Du hast heute also Aufmunterung gebraucht?«, sagte Peter.

»Was?«

»Du hast gesagt, es würde dir Laune machen, in Secondhandläden zu gehen. Bist du deswegen heute losgezogen?«

»Irgendwie schon.« Sie ließ einen Augenblick verstreichen, bevor sie fortfuhr. »Manchmal hab ich so komische Anfälle. Meine Mom nennt das jedenfalls so. Ich würde das nicht sagen. Hört sich an, als wäre ich hysterisch oder so.«

Peter lachte.

»Aber es gibt diese Momente, in denen es mich einfach überkommt«, sagte sie. »Und dann fühle ich mich irgendwie unsichtbar. So als würde ich nicht existieren. Oder vielleicht wünsche ich mir das auch nur. Weißt du, was ich meine?«

»Ja«, sagte er, »ich glaube schon.«

»Wenn es dann vorbei ist, kommt mir alles so albern vor. So ... warum konnte ich mich nicht einfach entspannen? Aber wenn es passiert, habe ich das Gefühl, dass ich nie wieder locker und entspannt sein kann.«

»Bei der Schulparty hast du irgendwie verstört gewirkt.«

»Ja. Das war wegen meiner Schwester. Sie hat die unglaubliche Gabe, mir das Gefühl zu vermitteln, total daneben zu sein.«

»Ja, das können Geschwister sehr gut.«

»Manchmal glaube ich wirklich, dass sie es mit Absicht macht. Als wäre sie der Meinung, sie müsse mich total auseinandernehmen, damit es mir wieder besser gehen kann.«

»Und was soll besser werden bei dir?«

»Alles. Julie macht alles perfekt. In der Highschool war sie Kapitänin des Softballteams, Klassensprecherin, Chefredakteurin der Schulzeitung. Und jetzt ist sie in Harvard. Studiert Jura. Sie ist mehr oder weniger der fleischgewordene Traum meiner Eltern.«

»Und was bist du?«

»Ihr Albtraum.« Mira schnitt eine Grimasse.

Peter lächelte. »Das glaube ich nicht.«

»Seit Julie ausgezogen und aufs College gegangen ist, fühlt

es sich an, als würde ihnen langsam aufgehen, dass ich nicht so ganz die Tochter bin, die sie sich ausgesucht hätten.«

»Du glaubst also, deine Eltern erwarten von dir, dass du bist wie deine Schwester?«

»Ich weiß, dass es so ist. Und sie sind alle fest davon überzeugt, dass man sich nur nicht genug angestrengt hat, wenn man irgendwo keinen Erfolg hat.«

»Und was glaubst du?«

»Ich glaub eher, dass es eben Leute gibt, die manche Sachen nicht so gut können.«

»Vielleicht können sie dafür was anderes besser.«

Mira zuckte mit den Schultern.

»Und du glaubst, diese Anfälle haben was damit zu tun?«, fragte Peter.

»Ich weiß nur, dass sie angefangen haben, als Julie ausgezogen ist und mein erstes Jahr auf der Mountain View angefangen hat. Und sie sind immer schlimmer geworden. Bis ich einfach aufgehört habe, zur Schule zu gehen. Da musste ich mir dann keine Sorgen mehr darum machen, worin ich gut oder schlecht bin.«

»Aber jetzt gehst du wieder zur Schule.«

»Jap. Jetzt bin ich wieder da.«

Sie sahen zusammen auf den Garten hinaus. Es wurde dunkel.

»Darf ich vielleicht etwas dazu sagen, was du mir erzählt hast?«, fragte Peter.

»Ja. Nein. Hab nichts dagegen.«

»Nun, wenn ich in meinem eigenen Leben Gefühle hatte,

die mir rätselhaft oder unangemessen vorkamen, hieß das für gewöhnlich, dass ich einen Teil von mir selbst versteckte. Dass es etwas in mir gab, das ich anderen Leuten nicht zeigen wollte, weil ich Angst hatte. Und ich musste die Stärke finden, in mich reinzuschauen und mir klarzumachen, was da rauswollte – und dann, weißt du, musste ich es annehmen. Ich selber sein.«

»Hm.«

»Ja, klingt einfach, nicht?«

»Und was hast du versteckt?«

»Na ja, ich war in einer Beziehung mit einer Frau, die jede Menge großartige Vorstellungen vom Leben hatte. Sie wollte die Welt bereisen und aus dem Koffer leben und große Abenteuer erleben. Und ich wollte gerne glauben, dass ich so sein könnte wie sie, und mit ihr Schritt halten. Aber tatsächlich habe ich mich über sie geärgert – und ich habe mich über mich geärgert, weil ich nicht zugeben konnte, dass ich dieser Mensch nicht war. Ich mag gern reisen und die Welt sehen, aber am Ende will ich nach Hause und ein ruhiges Leben leben, in dem ich jeden Tag zur selben Zeit aufstehe und an denselben Ort gehe, an dem man mir das Gefühl gibt, etwas Lohnendes zu tun.«

»Und beim Unterrichten hast du dieses Gefühl?«

»Glamourös ist es nicht, das weiß ich, aber egal, ich brauche keinen Glamour. Wenn ich für das Leben meiner Schüler etwas bewirken kann, ist das für mich das beste Gefühl der Welt.«

Mira lächelte.

»Was?«, sagte er. »Lachst du über meinen ungezügelten Optimismus?«

»Ich fasse es nicht, dass ich anscheinend in eine Therapiesitzung in Peter Sprengers Garten gelockt worden bin.«

»Stimmt, das sind die Lock-Leute-in-die-Therapie-Stühle. Hatte ich vergessen, das zu erwähnen?«

Mira lachte. »Ja, hattest du.«

»Na, dann gehen wir lieber wieder rein, ehe ich noch mehr Einblicke in die Psyche verschaffe.«

Sie standen auf.

»Okay, noch etwas, Mister Gartenstuhltherapeut«, sagte sie.

»Ja?«

»Was ist denn die Sache, die ich verstecke?«

»Bedauerlicherweise geht es einzig und allein darum, dass du es selbst rausfindest.«

»Ich hatte so eine Ahnung, dass du das sagen würdest.«

Jeremy

Wir verließen Peters Haus zusammen, Sebby und Mira begleiteten mich zu der Bushaltestelle, an der ich mein Fahrrad angeschlossen hatte. Ich wusste, ich würde Mira am nächsten Morgen in der Schule sehen, trotzdem fand ich es schwierig, die beiden zurückzulassen. Irgendetwas war an diesem Wochenende losgetreten worden. Zweieinhalb Tage, gemeinsam verbracht, Zeit, die sich, zuerst komprimiert, dann dehnte, wie immer, wenn sich etwas im Leben für eine neue Erfahrung öffnet. Eine neue Version von dir selbst wird geboren und du musst geduldig mit ihr sein. Ich war alles andere als geduldig. Wenn ich die beiden aus den Augen verlieren würde, dachte ich, würde ich sie nie wieder sehen. Das wäre dann so, als wäre nichts von alldem je passiert.

Auf meinem Rad fuhr ich nach Hause, entfernte mich von ihnen, mir war, als dehnte sich die Kordel, die uns verband, und würde dabei dünner, je stärker ich in die Pedale trat. Und das war's. Von diesem Wochenende an gehörte mein Herz nicht mehr mir.

Teil zwei

Sebby

An dem Tag, an dem du aus dem Krankenhaus entlassen wirst, im letzten Dezember, fährt man dich mit dem Krankenwagen nach Hause, weil Tilly dich nicht abholen kann. Der Fahrer verlangt, dass du dich nach hinten setzt, allein, so als ob du über eine unsichtbare Leiche wachen würdest. Du kommst dir vor wie ein Geist, der sich selbst heimsucht.

Der Krankenwagen fährt vor Tillys Haus vor, der Fahrer geht um den Wagen herum und öffnet die Tür, du steigst aus, mit einer Plastiktüte in der Hand, in der deine wenigen persönlichen Sachen verstaut sind. Dann schlägt er die Tür wieder zu und fährt davon. Du schaust ihm nach. Ein leiser Krankenwagen hat was Verstörendes.

Du schaust zum Haus . Kleine Gesichter spähen vom vorderen Fenster zu dir raus. Stephanie macht die Tür auf.

»Hast du einen Unfall gehabt?«, fragt sie.

»Was in der Art«, sagst du.

Du gehst zur Tür, und sie macht Platz, um dich reinzulassen.

»Bist du verletzt worden?«, fragt Stephanie.

»Ja, bin ich«, sagst du. »Wo ist Tilly?«

»In der Küche.«

Du gehst in die Küche, wo Tilly mit Daniel und Connor am Tisch sitzt. Malbücher liegen aufgeschlagen auf dem Tisch, Buntstifte überall. Die Jungs glotzen zu dir her.

»Ich bin zu Hause«, sagst du zu Tillys Rücken.

Sie lässt einen Moment verstreichen, ehe sie sich umdreht. Aber dann sieht sie dir nicht in die Augen.

»Gut«, sagt sie.

Sie wendet sich wieder den Malbüchern zu. Die Jungs glotzen weiter.

Du gehst in dein Zimmer, wo Jonathan auf dem Bett liegt und *Sports Illustrated* liest. Du machst die Tür ein bisschen zu fest hinter dir zu, wirfst die Sachen auf dein Bett.

»Sieh mal an, wen haben wir denn da«, sagt Jonathan.

»Hab ich dir gefehlt?«

»Nee«, sagt er. »War schön, das Zimmer für mich allein zu haben.«

»Vielen Dank auch.«

Jonathan setzt sich auf. »Hast du mit Tilly geredet?«

»Die hat mir anscheinend nicht viel zu sagen.«

»Tja, ich glaub, sie ist ziemlich angepisst.«

Du setzt dich auf dein Bett.

»Weshalb sollte sie angepisst sein? Ich bin derjenige, der gerade einen Monat im Scheißkrankenhaus gelegen hat«, sagst du. »Vielen Dank übrigens für deine Besuche.«

»Die Schule hat ihr gesagt, dass du es mit einem Typen in der Umkleidekabine getrieben hast oder so. Dass du deswegen zusammengeschlagen worden bist.«

»Was?«

»Sie ist total ausgeflippt. Hat mich immer wieder gefragt, ob ich irgendwas darüber gewusst habe. Eine ganze Woche lang hat sie gesagt, dass ich wahrscheinlich auch schwul bin.«

»Verarschst du mich?«

Jonathan schüttelt den Kopf. »Nee, Mann«, sagt er. »Hör mal, du musst vorsichtiger sein. Tilly ist eine religiöse Frau. Und solche Sachen wird sie in ihrem Haus nicht dulden.«

»Das war nicht ihr Haus«, sagst du. »Und ich hab es mit niemandem getrieben.«

»Sie hat gesagt, dass sie dich deshalb auch in die Klapse gesteckt haben. Und du deshalb so lange weg warst.«

Du legst den Kopf in deine Hände.

»Jesus«, sagst du.

»Aber jetzt bist du doch wieder okay, oder?«, fragt er.

»Ich bin immer noch schwul, wenn du das meinst.«

»Nein, ich meine, bist du echt verletzt worden?«

»Ja«, sagst du. »Ich bin echt verletzt worden.«

»Das ist scheiße.«

»Ja, danke.«

Du stehst auf und gehst zu deiner Kommode, weil du dir ein frisches Kapuzenshirt anziehen willst. Deines riecht nach Krankenhaus.

»Hör zu, du musst versuchen dich wieder mit Tilly zu vertragen«, sagt Jonathan. »Sie redet davon, dich vom Jugendamt abholen zu lassen.«

»Na toll.«

Du holst ein graues Kapuzenshirt raus und ziehst es an, das schmutzige feuerst du in die Ecke.

»Und wenn du wirklich in der Klapse warst, schicken sie dich wahrscheinlich in dieses Heim für total verkorkste Jugendliche in West Valley.«

»Für die Schwererziehbaren?«

»Ja, ich kannte mal einen Typen, der da gelandet ist. Er war schizo oder so ’n Scheiß, mit dem wurde niemand fertig, und sie haben ihn nach West Valley geschickt, und er hat gesagt, das war verdammt krass. Leute, die total von der Rolle waren und die ganze Nacht geschrien haben. Er hat immer mit ’nem Messer unterm Kopfkissen geschlafen, damit ihn keiner anmacht.«

»Ich geh da nicht hin«, sagst du.

»Wenn Tilly das will, wird dir nicht viel anderes übrig bleiben.«

Du ziehst das Handy aus dem Beutel mit den Krankenhaussachen und lädst es auf. Als es sich anschaltet, ist eine Nachricht von Mira da.

Bist du schon draußen? Hab morgen Geburtstag. Süße sechzehn – nicht so süß

»Tilly kontrolliert mein Leben nicht«, sagst du und wirfst dein Handy samt Ladekabel wieder in den Beutel.

»Also, sitz ein paar Stunden in der Kirche rum, erfinde eine Freundin und alles ist gut. Du musst nur noch zwei Jahre durchhalten, Typ.«

»Ich muss gar nichts«, sagst du. Du nimmst den Beutel und gehst zur Tür. »Danke, Jonathan, war gut, dich zu sehen.«

»Hm«, sagt er. »Ich bin froh, dass du okay bist, Kleiner.«

Du machst die Tür von eurem Zimmer zu und gehst raus, an Stephanie im Wohnzimmer vorbei, die dich mit ihren großen Augen anguckt, vorbei an Daniel, Connor und Tilly

mit ihren schwelend aggressiven Buntstiften in der Küche, wieder raus aus der Haustür in den kalten Dezembernachmittag.

Du holst dein Handy raus und schreibst schnell eine Nachricht, ehe der Akku wieder leer ist.

Lass uns abhauen.

Jeremy

In den darauffolgenden zwei Wochen beschloss ich so zu tun, als wäre gar nichts Ungewöhnliches daran, dass ich jetzt Freunde zu haben schien. Das war leichter, als vorzugeben, ich würde nicht merken, wie sehr mein Vater staunte, wenn ich ihn um Erlaubnis bat, sonnabends im Einkaufszentrum abhängen oder bei Mira zu Hause einen Film anschauen zu dürfen. Denn dadurch wurde ziemlich deutlich, wie allein ich vorher gewesen war. Natürlich staunte ich darüber noch viel mehr, aber ich durfte nicht zu lange darüber nachdenken, denn sonst bekam ich nur Panik, weil das alles bestimmt nicht von Dauer war.

Mira, Rose und ich saßen nun in der Mittagspause zusammen, die beiden hatten den Molly/Sarah/Anna-Tisch endgültig verlassen, an dem jedes Gespräch auf die internen Angelegenheiten der Cheerleader-Truppe hinauslief. Ich ließ mein Leben in Einsamkeit in Peters Büro hinter mir – und wir drei erhoben Anspruch auf Stammplätze an einem Tisch in der Ecke der Cafeteria.

Unser Dauerthema war, dass die Schule uns Erlaubnis erteilt hatte, im Frühling neben der Bibliothek eine Ausstellung des Kunstklubs aufzubauen, zu Talias großer Befriedigung. Die Schule stellte uns nur einen Flur zur Verfügung, einen, der hauptsächlich von Schülern genutzt wurde, die im Computerraum etwas auszudrucken hatten, aber es war trotzdem aufregend zu wissen, dass es dazu nie gekommen wäre, wenn wir den Klub nicht gegründet hätten.

Die meisten Klubmitglieder hatten sich schon für ein Projekt entschieden. Rose war die Ambitionierteste, sie hatte vor, einen übergroßen Jengaturm aus dreidimensionalen Pappteilchen herzustellen, die mit Freud-Zitaten beschrieben werden sollten.

»Jeder Betrachter nimmt ein Teilchen raus – und wenn der Turm umfällt, dann war's das«, teilte sie uns mit.

Mira hatte Schwierigkeiten, sich etwas einfallen zu lassen, ich machte mir schon Sorgen, dass sie den Treffen fernbleiben könnte. Plötzlich war es mir wichtig, sie im Klub zu behalten, denn es war so, als würde sie mir mit ihrem Ausstieg eine persönliche Abfuhr erteilen.

»Und du hast gar keine Idee?«, fragte ich sie.

»Ich bin keine Künstlerin«, sagte sie. »Ich bin nur im Klub, weil du mich darum gebeten hast.«

»Wer hätte gedacht, dass Jeremy solch eine Anziehungskraft auf Frauen hat?« Rose sezierte ein wenig ansprechendes Stück Schokokirschkuchen. »Schokolade sollte nicht durch so was Abartiges wie Obst verunreinigt werden«, erklärte sie.

»Aber was ist denn mit deinen Kleidern?«, beharrte ich.

»Was soll damit sein?«, sagte Mira. »Das ist nur Zeug aus dem Secondhandladen.«

»Ja, aber du nähst. Du machst diese ganzen Projekte.«

»Das ist nicht Kunst.«

»Könnte es aber sein«, sagte ich. »Wenn Rose einen seltsamen Jengaturm machen kann, kannst du sonst was machen.«

»Der Turm ist nicht die Kunst«, sagte Rose. »Nur der Augenblick, in dem er in sich zusammenfällt.«

»Und wenn die Bibliothekarin ihn aus Versehen umstößt?«, sagte Mira. »Ist das auch Kunst?«

»Ich weiß, dass du mich aufziehen willst, aber das ist ein Argument. Vielleicht könnten wir ein Seil aus Samt darum herumspannen. Oder Absperrband. Wie um einen Tatort.«

»Keiner wird ihn umwerfen, bevor du nicht willst, dass er umgeworfen wird«, sagte ich.

»Es geht allein darum, dass ich die Kontrolle aufgebe.« Sie machte sich wieder ans Sezieren des Schokoladenkuchens und Mira verdrehte die Augen. Ich versuchte nicht zu lachen.

»Ich will ja nur sagen, dass es kein Gemälde sein muss oder so was in der Art«, sagte ich zu Mira. Ich zog Nick Caves *Meet Me at the Center of the Earth* aus der Tasche, das Buch, das sie mir an dem Tag im September abgenommen hatte, an dem ich das erste Mal mit ihr geredet und sie den Antrag für den Klub unterschrieben hatte. Der Band war voller Fotos von Leuten, die von oben bis unten von Haaren, Stöcken und Stoff bedeckt waren. Sie nahm mir das Buch aus der Hand und blätterte darin.

»So was könntest du auch machen«, sagte ich.

Sie lächelte. »Vielleicht.«

Meine Überzeugungsarbeit war erfolgreich, beim nächsten Treffen kündigte Mira an, sie werde ein Stück »tragbare Kunst« für die Ausstellung machen.

Von da an blieben Rose, Mira und ich nach Schulschluss immer im Zeichensaal, um an unseren Projekten zu arbeiten. An den meisten Nachmittagen kam Sebby zum Helfen vorbei, weil alle guten Künstler einen Assistenten brauchten,

wie er behauptete. Peter trieb eine Schneiderpuppe auf und erwirkte für Mira die Erlaubnis, sie in einer Ecke aufstellen zu dürfen. Mira brachte einige der Kleidungsstücke mit, die sie mit ehrgeizigen Absichten erstanden und dann unweigerlich in die hinterste Ecke ihrer Kleiderkammer gestopft hatte, und fing langsam an ein Konzept zu entwerfen.

»Sie wirken ganz happy, weil sie endlich mal rauskommen«, sagte sie und durchwühlte die riesige Tragetasche mit abgelegten Kleidungsstücken. Stundenlang saß sie da, schnitt kleine Stücke Stoff aus und arrangierte sie auf den Zeichentischen, starrte eine Zeit lang darauf, um sie schließlich wieder anders anzuordnen. Sebby quälte sie immer wieder mit eigenen Vorschlägen.

»Willst du keinen Schnitt zeichnen?«

»Wir sind hier nicht bei *Project Runway*, Sebby.«

Er richtete sich auf, um einen möglichst naturgetreuen Tim Gunn in der Rolle des Moderators der Serie abzugeben.

»Make it work, Mira.«

»Danke, Tim«, sagte sie in einem Ton, der, wie ich inzwischen wusste, bedeutete: »Lass mich in Ruhe, ich denke.«

In der Regel gab Sebby dann auf und verlangte in der Folge, dass ich kunstvolle Filzstifttattoos auf seine Arme zeichnete.

»Ich will ein Piratenschiff, das von einer Nixe angegriffen wird.«

»Weißt du, ich hab selber ein Projekt, an dem ich arbeite.«

»Warum habt ihr eigentlich einen Assistenten, wenn ihr ihn doch nur ignoriert?«

Beim Zeichnen hielt ich immer seinen Arm, wenn ich auf der weichen Haut der Innenseite malte, der Stift war wie eine Leitung, durch die etwas noch Undefinierbares zwischen uns strömte.

Solange die anderen da waren, konnte ich nicht richtig an meinem eigenen Projekt arbeiten. Wenn sie gingen, begleitete ich sie nach draußen und schloss den Raum hinter uns ab. An manchen Nachmittagen gingen wir alle zusammen in das Diner, an Tagen aber, an denen wir viele Hausaufgaben aufhatten, verabschiedeten wir uns an den Spinden. Mira ging in Richtung Bus oder fuhr mit Rose und Sebby in Roses Auto mit – und ich kehrte heimlich in den Zeichensaal zurück. Das Licht ließ ich ausgeschaltet. Der Hausmeister sollte nicht merken, dass ich viel länger blieb als erlaubt. Dann holte ich meine Leinwand von ganz hinten aus der Materialkammer, ein auf eineinhalb Meter, selbst aufgezogen. Die größte, die ich je gemacht hatte. Ich stellte sie auf eine Staffelei am Fenster. Weil es im Laufe der Wochen nachmittags immer dunkler wurde, behalf ich mich mit einer kleinen Schreibtischlampe, mit der ich mal auf die Palette, mal auf die Leinwand leuchtete.

Zu diesem Zeitpunkt gab es immer noch Dinge, die wir nicht voneinander wussten. Geheimnisse, die wir schützen mussten. Es sollte noch eine Weile dauern, bis alles ans Licht kam, die unschöne und schwierige und unbeherrschbare Wahrheit unserer Leben. Aber wir fingen an zu lernen.

Roses Geheimnis war, dass ihre Familie Geld hatte. Und zwar viel. Die meisten Schüler auf St. F. kamen aus Familien der oberen oberen Mittelklasse, Roses Familie jedoch war

einfach unbestreitbar reich. Vor Generationen hatte sie ein Vermögen mit einem althergebrachten Fabrikimperium gemacht, das nichts anderes als Schrauben und Muttern herstellte, und jetzt residierte sie in einem Schloss, anders ließ es sich nicht bezeichnen, erbaut von einem Grundbesitzspekulanten aus Manhattan, der – wie ein moderner Raubritter – gerne einen hübschen Landsitz haben wollte. Es lag versteckt am Ende einer Privatstraße hinter einer Ziegelmauer und stellte die viktorianischen Villen von Mountain View allesamt in den Schatten. Wahrer Reichtum versteckte sich geschmackvoll auf zahlreichen Hektar Land.

Rose war das mittlere Kind, hatte eine große Schwester und einen kleinen Bruder, und irgendwie hatte sie sich in ihrer Familie den Ruf erworben, die Pflegeleichte zu sein, was nur hieß, dass sie ihr Fehlverhalten besser für sich behalten konnte als die anderen. Nach dem Wechsel auf die Highschool hatte sie ihre Eltern davon überzeugt, dass man sie getrost in einen Bereich des Hauses ziehen lassen konnte, der über einen eigenen Eingang verfügte – einen zweigeschossigen runden Turm mit eigenem Bad. Dieses Arrangement funktionierte gut für alle Beteiligten. Rose tat so, als würde sie sich benehmen – und ihre Eltern taten so, als würden sie ihr das abnehmen.

Sebby und Mira wurden zum ersten Mal an einem Freitag Anfang November in Roses Privatwohnung zitiert. In der Woche zuvor war Halloween ohne großes Brimborium vorübergegangen. Sebby meinte, Halloween sei was für die Kinder von Trickbetrügern.

»Es gehört sich nicht, um Süßigkeiten zu betteln«, sagte er. »Man muss sich seine Bonbons verdienen. Oder klauen.«

Rose hatte uns eingeladen, nachdem sie in der Schule die ganze Woche schlecht gelaunt war. Sie weigerte sich, uns zum Diner zu fahren, und behauptete, das sei eine »feindselige Umgebung«, stattdessen bat sie uns, mit zu ihr zu kommen und ihr beim Haarefärben zu helfen. Wir hielten kurz am Einkaufszentrum und kauften Bleichmittel, Entwickler und Manic Panic in Blau. Dann lagen Mira und ich auch schon auf Roses flauschigem Schlafzimmerteppich herum, wo wir in Zeitschriften blätterten und alle Snacks vertilgten, die wir auf dem Weg durch die Küche im Haupthaus finden konnten, während Sebby und Rose im Bad den Haarbleicher anmischten.

»Das riecht widerlich«, sagte Mira.

Sebby steckte den Kopf aus der Badezimmertür. Die Plastikhandschuhe, die er trug, waren voll weißem Schleim.

»Ich glaub, ich krieg 'nen Hirnschaden«, sagte er.

»Aber es lohnt sich!«, kreischte Rose von ihrem Platz auf dem Klo.

»Wir sollen also alle einen Hirnschaden kriegen, damit du einen auf Technicolor machen kannst?«, sagte Mira.

»Ich brauche dringend eine einschneidende Veränderung in meinem Leben – und das Einzige, das ich an meinem blöden Leben ändern kann, ist meine bescheuerte Haarfarbe«, sagte Rose. »Und wenn wir das heute Abend nicht machen, werde ich megazickig sein.«

»Und inwiefern ist das anders als sonst?«, fragte Sebby.

Mit ihrem Handtuchturban auf dem Kopf drehte sich Rose um und versuchte ihn zu schlagen. Er wehrte sich mit seinen behandschuhten Händen. »Wenn du das tust, bekommst du den Mund mit Entfärber ausgewaschen, Fräulein.«

Rose wandte sich wieder dem Spiegel zu und betrachtete sich.

»Eigentlich könnten wir uns meinen Oberlippenbart auch gleich vornehmen, wo wir schon mal dabei sind.«

»Wie eklig!«, schrie Mira. Ich nahm einen Stift und malte den Models in der *Allure* Schnurrbärte. Mira kicherte leise.

»Sieh mal, kleine Miss Pfirsichhaut, manche von uns sind blasse, teigige weiße Menschen, denen ekelhafte schwarze Haare sprießen, wo sie nicht sein sollten, kapiert?«, keifte Rose.

»Vorsicht«, mahnte Sebby. »Oder wir kommen heute Abend nie bis Blau.«

»Macht doch wenigstens die Badezimmertür zu«, sagte Mira. »Das riecht furchtbar.«

Sebby schloss die Tür mit einem Fußtritt.

»Was hat Rose denn?«, fragte ich Mira.

»Keine Ahnung«, sagte sie. »Aber wenn sie uns aus dem Diner verbannt, hat das bestimmt was mit Ali zu tun.«

Während unserer letzten Ausflüge ins Diner, war Rose immer mürrischer geworden, einmal hatte sie sich sogar einen ganzen Abend lang geweigert mit einem von uns zu reden, als Ali keine Zeit gehabt hatte, uns zu bedienen, und eine andere Kellnerin unseren Tisch übernahm.

»Vielleicht hat Ali gesagt, dass sie nicht mehr kommen soll.«

Ich hatte einen kleinen Berg Cracker mit Sprühkäse zubereitet, durch den Mira und ich uns gemächlich durchfraßen.

»Kann sein«, sagte sie und steckte sich noch ein Cracker-Sandwich in den Mund. »Oh mein Gott, warum ist schlechtes Essen so lecker?«, sagte sie.

»Ich vermute mal, dass Sprühkäse nicht fester Bestandteil deiner Eliminationsdiät ist?«

Sie schüttelte den Kopf. »Nee. Ich soll noch einen Monat auf Milchprodukte verzichten.«

Ich nahm die Flasche und las die Zutatenliste.

»Ich bezweifele, dass hier tatsächlich was Milchähnliches enthalten ist, falls dir das weiterhilft.«

»Tut es nicht, trotzdem danke.«

Sebby kam aus dem Bad und zog die Handschuhe aus.

»Derrr Eingrrriff warrr errrrfolgrrreich«, sagte er. »Aberrr derrr Patient hat nun den Kopf eines Äsels. Und den Arrrsch eines Äsels. Womitt ich euch ssagen will, sssie ist ein Tierrr.«

»Ich stelle den Küchenwecker«, rief Rose aus dem Bad. »Wie lange?«

»Vierzig Minuten für Albinoweiß«, antwortete er.

Rose kam aus dem Bad. »Mein Kopf brennt, ist das normal?«

»Ja«, sagte Sebby.

»Und dass meine Augen brennen, auch?«

»Wahrscheinlich.«

Mira

Mira und Rose schickten die Jungs zwecks Beschaffung weiterer Snacks in die Küche, während sie darauf warteten, dass Roses Haar unter der Duschhaube sich von Weiß in Blau verwandelte. Sie lagen auf dem Teppich, Mira blätterte eine *Glamour* durch.

»Schau mal – und deshalb kann ich nur europäische Zeitschriften lesen«, sagte Mira. »Also echt, was soll das? ›Bereite deinem Mann Lust wie nie zuvor‹? Total patriarchalische Kacke.«

»Predige du nur, Schwester«, sagte Rose. »Die gehören meiner Mutter. Sie benutzt sie zur Selbstfolter, damit sie was hat, worüber sie mit ihrem Lifecoach reden kann.«

Rose griff nach der Fernbedienung, richtete sie auf einen Lautsprecher in der Wand und drückte ein paar Knöpfe. Ein *Tegan and Sara*-Song ertönte.

»Ist das deine Anlage?«, fragte Mira.

»Ja. Ist so ein irres kabelloses System, das mein Vater hat einbauen lassen«, sagte Rose. »Als ob ich in einer gruseligen Junggesellenwohnung leben würde oder so.«

»Ist aber cool«, sagte Mira.

»Findest du?«, sagte Rose. »Also, ich will ja nicht undankbar rüberkommen, aber irgendwelche Leute, die was einbauen, kommen öfter in dieses Zimmer als meine Eltern.«

»Ich dachte, du magst es, getrennt von ihnen zu wohnen.«

»Schon, aber es kann ein bisschen einsam werden. Als Ali und ich zusammen waren, im Sommer, ist sie jede Nacht

hiergeblieben, fast einen Monat lang. Da dachte ich das erste Mal: Okay, es gibt einen Grund, warum ich so lebe.«

»Was ist denn passiert zwischen euch beiden?«

»Ali kommt aus einer total konservativen koreanischen Familie. Sie tut so, als wäre ihr ganz egal, was die denken – aber so ist das natürlich nicht. Sie hat ihnen nichts von mir erzählt, aber als sie sich einen Monat lang nicht hat blicken lassen, dachten die sich schon, dass sie mit jemandem zusammen ist. Das war schon schlimm genug. Aber wenn die wüssten, dass Ali lesbisch ist, würden sie komplett ausrasten. Irgendwann sagte Ali also: ›Ich muss nach Hause fahren, meine Eltern flippen aus.‹ Sie hat nicht gesagt, dass das hieß, wir würden Schluss machen. Allerdings hat sie auch nie gesagt, dass wir tatsächlich zusammen sind.«

»Wenn sie einen Monat lang in deinem Zimmer gewohnt hat, dann ist das ziemlich zusammen«, sagte Mira.

»Ich weiß«, sagte Rose. »Dachte ich auch.« Geistesabwesend blätterte sie in einer Zeitschrift. »Sie ist nur anderthalb Jahre älter als ich, aber sie zieht diese Das-verstehst-du-nicht-Nummer mit mir ab. Im Sinne von: Du verstehst irgendwie nicht, dass zwei Menschen einen ganzen Monat lang jede Minute miteinander verbringen und dann einfach damit aufhören können.«

»Klingt so, als ob es mehr um ihre Familie gehen würde als um dich.«

»Na ja, so etwa um dieselbe Zeit herum, fing sie an mit Nick abzuhängen – und ich hab das Gefühl, mit ihm hat das auch was zu tun.«

»Glaubst du, er mag sie?«

»Ja, irgendwie schon. Ich glaube nicht, dass sie voll darauf abfährt oder so. Es ist wohl eher so ein ›Hetero-Mann findet es cool, mit einer Lesbe abzuhängen‹-Ding.«

»Ist das ein Ding?«

»Mann, das ist so was von ein Ding. Die halten uns für ihre seltsamen Doppelgänger aus einem Paralleluniversum oder so. Oder sie finden Lesbensex heiß. Und das kann man ihnen ja wohl kaum zum Vorwurf machen.«

»Also will Nick wahrscheinlich mit euch beiden schlafen«, sagte Mira und lachte.

»Eklig, was? Ich weiß nicht, was er will. Ich trau ihm einfach nicht. Und ich werde das Gefühl nicht los, dass er Ali ausgeredet hat, mit mir zusammen sein zu wollen. Wahrscheinlich findet er, ich bin nicht cool genug für sie oder so.«

Rose legte sich auf den Boden, die Duschhaube unter ihrem Kopf raschelte.

»Wieso sollte er das denken?«, sagte Mira. »Du bist der coolste Mensch, den ich kenne.«

Rose lächelte. »Na ja, du gehst auf die St. F. Was hast du schon für Vergleichsmöglichkeiten?«

Mira klappte die Zeitschrift zu, in der sie geblättert hatte, und schleuderte sie in eine Ecke.

»Hör mal«, sagte sie. »Wenn Ali so schwach ist, dass sie nicht selber Entscheidungen über ihr Leben treffen kann, dann ist sie nicht die Richtige für dich.«

»Ja, theoretisch ist mir das klar. Aber dann denke ich daran, wie es mit ihr zusammen war, und ich hab das Gefühl,

ich muss sie nur daran erinnern und dann fällt ihr schon wieder ein, wie toll es war. Also sitze ich stundenlang im Diner, starre sie an und warte darauf, dass sie sich erinnert. Und die bescheuerte Wahrheit ist, dass sie womöglich einfach nicht mit mir zusammen sein will.«

»Aber jetzt bist du supercool mit deinen blauen Haaren«, sagte Mira.

»Ich weiß, unwiderstehlich, oder?«

Rose stand auf und ging ins Bad, wo sie eine Ecke der Duschhaube hob, um die farblichen Fortschritte zu checken.

»Nein, die blauen Haare sollen eher zum Ausdruck bringen: Scheiß drauf«, sagte Rose. »Wenn sie mich nicht mag – dann ist das eben so. Mir doch egal.«

»Das ist ja so was von gelogen«, sagte Mira. »Es ist dir alles andere als egal.«

»Ja, wäre doch aber schön, so zu tun, als wäre ich jemand, dem's egal ist.«

Die Jungs kamen mit den Armen voller Snacks aus der Küche zurück. Sebby hatte beschlossen, sich ein paar Strähnchen zu machen, und jetzt standen ihm in Alufolie gewickelte Haarbüschel vom Kopf ab wie Antennen.

»Eure Küche ist wie ein Lebensmittelladen, Rose«, sagte er und reichte Mira eine Tüte Oreos.

»Oh nein, miese Ratte!«, sagte Mira und ließ die Kekse fallen, als würden sie in Flammen stehen. »Warum tust du mir das an?«

Jeremy setzte sich neben sie und legte die übrigen Snacks auf dem Teppich ab.

Sebby ging ins Bad, wo Rose die Duschhaube abnahm.

»Ist es so weit?«, fragte er.

Rose guckte in den Spiegel. »Heilige Scheiße, das ist blau.«

»Die werden am Montag in der Schule ausflippen«, sagte Mira. »Das ist ganz bestimmt nicht in Einklang mit dem Dresscode.«

»Gut so.« Rose kam wieder ins Zimmer und stellte die Musik lauter. Sie fing an, wie verrückt zu tanzen, und schüttelte ihr jetzt blaues Haar, das wie ein klebriger Helm an ihrem Kopf klatschte.

»Flippt aus über die Lesbe, die euren heteronormativen, zufallsbestimmten Schönheitsbegriff ablehnt!« Rose hob die *Glamour* vom Boden auf und rieb sie an ihrem Körper. »Ich hab deinen Glamour genau hier, Zicke.«

Sebby fing an zu lachen, er kam aus dem Bad und ließ die Haarantennen solidarisch mitwippen. Mira gab vor, sich für beide zu schämen, und drückte ihr Gesicht in den Teppich – und Jeremy malte Gwyneth Paltrow auf dem Cover von *Allure* die Haare blau.

Jeremy

Sebby zog mich unter dem Vorwand ins Bad, mir ein neues Styling zu verpassen, sobald er sich die überschüssige blaue Farbe aus seinen neuen Strähnen gewaschen hatte. Ich saß auf dem Klodeckel, während er eine Handvoll Schaumfestiger in meinen Haaren verteilte.

»Halt still«, sagte er.

»Versuch ich ja.« Ich machte die Augen zu, spürte seine Finger auf meiner Kopfhaut.

»Du hast gute Haare«, sagte er.

»Hab ich das?«

»Du solltest was Stylischeres damit machen. Du bürstet sie immer so nach unten.«

»Ich wusste nicht, dass man da irgendwas anders machen kann.«

Als er fertig war, hielt er mir einen Spiegel vor, damit ich mich angucken konnte. »Faux Hawk«, sagte er. »Ich finde, das steht dir.« Er hatte mir die Haare zu einem Kamm mitten auf dem Kopf hochgegelt.

»Das sieht lächerlich aus«, sagte ich, als ich mich betrachtete.

»Mode soll lächerlich sein«, sagte er. »Guck dir doch mal die Sachen an, die Mira trägt.«

Ich grinste und gab ihm den Spiegel. Er sah seine Strähnen prüfend an.

»Wir sehen gut aus zusammen«, sagte Sebby. »Sehr Nouveau Punk.«

Die Badezimmertür war geschlossen. Wir konnten die Mädchen nebenan reden hören, und die Tatsache, dass wir allein waren, wurde plötzlich bedeutungsvoll. Er drehte sich wieder zu mir und berührte meinen Haarkamm mit dem Finger. Dann beugte er sich über mich und küsste mich. Ich hielt ganz still, so als wäre er ein Tier, dass ich nicht verscheuchen wollte. Er trat einen Schritt zurück und sah auf mich herunter.

»Das ist okay, oder?«, sagte er.

Ich spürte mein Herz schneller schlagen. Ich wusste nicht, was ich sagen sollte.

»Ja«, sagte ich. »Ich will dich. Ich meine, ich will das.«

Nice, Jeremy. Krieg dich ein.

Er setzte sich auf den Rand der Badewanne, seine Knie berührten meine. Er lächelte.

»Und was machst du damit?«, sagte er.

Ich lachte. Er lachte auch. Ich lehnte mich zu ihm hinüber und dann küssten wir uns wieder. Seine Hände tasteten sich zu meinem Hinterkopf, und etwas in mir wurde so mutig, dass ich nach seiner Taille griff und den Stoff seines alten T-Shirts in den Händen knüllte. Er fühlte sich echt an, da, in Roses Badezimmer. Unser erster Kuss, bei dem wir allein waren. Er fühlte sich an wie etwas Echtes.

Mira

Zum ersten Mal in der Familiengeschichte hatte Miras Mutter beschlossen, das Thanksgiving-Festessen selbst zu kochen. Sie wollte sichergehen, war ihre Entschuldigung, dass Mira beim Essen auch genug Auswahl hatte, die ihrem Diätplan entsprach. Mira wollte noch darauf hinweisen, dass es leichter gewesen wäre, einfach glutenfreies Brot zu ihrer Tante mitzunehmen, aber da war ihre Mutter schon dabei, diverse Einkaufslisten anzulegen.

Mira hatte den Verdacht, dass es ihrer Mutter insgeheim darum ging, der Verwandtschaft eine gute Show zu liefern. Das letzte Jahr war für sie alle nicht das beste gewesen, und vielleicht dachte sie, die würden schon sehen, dass es ihnen gut ging, wenn sie das perfekte Essen zusammenbastelte.

Die ganze Woche vor Thanksgiving war die Küche eine totale Katastrophe. Mira begriff nicht, wie es so viel zu tun geben konnte, aber jeden Tag, wenn sie aus der Schule kam, wirkte ihre Mutter noch ein bisschen verzweifelter.

Julie kam am Abend vor Thanksgiving nach Hause und wurde empfangen wie eine Heldin.

»Du bist da, Gott sei Dank«, begrüßte ihre Mutter sie an der Tür. »Nichts ist fertig.«

Selbstverständlich übernahm Julie sofort das Kommando, sie schrieb die To-do-Listen um und markierte sie für jedes Familienmitglied in einer anderen Farbe.

»Du hast ja überhaupt keinen Plan, Mom«, sagte sie und band sich eine Schürze um.

Mira blieb auf, schnippelte Gemüse mit ihnen und hörte Julies ununterbrochenem Gerede über Harvard zu.

Ihre Schwester hatte sich nicht sehr verändert. Sie hatte sich die Haare kurz schneiden lassen, bevor sie zur Uni gegangen war, aber jetzt waren sie wieder gewachsen und Julie sah noch mehr aus wie ihr altes Selbst. Als Kinder hatten sie und Mira ganz ähnliche Haare gehabt, nicht zu bändigende Locken, die Julie eine Weile versucht hatte zu glätten, bevor sie sich der Unvermeidlichkeit der Natur unterworfen hatte. Manchmal guckte Mira nur die Haare ihrer Schwester an, wenn sie redete, und versuchte sich auf diesen wenn auch kleinen Beweis dafür zu fokussieren, dass sie beide dieselbe Herkunft hatten.

Gegen zehn war Mira das Kleinhacken leid, sie entschuldigte sich, um zu Bett zu gehen. Ihr Vater war immer noch nicht zu Hause. Um die Feiertage herum blieb er immer lange im Büro, um den Arbeitsausfall an den freien Tagen wettzumachen. Mira wollte gerade oben ins Bad gehen, als sie ihre Mutter und Julie unten reden hörte, ihr Name fiel.

Sie sah die Treppe hinunter. Die Schürzen noch umgebunden saßen die beiden mit einem Glas Wein in der Hand im Esszimmer.

»Es geht ihr viel besser, glaube ich«, sagte ihre Mutter. »Die neue Schule scheint viel dazu beigetragen zu haben.«

Mira setzte sich auf die oberste Treppenstufe, wo sie nicht gesehen werden konnte.

»Und sie hat keinen Anfall mehr gehabt?«, fragte Julie.

»Nein. Diese Sache mit den Nahrungsmittelunverträglichkeiten scheint zu funktionieren.«

»Du musst streng sein. Ihr lasst ihr zu viel durchgehen.«

»Ich versuche nur, sie auf Kurs zu halten. Dafür zu sorgen, dass sie auf sich achtet.«

»Ja. Aber achtest du auch auf dich, Mom?«

»Mir geht es gut.«

»Langweilst du dich nicht, weil du so viel zu Hause bist?«

»Mit deiner Schwester habe ich genug zu tun. Irgendwann gehe ich schon wieder zur Arbeit.«

Die Haustür ging auf, Miras Vater kam herein.

»Daddy!«, rief Julie. Wie ein kleines Mädchen lief sie ihrem Vater in die Arme. Mira stand auf und ging ins Bad.

Am nächsten Tag mittags trafen Miras Großeltern, Tanten, Onkel und Cousins und Cousinen ein, insgesamt fünfzehn Personen – und irgendwie brachten Julie und ihre Mutter es fertig, ihnen allen ein Essen vorzusetzen.

Mira versuchte während der ganzen Mahlzeit nicht an den »extra Teller« zu denken, den ihre Mutter unbedingt für sie hatte vorbereiten wollen, was hieß, dass sie sich nicht selbst etwas davon nehmen durfte, was auf dem Tisch stand – ein Luxus, der sogar ihrer siebenjährigen Cousine zugestanden wurde. Sie versuchte sich nicht zu sehr darauf zu fokussieren, dass ihre Tante sie zu lange umarmt und ihr ins Ohr geflüstert hatte: »Ich bete jeden Tag für dich.« Oder dass ihre Großeltern gar nicht gefragt hatten, was denn in ihrem Leben vorging, während sie jedes Mal umso glücklicher strahlten, wenn Julie das Wort »Harvard« hervorbrachte.

Sebby tauchte auf, als ihre Mom und Julie den Nachtisch vorbereiteten. Die kleineren Kinder hatten angefangen im Kreis im Haus rumzurennen, wobei sie um Aufmerksamkeit heischend immer wieder loskreischten. Mira verspürte den Drang mitzumachen. Sebby war, ohne zu klingeln, hereingekommen, und als sie ihn sah, hätte sie ihn fast vor Freude umgestoßen.

»Ich bin in der Hölle«, sagte sie und drückte ihn zu fest. Er lachte.

»Ach, wirklich?«, sagte er. »Ich komme gerade von einem legendären Thanksgivingessen im Untergeschoss von Tillys Kirche. Der Priester hat mir bei Pudding mit Früchten mitgeteilt, dass ich dem großzügigen Heiligen, der mir erlaubt hat, bei Tilly zu wohnen, ins Gesicht spucke, wenn ich nicht regelmäßig zur Kirche gehe.«

»Das ist ungerecht. Du gewinnst immer«, sagte Mira und ließ ihn los.

»Lässt deine Mom dich gehen?«, fragte er.

Sie warf einen Blick in die Küche, wo ihre Mutter angesichts eines halb verbrannten Kuchens zu fluchen begonnen hatte, während Julie versuchte den Qualm wegzuwedeln.

»Glaub schon«, sagte sie.

Jeremy

Die Nachricht von Mira bekam ich so gegen fünf. Dave hatte es gern, wenn sich sein siebengängiges Festmahl über den größten Teil des Tages zog, und wir wollten uns gerade zum Nachtisch hinsetzen. Am früheren Nachmittag hatten Leute vorbeigeschaut, meine Tante, ein paar Nachbarn, Arbeitskollegen von Dad, aber so richtig lang hatte keiner durchgehalten.

»Amateure!« Dad zog die Leute gern auf, wenn sie sich nicht davon abbringen ließen zu gehen, ehe Dave ihnen ein weiteres perfekt angefertigtes Entrée aufdrängen konnte.

Ich lag mit Dolly Parton, der Katze auf dem Sofa im Wohnzimmer und versuchte durch Willenskraft für Daves berühmte Kuchen Platz in meinem Bauch zu schaffen, als mein Handy vibrierte.

Können wir vorbeikommen????, stand in der SMS. **Wir sind verzweifelt, du musst uns vor unserem Leben retten.**

Ich las es noch mal. Sie wollten herkommen? Ich hatte Dad und Dave von Mira und Sebby erzählt, aber sie existierten bislang nur in der Theorie. Zwei echte Menschen vorzustellen, war ein großer Schritt. Und außerdem war es so, dass ich seit Jahren keinen Freund mehr zu Besuch gehabt hatte – erst recht nicht nach letztem Frühling. Und trotzdem war ich natürlich aufgeregt, dass sie kommen wollten, dass ich derjenige war, der sie retten konnte.

»Hey, Dad?«, rief ich in die Küche, wo mein Dad die

Sahne von Hand in der Schüssel schlug, die Dave vor ihn hingestellt hatte.

»Komm her«, rief er zurück. »Gröl nicht durchs Haus wie ein Tier.«

»Grölen Tiere?«, sagte ich, als ich in die Küche kam. »Wie kann ich helfen?«

»Sebby und Mira fragen, ob sie vorbeikommen dürfen?«

»Wollen sie Kuchen?«

»Keine Ahnung.«

»Wahrscheinlich werden sie Kuchen wollen. Dave?«, rief er ins Esszimmer, wo Dave die Teller vom letzten Gang abräumte. »Haben wir genug Kuchen für Jeremys Freunde?«

»Okay, jetzt grölst du, Dad.«

»Klar«, sagte Dave, der die Teller in die Küche brachte. »Je mehr, desto besser.«

Ich schickte Mira die Adresse und eine Viertelstunde später standen sie vor der Tür. Ich stellte die beiden vor, und wir setzten uns, und aßen Daves unglaublich leckeren Kuchen, und Dad stellte Dad-typische Fragen, und ich saß fast stumm da und wusste nicht, wie ich mich einbringen sollte. Das war Neuland. Dad und Dave und Sebby und Mira. Und ich.

Nach dem Nachtisch halfen wir Dave beim Aufräumen und dann gingen wir hoch in mein Zimmer. Sebby machte die Tür hinter uns zu und lehnte sich dagegen, als ob jemand versuchen könnte reinzustürmen – mit weit aufgerissenen Augen und total geschockt.

»Was?«, sagte ich.

»Das ist also dein Dad …«, sagte er.

»Ja.«

»Und Dave ist …«

»Mein anderer Dad.«

»Du hast zwei Dads?«

»Hm«, sagte ich. »Ja.«

»Schwule Dads? Zwei schwule Dads?«, sagte er.

»Ja. Meine Dads sind schwul.«

Mira schüttelte den Kopf.

»Wie konntest du uns das verschweigen, Jeremy?«, sagte sie.

»Das ist echt das Coolste, das ich je gehört habe«, sagte Sebby, der noch immer die Tür verbarrikadierte.

»Ist keine große Sache«, sagte ich.

»Das ist eine große Sache – und wir sind stinkwütend auf dich«, sagte Mira.

»Warum hast du uns das nicht erzählt?«, fragte Sebby.

Ich sagte nicht: »Weil ich sie schützen muss – und weil ich uns schützen muss, sogar vor euch.«

Ich sagte nicht, dass ich mir jeden Tag, wenn ich das Haus verließ, vorstellte, dass die Worte statt auf meinen Spind auf unser Garagentor gesprüht worden wären. Dass Dad und Dave in einer sorgfältig zusammengebastelten Welt lebten, einer, die so gestaltet war, dass wir in Sicherheit und ganz normal leben konnten, und dass ich schon genug Schaden angerichtet hatte.

»Los, von Anfang an«, sagte Sebby. Er löste sich von der Tür und setzte sich zwischen Mira und mich aufs Bett. »Ich muss wirklich alles über deine Verhältnisse wissen.«

»Meine Mutter und mein Dad haben sich kurz nach meiner Geburt scheiden lassen«, sagte ich. »Sie ist weggezogen und hat mich bei meinem Dad gelassen. Dave ist zu uns gezogen, als ich zwei war. Seitdem ist er mein zweiter Dad. Sie haben im letzten Frühjahr geheiratet.«

Im Frühjahr vor dem Vorfall. In der Lokalzeitung war ein Bild von ihnen gewesen, neben der Hochzeitsanzeige. Die beiden lächelten Seite an Seite, Dads Kopf war ein bisschen in Daves Richtung geneigt. »Wir zeigen die Hochzeit von David Matinez und James Worth an.« Sie hatten mich mit auf dem Foto haben wollen. Ich wollte nicht. Aber in der Anzeige wurde ich erwähnt. »Das Paar hat einen Sohn, Jeremy Worth, der die St.-Francis-Schule besucht.«

Mira sah Sebby an, die beiden schüttelten die Köpfe.

»Unglaublich«, sagte sie.

»Sie sind nur Dads. Sie sind nicht cool oder so«, sagte ich. »Dave hat einen Martha-Stewart-Fimmel.«

»Egal, was deine schwulen Dads auch machen – es ist cool«, sagte Sebby.

Ich schüttelte den Kopf. »Glaub mir, das ist es nicht, echt.«

Daves Martha-Stewart-Besessenheit war bei uns zu Hause ein Running Gag. Dave hatte ein spezielles Regal, wo er die von ihr herausgegebenen Zeitschriften in makellosem Zustand aufbewahrte. Er fotokopierte lieber Seiten mit Rezepten oder Anleitungen für den perfekten handgeflochtenen Adventskranz aus Rattan an seinem Arbeitsplatz, als sie aus der Zeitschrift rauszureißen.

Dave leitete die Verwaltung der Abwasser- und Abfallent-

sorgung des Bezirks. Dad war Justizangestellter. Sie hatten sich kennengelernt, als jemand Daves Abteilung verklagen wollte. Dad sagte immer, er habe noch nie einen gepflegteren Müllmann gesehen.

Und weil Dave den ganzen Tag an Müll dachte, war es ihm wichtig, nach Feierabend in einen blitzsauberen, perfekten Traum von einem Heim zurückzukommen.

»Du bist schon ein richtiges Hausmütterchen.« So neckte mein Dad ihn immer, wenn er an einem Feiertag wieder einmal eine kunstvolle Tischdeko präsentierte.

Vor dem Vorfall in der Schule war es immer Dad, mein biologischer Vater, gewesen, der mich aus dem Nest schubsen und überzeugen wollte, doch in die Welt hinauszugehen. Aber wenn ich dann wieder mal früh von einer Schulveranstaltung heimkam, zu deren Besuch Dad mich genötigt hatte, war es immer Dave gewesen, der frisch gebackene Kekse in der Küche bereithielt und der mit mir aufblieb und sich mit mir gemeinsam durch die Kekse futterte, die wir in große Gläser mit kalter Milch tunkten.

»Ich hab die Highschool auch gehasst«, sagte er dann immer.

Erst nach dem Vorfall hörte mein Dad auf mich zu drängen. So langsam begriff er wohl, dass meine Highschoolerfahrung anders sein könnte als seine eigene. Und dass er vielleicht nicht derjenige war, der alles wieder ins Lot bringen konnte, wenn Schwierigkeiten in meinem Leben auftauchten.

Und jetzt, als ich mit zwei ganz realen, fassbaren Freun-

den auf meinem Bett saß, konnte ich mir das Gespräch nur vorstellen, das Dad und Dave gerade unten führten. Ob sie wohl vermutet hatten, ich hätte Mira und Sebby nur erfunden?

Wir drei fläzten uns auf meinem breiten Bett und schauten auf meinem kleinen Fernseher *Das Wunder von Manhattan* an. Danach waren wir bereit für mehr Kuchen.

Die ganze Geschichte über das, was im vergangenen Frühling passiert war, würde nie jemand erfahren – außer mir und Peter. Und nicht mal Peter wusste, wie schief das alles gelaufen war.

Es war Anfang Mai. Peter hatte unserer Klassenstufe *Der große Gatsby* als letzte Pflichtlektüre des Schuljahres zu lesen aufgegeben. Nach all meinen Bedenken war mein erstes Jahr auf der Highschool tatsächlich gar nicht so schlecht gelaufen. Viele Freunde hatte ich nicht, aber es war auch nicht dieser legendäre Schritt ins Erwachsensein gewesen, vor dem ich in der Mittelschule so schreckliche Angst gehabt hatte. Die achte Klasse hatte damals so was Endgültiges gehabt. Das Ende der Kindheit, von der ich nicht wusste, ob ich sie wirklich verlassen wollte. Aber der Übergang zur Highschool war nur ein Wechsel in ein anderes Gebäude gewesen. Die Leute, die ich schon ewig kannte, waren immer noch da. Und – mal abgesehen von neuen Haarschnitten – waren wir noch dieselben Menschen, die wir immer gewesen waren.

An dem Tag, an dem wir in Peters Stunde über *Gatsby*

sprechen sollten, lag etwas Sorgloses in der Luft. Es war ein Freitag, und Peter hatte die Fenster weit geöffnet, um die Frühlingsluft hereinzulassen. Es dauerte eine Weile, bis die Klasse sich überhaupt auf das Buch konzentrieren konnte, und dann drehte sich das Gespräch hauptsächlich um den unzuverlässigen Erzähler.

»Landet der nicht in einer psychiatrischen Einrichtung oder so?«, war Sarahs Beitrag.

»Nur im Film«, sagte Peter. »Wir haben doch alle das Buch gelesen – und nicht nur den Film gesehen – oder?«

Schließlich kam die Rede auf das mysteriöse Ende des zweiten Kapitels, nachdem Nick Carraway mit Tom Buchanan und seiner Geliebten und den Nachbarn auf einer Party in einer New Yorker Wohnung landet, bei der alle betrunken sind.

»Am Ende verläuft das einfach so«, sagte Anna. »Es gibt eine große Party in Myrtles Wohnung, und dann landen Nick und Mr McKee unten in seinem Schlafzimmer – und dann sagt er nicht, was passiert. Das ist wie Punkt, Punkt, Punkt.«

»Eine Ellipse«, sagte Talia. »So was bezeichnet man als Ellipse.«

»Und dann ist man bei Nick, allein auf dem Bahnhof.«

»Ja, die Stelle war seltsam«, sagte Sarah.

»Nun, okay«, sagte Peter lächelnd, immer lächelnd, »was glaubt ihr denn, worum es da geht?«

Er schaute in die Runde und keiner antwortete. Nicht mal Talia. Talia, die immer alles wusste. Sie guckte auf ihr Buch, blätterte bis zu der Seite, über die wir redeten.

»Also, ich finde, das ist irgendwie offensichtlich«, sagte ich.

Denn das war es. Für mich war es offensichtlich – warum sagte das denn keiner?

»Gut«, sagte Peter. »Sag uns, was du denkst, Jeremy.«

»Ich meine, äh …« Einen Moment war ich mir nicht so sicher, überlegte es mir anders, aber dann dachte ich: nein. Peter hatte mich gefragt. Es gab keinen Grund, nicht zu antworten.

»Also, da ist diese Stelle, an der es heißt »Bleiben Sie weg von dem Hebel«, was eine Art Euphemismus zu sein scheint«, sagte ich.

»Für was?«, fragte Sarah.

»Für, du weißt schon, jemanden anmachen. Sie sind betrunken, und vielleicht erinnert Nick sich nicht, deshalb kann er es nicht erzählen – oder vielleicht wollte oder konnte Fitzgerald nicht so deutlich werden. Also, damals konnte man solche Sachen ja nicht so offen sagen. Deshalb spult er einfach schnell vor auf hinterher.«

Ich schaute mich im Raum um. Keiner sagte was. Talias Nase steckte immer noch in ihrem Buch.

»Die beiden?«, sagte Anna. »Nick und Mr McKee?«

»Ja«, sagte ich. »Also, sie sind allein in Mr McKees Schlafzimmer und Mr McKee ist im Bett – in Unterwäsche. Scheint doch auf der Hand zu liegen.«

Nach einer gefühlten Minute Schweigen fing Sarah einfach an zu lachen.

»Okay, danke, Jeremy«, sagte Peter, aber es war zu spät, um den Kurs noch zu ändern, der jetzt eingeschlagen worden war.

Sarah lachte hysterisch. »Ja, offensichtlich gibt es eine schwule Sexszene in *Der große Gatsby*. Hast du sie noch alle?«

Der Junge, der immer neben Sarah saß, eine Sportskanone namens Tommy, hatte die Hände an den Kopf geschlagen.

»Das ist nur Jeremys Wunschdenken, dass alle schwul sind«, sagte er, als gäbe es nichts Einleuchtenderes als das.

»Und du meinst ›der Hebel‹ ist ein Penis?« Anna klang entsetzt.

»Ich bin nicht der Erste, der auf diese Idee kommt«, sagte ich. »Wenn du online guckst…«

»Du gehst also einfach online und suchst ›Der große Gatsby schwules Zeug‹?«, sagte Sarah. »Vielleicht hast du ja Fanfiction gelesen oder sonst was.«

Tommy lehnte sich zu Sarah hinüber und ich glaubte irgendwie »murmelmurmel Dads« zu hören. Sarah lachte, und Peter wollte eingreifen, aber das Klingeln schnitt ihm das Wort ab, und alle stürzten zur Tür, obwohl Peter noch sagte: »Das ist nicht das Ende dieses Gesprächs!«

Aber natürlich war es das Ende, denn es war Freitag, und dann war Wochenende. Und da war jede Menge Zeit, sodass jeder, der nicht im Raum gewesen war, erfahren konnte, was ich gesagt hatte. Und jede Menge Zeit für jeden in der Schule, der am Wochenende zum Training in die Schule kam, sich mit einer Dose Farbe zu den unbewachten Spinden zu schleichen. Jede Menge Zeit auch für mich zu denken, dass das nur ein peinlicher Moment im Englischunter-

richt gewesen war und nichts weiter. Und dass die einzige Lektion daraus für mich war, nächstes Mal gründlicher zu überlegen, ehe ich mich zu Wort meldete.

Am Montagmorgen war ich früh in der Schule. Ehe die Busse ankamen. Ich war also der Erste, der es sah, mein Spind lag im hintersten Winkel, vom Hauptflur konnten Vorübergehende ihn nicht sehen. Und Talia war die Zweite, die es sah.

Jeremy ♥ 2 suk dix

Das Herz war eigentlich richtig süß, rund und mädchenhaft, ein paar Tropfen Farbe hingen unten an der Spitze. Ein blutendes Herz.

»Oh mein Gott«, sagte Talia, wir beide standen in dem Gang, in dem wir beide das ganze Jahr unseren Spind gehabt hatten.

Und dann die Geräusche der anfahrenden Busse, die Schüler strömten durch die Eingangstüren. Talia packte meinen Arm und zog mich zum Büro des Rektors, bevor jemand kam.

Der Rektor rief meinen Dad an, und sie ließen mich im Lehrerzimmer warten, damit ich keinen sehen musste, außer Talia, die mit mir wartete.

Schweigend saßen wir am Tisch, während der Lärm vom Flur draußen vorbeirauschte. Ich versuchte meine Ohren zu verschließen.

Als Dad kam, redete er eine Stunde allein mit dem Rektor. Dann holte er mich aus dem Lehrerzimmer ab. Er sah blass aus und wütend. Er legte mir den Arm um die Schul-

tern und ging mit mir zum Auto. Ich spürte, wie die Schule uns beobachtete.

Dave war da, als wir nach Hause kamen. Wir saßen am Esstisch und ließen Dad im Haus herumwüten, durch die Räume laufen, damit drohen, die Schule zu verklagen, das Gericht auf den Fall anzusetzen.

Dave stand auf und machte Tee, während Dad seine Tiraden abließ. Er kam zurück und stellte einen Becher vor mich hin. »Jeremy«, sagte er leise, als Dad sich langsam verausgabt hatte. »Glaubst du, diese Leute stellen wegen uns Vermutungen über dich an?«

Ich starrte in den Dampf, der aus dem Becher aufstieg, schüttelte den Kopf.

»Also«, sagte ich, »wahrscheinlich bin ich schwul, glaub ich.«

So wollte ich dieses Gespräch nicht führen. Aber ich wollte nicht, dass irgendwas von alledem überhaupt so lief, mittlerweile war es also ganz egal.

»Ist das wahr? Glaubst du das wirklich?«, fragte Dave. »Oder ist das nur eine Reaktion darauf, was andere Leute über dich denken?«

»Ich glaube, es ist wahr«, sagte ich. Und dann fing ich an zu weinen.

Dad setzte sich neben mich. Er legte mir die Hand auf den Rücken. Aber er überließ Dave weiterhin das Reden. Er wusste, dass Dave solche Sachen besser konnte. Hier waren keine Tiraden nötig, nicht mal Charme. Hier wurde Daves Behutsamkeit gebraucht.

»Weißt du, als ich in der Highschool war, haben die Leute mich auch für schwul gehalten«, sagte Dave. »Und ich wusste, dass ich schwul war, aber irgendwie haben alle anderen es vor mir gewusst. Damit ist man in einer seltsamen Lage, weil man nicht im eigenen Tempo entscheiden kann, wie es einem damit geht. Und in der Schule bin ich deswegen nur gequält worden. Da hab ich dann richtig angefangen zu trinken.«

Dave war schon bei den Anonymen Alkoholikern, ehe er und Dad ein Paar wurden. Er ging jeden Mittwochabend zu seinem Treffen.

»Aber die Sache ist die«, sagte Dave, »es hatte auch etwas Befreiendes, als alles auf dem Tisch lag. Ich hatte keine Gelegenheit mich zu verstecken, also musste ich auch keine Wahl treffen. Die Kids, die Leute quälen wollten, würden mich quälen, weil ich ein leichtes Opfer war, aber wenigstens wusste ich, wer meine echten Freunde waren. Und diese Leute waren sehr wichtig für mich, weil sie liebe, gute Menschen waren.«

»Ich glaube nicht, dass ich echte Freunde habe«, sagte ich. Mit dem Handrücken wischte ich mir die Tränen von der Backe. Noch nie hatte ich mich so sehr wie ein kleines Kind gefühlt. Dad strich mir jetzt in Kreisen über den Rücken, so wie früher, als ich noch klein war, wenn ich nicht einschlafen konnte.

»Du wirst Freunde finden«, sagte Dave.

»Ich war ein Arsch in der Highschool«, sagte Dad. Er stieß ein kleines Lachen aus.

»Echt?«, sagte ich.

»Also, ich war nicht fies zu irgendwem, aber ich war mit Leuten zusammen, die fies waren, und ich habe nichts dazu gesagt. Ich glaub, ich hatte Angst, dass sie rauskriegen, wer ich wirklich war. Und das ging so weiter, bis – na ja –, bis du geboren wurdest.« Er drückte meine Schulter. »Ich weiß nicht, was ich ohne dich gemacht hätte, Kleiner. Aber manche Leute haben unterwegs was einstecken müssen, und ich glaube, das hätte vermieden werden können, wenn ich ehrlich vor mir selbst gewesen wäre.«

»Meine Mom zum Beispiel?«

Er nickte. »Klar. Und ihre Familie. Und meine Familie. Da hingen ein Haufen Leute mit drin, als mir endlich einige Dinge über mich klar wurden.«

»Du bist ein starker Junge«, sagte Dave. »Und du wirst noch stärker werden, weil dir das hier passiert ist.«

Ich wollte sagen: »Bin ich nicht.« Ich wollte fragen, ob wir nicht einfach ganz weit wegziehen und es auf sich beruhen lassen könnten. Das hatte meine Mutter gemacht. Ich war schließlich auch ihr Kind – und weglaufen lag mir im Blut.

Aber ich war dabei, mir anzugewöhnen, nicht zu sagen, was ich dachte. Also ging ich in mein Zimmer und blieb da und ließ alle anderen überlegen, was jetzt passieren sollte.

Am nächsten Tag rief Peter an und fragte, ob ich nach der Schule bei ihm zu Hause vorbeikommen wollte, um mir die Hausaufgaben abzuholen. Damit begann eine Woche, in der ich die Nachmittage mit ihm verbrachte. Wir saßen hinten auf seiner Veranda mit beschlagenen Limonadengläsern in

den Händen, beobachteten, wie es in seinem Dschungel von Garten zu grünen und blühen anfing, und redeten über alles.

Wirklich über alles, über meine Mom, meine Dads, Peters Leben vor St. F. Und am letzten Tag überzeugte er mich davon, dass ich versuchen sollte, wieder zurückzugehen. Er sagte, ich dürfe mich davon nicht unterkriegen lassen, ich sollte die Dummheit anderer Leute nicht darüber bestimmen lassen, wie ich mein Leben lebte.

Ich versuchte es. Mitte der darauffolgenden Woche beschloss ich, nachmittags mal reinzuschauen, während einer Schulstunde. Ich hatte noch Bücher aus der Bücherei im Spind, die abgegeben werden mussten, also dachte ich mir, ich würde sie zurückbringen und testen, wie es sich anfühlte, in der Schule zu sein. Vielleicht hatte Peter recht. Vielleicht war es ja doch keine große Sache. Vielleicht war das nur ein bescheuerter Tag gewesen, an dem jemand was Bescheuertes gemacht hatte.

Die Flure waren leer, als ich kam. Alle waren im Unterricht. Ich ging zu meinem Spind. Schon von Weitem konnte ich die frische Farbe riechen. Die anderen Spinde waren schon jahrelang nicht gestrichen worden, meiner stach also in einem etwas helleren Farbton hervor. Ich versuchte, nicht zu genau hinzusehen, und fragte mich, wie viele Schichten Farbe wohl nötig gewesen waren, um das schwarze Farbspray zu überdecken.

Ich stellte die Zahlenkombination ein und die Tür ging auf. Oben im Schlitz klebte ein Stück Papier auf der Innenseite der Tür. Ich zog es heraus.

Eine Sekunde lang dachte ich, es wäre was Nettes. Eine besorgte Mitteilung von meinen sogenannten Freunden vielleicht. Und dann faltete ich das Blatt auf.

Es war eine Fotokopie von Dads und Daves Hochzeitsanzeige in der Zeitung, ihre lächelnden Gesichter, Dads Kopf, der sich ein klein wenig zu Dave hin neigte. Jemand hatte ihre Körper unter das Bild gezeichnet, wie im Comic, Hosen mit offenem Reißverschluss und grobe Zeichnungen von raushängenden Penissen, mit einer Figur, die vor ihnen kniete. In der Anzeige war mein Name eingekreist (»Das Paar hat einen Sohn, Jeremy Worth, der die St.-Francis-Schule besucht«), und ein Pfeil zeigte auf die gezeichnete Figur.

Ich guckte in meinen Spind und entdeckte einen Haufen gefalteter Zettel auf dem Boden, die durch die Schlitze in der Tür geschoben worden waren. Ich faltete noch einen auseinander. Wieder eine Fotokopie der Anzeige. Obendrüber stand »Schwulenfamilie, verrecke!«.

Hilflos starrte ich eine Zeit lang in meinen Spind, dann knallte ich ihn zu und rannte los. Den Flur entlang, zum Haupteingang hinaus, den Hügel runter in die Stadt. Ich hörte nicht auf zu rennen, bis ich nicht anders konnte, bis ich das Gefühl hatte, mir würde entweder das Herz explodieren oder ich müsse mich übergeben.

Ich war mitten in der Stadt, als ich schließlich in einer Seitenstraße stehen blieb, mich in einem Hauseingang vornüberbeugte, um wieder zu Atem zu kommen. Ich wollte die Schule in Brand stecken. Sie sollte nicht mehr existieren. Es gab nicht genug Farbe auf der Welt, um diesen Mist zu überpinseln.

Neben mir auf der Straße stand eine alte Telefonzelle. Ich starrte sie an, während mein Atem sich langsam wieder normalisierte. Ich überlegte nicht. Ich wusste nur, dass ich irgendwas tun musste.

Eigentlich war es unmöglich, dass dieses Telefon tatsächlich funktionierte, aber als ich den Hörer abhob, war das Freizeichen zu hören. In meinem Portemonnaie fand ich noch eine Münze, die ich in den Schlitz steckte. Ich wählte die Nummer der Auskunft. Meine Hände zitterten.

»St.-Francis-Schule«, sagte ich und beobachtete die Straße, um sicherzugehen, dass keiner vorbeiging. Ich drückte den Knopf, damit die Nummer gewählt wurde, und steckte noch zwei Münzen rein.

»St.-Francis-Schule, was kann ich für Sie tun?« Das war Denise vom Büro. Denise, die immer nett zu mir war.

Fast hätte ich aufgelegt. Aber ich tat es dann doch nicht.

»In der Schule ist eine Bombe«, sagte ich mit tiefer Stimme. Ich hängte ein.

Den Rest des Heimweges ging ich zügig und mit gesenktem Kopf.

Das Einzige, was bei einer Bombendrohung wirklich passiert, ist, dass alle früh nach Hause gehen können. Die Polizei kommt mit speziell ausgebildeten Hunden, die Sprengstoff erschnüffeln können, und durchsucht das ganze Gebäude. Das ist alles. Also hätten mir eigentlich alle danken müssen.

Das Problem war nur, dass an diesem Tag noch jemand zu Hause geblieben war, ein Mitschüler, der einen Grund

für so einen Anruf gehabt hätte. Tommy, der im Unterricht über mich gelästert hatte, der am Wochenende zum Training in der Schule gewesen war, der bereits unter Verdacht stand, meinen Spind mit Farbe besprüht zu haben, und in der Woche zuvor beim Rektor zur Rede gestellt worden war. Aber Tommy hatte ein Stipendium. Und es gab Grenzen dafür, was die Schule sich von einem Schüler mit Stipendium bieten ließ. Tommys Pech war, dass er sich an diesem Morgen krankgemeldet hatte. Als der Anruf zu einer Telefonzelle in der Nähe seines Hauses zurückverfolgt wurde und Denise aus dem Büro meinte, die Stimme am Telefon habe entfernt so geklungen wie seine, war das Grund genug, ihn rauszuwerfen.

Mir kam irgendwie der Gedanke, dass Tommy, wenn er derjenige war, der meinen Spind beschmiert hatte, sowieso einen Rausschmiss verdient hatte. Aber ich wusste ja nicht mit Sicherheit, dass er der Täter war. Mir wäre vermutlich nicht viel passiert, wenn ich mich gestellt hätte. Irgendeine Strafe hätte es gegeben, aber rausgeschmissen hätte man mich nicht. Meine Eltern zahlten schließlich das Schulgeld, den vollen Betrag. Mein Leben wäre nicht ruiniert gewesen. Nicht mehr als ohnehin schon.

Aber dann wurde mir bewusst, dass ich in der Lage war, etwas wirklich Mieses zu tun und dann wegzurennen. Und diese Erkenntnis gefiel mir nicht. Ich mochte mich danach nicht mehr besonders leiden.

Jeremy

In der Woche vor Weihnachten hatte Mira Geburtstag, und Sebby war fest entschlossen, was Aufregendes zu planen.

»Ich wünsche mir nur Pizza«, sagte sie in jener Woche im Kunstklub. Das Treffen war vorbei, aber wir waren alle noch länger geblieben, um an unseren Projekten zu arbeiten. Miras Projekt nahm wirklich allmählich die Form eines Kleides an, während sie die winzigen Stoffquadrate sorgfältig zusammennähte.

»Ja, aber wir könnten wirklich was Besonderes machen«, sagte Sebby beharrlich, der dasaß und noch mehr Quadrate für sie zuschnitt. »Geheimes Picknick auf dem Dach des Empire State Building? Eine Fahrt im Heißluftballon am Delaware Water Gap entlang?«

»Erstens: Du weißt, dass ich Höhenangst habe«, sagte Mira. »Zweitens: Meine Eltern sind gerade sehr glücklich über mein dramafreies Auftreten in letzter Zeit – und mir wäre es recht, wenn das so bliebe.«

»Wenn du besser darin wärst, sie anzulügen, könnten wir viel mehr Spaß haben«, sagte Sebby.

»Was möchtest du denn machen?«, fragte ich.

»Ich will nur Pizza«, sagte sie. »Wirklich nur Pizza.«

»Die Frau weiß, was sie will«, sagte Rose, die an der Heißkleberstation saß.

Also marschierten wir an Miras Geburtstag zu viert zu der billigsten, schmierigsten Pizzeria in Mountain View und bestellten vier große Pizzen, für jeden eine.

»Ist das widerlich«, sagte Mira mit unverhohlenem Entzücken, als die nach ihren Wünschen belegte Pizza vor ihr stand. Ein Viertel Peperoni, ein Viertel Pilze und die zweite Hälfte Pilze mit Peperoni, damit ihre Lieblingszutaten in jeder möglichen Kombination verfügbar waren.

Keiner von uns hatte mehr als zwei Stücke geschafft (Sebby bestand darauf, dass wir wenigstens die Hälfte hier essen müssten, sonst wäre der Abend nämlich ein Reinfall), als auf dem Bürgersteig vor dem Lokal ein Auto hielt, aus dem Talia stieg.

»Sieh da«, sagte Rose. »Gleich gibt's ein Kunstklubtreffen.«

Wir drehten uns alle um und sahen aus dem Fenster. Talia steckte den Kopf durchs Autofenster und sagte etwas zum Fahrer.

»Das ist Peters Auto«, sagte ich.

»Nicht dein Ernst?«, sagte Rose.

Talia trat vom Auto zurück und wir konnten Peter auf dem Fahrersitz sehen.

»Sie kommt rein«, sagte Mira.

Die Glocke an der Tür klimperte, Talia kam rein und steuerte den Tresen an.

»Ich will eine große Margherita abholen«, sagte sie zu dem Mann an der Kasse. Er zog ab, um nach ihrer Bestellung zu sehen, und sie drehte sich um und entdeckte uns.

»Oh, hallo, ihr!«, sagte sie. So fröhlich hatte ich sie noch nie gesehen.

»Hey«, sagte Mira. »Hi, Talia.«

»Esst ihr Pizza?«, fragte sie.

»Genau«, sagte Sebby. »Wir essen Pizza. In der Pizzeria.«

»Na prima.« Talia nickte.

»Und du?«, fragte Rose.

»Ich nehme eine mit«, sagte Talia.

»Große Margherita zum Mitnehmen«, rief der Typ am Tresen. Talia ging bezahlen.

»Was zum Teufel …?«, flüsterte Sebby leise. Mira verpasste ihm unter dem Tisch einen Tritt.

»Na, bis dann. Wünsche euch allen einen schönen Abend«, sagte Talia mit der Pizzaschachtel im Arm.

»Ja, bis dann«, sagte Rose.

Talia hüpfte praktisch zur Tür hinaus, stieg wieder in Peters Auto – und die beiden fuhren davon.

»Okay, was zum Teufel soll denn das bedeuten?«

»Ja, was für ein Scheiß«, stimmte Rose ihm zu.

»Vielleicht haben sie eine Besprechung oder so«, sagte ich. »Oder sie hilft ihm bei irgendwas?«

»Ja, ich glaube, wir wissen, wobei sie ihm hilft«, sagte Sebby. Er steckte die Zunge in die Backe und bewegte sie hin und her. Mira gab ihm noch einen Tritt.

»Er ist unser Lehrer!«, sagte sie.

»Ich hab das Schlafzimmer von diesem Mann gesehen«, sagte Sebby. »Er ist im Grunde ein Teenager.«

»Du warst in seinem Schlafzimmer?«, sagte Rose. »Was hast du in seinem Schlafzimmer gemacht.«

»Das geht nur mich und Jeremy was an«, sagte Sebby.

»Igitt, ihr beide treibt es in Peters Schlafzimmer? Das ist krank.«

»Haben wir gemacht! Wir haben es ja so was von getrieben in Peters Schlafzimmer. Stimmt's, Jeremy?«

Praktischerweise hatte ich den Mund voll Pizza und konnte nicht antworten. Wenn Rose und Sebby einander hochschaukelten, konnte ich nicht wirklich mithalten.

»Seltsam«, sagte Mira. »Ich finde das total seltsam. Habt ihr gesehen, wie glücklich sie war? Ich hab dieses Mädchen noch nie so glücklich gesehen.«

»Ich bin sicher, dass es dafür eine ganz normale Erklärung gibt«, sagte ich.

»Es gibt nur eine Möglichkeit, das herauszufinden«, sagte Sebby.

»Was nun?«, sagte Mira. »Welchen kranken Plan brütet dein verdrehtes Hirn jetzt gerade aus?«

»Iss du nur deine Geburtstagspizza«, sagte Sebby. »Dann machen wir einen Spaziergang.«

Bis wir die uns aufgezwungene Hälfte unserer Pizza aufgegessen hatten, war es draußen dunkel und eiskalt. Wir ließen uns die Reste in zwei Schachteln packen, die ich trug, während wir wieder in Richtung St. F. gingen.

»Wohnt Peter in der Schule?«, fragte Rose.

»Die Straße runter«, sagte ich. »Das Haus gehört der Schule und er hat es von denen gemietet.«

»Und wie jetzt? Ihr hängt dort ab?«, fragte Rose.

»Jeremy tut das«, sagte Mira.

»Im vergangenen Frühjahr«, sagte ich. »Ab und zu. Leute, warum machen wir das?«

»Wir machen doch gar nichts«, sagte Sebby. »Wir trainieren nur unser üppiges Abendessen ab. Und wenn wir zufällig an Peters Haus vorbeikommen und zufällig sehen, dass er und Talia eine ganz intime Pizzaparty feiern, dann ist das eben so.«

»Ich bin auf Jeremys Seite«, sagte Mira. »Das ist irgendwie unheimlich.«

»Hör mal«, sagte Rose. »Wir waren an einem öffentlichen Ort, als uns der Anblick Talias überwältigt hat, die offenbar gerade vor Freude zu explodieren schien. Wir müssen doch wissen, ob es ihr gut geht. Außerdem ist es total ungerecht, dass außer mir jeder auf der Welt gesehen hat, wo Peter wohnt.«

Also trotteten Mira und ich brav hinter den anderen her, an St. F. vorbei. In der leeren Cafeteria im ersten Stock brannte Licht, weil das Putzteam noch unterwegs war.

»Hast du einen schönen Geburtstag?«, fragte ich Mira.

»Ich werde den Rest der Pizza essen, ehe ich nach Hause gehe«, sagte Mira. »Die Antwort lautet also: ja.«

»Deine Mom erlaubt dir nicht mal ab und zu Pizza? Geburtstagspizza?«

Sie schüttelte den Kopf. »Das passt nicht in meine Allergie-Eliminationsdiät.«

»Habt ihr inzwischen rausgekriegt, worauf du allergisch reagierst?«

Sie lächelte. »Ist schwer festzustellen, wenn ich immer wieder heimlich Pizza reinschiebe«, sagte sie.

»Ach, du meine Güte«, sagte Sebby übertrieben erstaunt. »Wie seltsam. Seht mal, wir stehen direkt vor Peters Haus.«

Wir standen auf der anderen Straßenseite. Unten im Wohnzimmer war Licht.

»Das ist es?«, sagte Rose. »Was für ein Drecksloch.«

Wir standen alle eine Weile still und guckten hinüber.

»Okay, ist echt kalt hier draußen«, sagte Mira. »Was machen wir?«

Genau da sahen wir Peter am Fenster vorbeigehen. Instinktiv duckten wir uns alle.

»Ist er allein?«, fragte Rose.

»Er wirkt allein«, sagte Sebby.

»Leute, das ist mega unheimlich«, sagte Mira.

»Gut«, sagte Sebby. Er richtete sich auf und ging über die Straße.

»Sebby«, flüsterbrüllte Mira, aber er klingelte schon.

Peter kam an die Tür.

»Nachbarschaftswache«, verkündete Sebby.

Peter guckte über die Straße zu uns anderen, die wir verlegen dastanden.

»Hallo«, sagte er.

Rose, Mira und ich gingen zur Tür rüber.

Sebby hielt eine Geburtstagskerze hoch.

»Mira hat Geburtstag. Wir brauchen was zum Reinstecken für die hier«, sagte er grinsend.

»Hm…« Peter lächelte. »Vielleicht hab ich noch einen Muffin.«

Er gab die Tür frei und wir gingen rein.

»Ich steck sie für dich in Peters Muffin«, flüsterte Sebby Mira zu. Rose lachte und Mira schubste ihn.

Wir folgten Peter in seine kleine Küche. Ich legte unsere Pizzaschachteln auf dem Tisch ab.

»Ihr habt die ganze Party mitgebracht?«, sagte Peter, der im Kühlschrank kramte.

»Wir haben im *Anthony* gegessen«, sagte Rose. Sie ließ eine Pause verstreichen. »Da haben wir Talia gesehen.« Noch eine Pause. »Die Pizza abgeholt hat.«

Peter kam mit einem Blaubeermuffin aus dem Kühlschrank zurück.

»Talia war gerade hier«, sagte er.

Rose warf Sebby einen bedeutsamen Blick zu.

»Hattet ihr ein Kunstklubtreffen ohne uns?«, fragte Sebby. »Nur deine Lieblingsmitglieder?«

Peter legte den Muffin auf einen Teller.

»Ich bin immer da, wenn ein Schüler jemanden zum Reden braucht«, sagte er.

»Oder einen Muffin«, sagte Sebby und steckte die Kerze hinein.

Über der Muffinkerze sangen wir »Happy Birthday« für Mira und sie pustete sie aus. Dann setzten wir uns in Peters Wohnzimmer und aßen die restliche Pizza.

Irgendwann folgte Rose, die sich fest vorgenommen hatte, Peters Schlafzimmer zu inspizieren, Sebby nach oben, »damit er ihr zeigte, wo das Bad war«, und ließ mich und Mira allein mit Peter.

»Ich muss schon sagen, dass war ein unerwartet ereignisreicher Abend«, sagte Peter.

»Ist mit Talia alles in Ordnung?«, fragte ich.

»Ja, klar«, sagte er. »Jeder muss hin und wieder mal reden.«

»Mit uns wird sie garantiert nicht reden«, sagte Mira.

»Wie meinst du das?«, sagte ich.

»Sie ist total komisch zu uns«, sagte Mira.

»Ich glaube, sie hat Schwierigkeiten mit Leuten, die gleich alt sind«, sagte Peter. »Sie ist eine alte Seele.«

»Sie ist eine komische Seele«, sagte Mira.

Peter lächelte. »Schon möglich.«

Betretenes Schweigen herrschte – das von Rose und Sebby gebrochen wurde, die die Treppe herunterkamen.

»Erste Sahne, dein Medizinschrank, Peter«, sagte Sebby. »Keine Sorge. Wir haben nur eine Handvoll Viagra genommen.«

»Uuund jetzt wird es Zeit für meine Schüler zu gehen«, sagte Peter und stand auf.

»Sebby, zu weit«, sagte Rose.

»Mist«, sagte Sebby. »Ich merk das nie selber.«

Peter brachte uns zur Tür und wir machten uns wieder auf den Weg zurück zur Schule. Miras Mutter hatte angeboten uns da abzuholen.

»Das«, sagte Rose auf dem Weg, »war Wahnsinn.«

»Ja, nicht?«, sagte Sebby.

Mira und ich gingen wieder hinter den beiden her. Im Dunkeln guckte ich sie an. Sie guckte zurück und lächelte ein wenig.

»Guter Geburtstag?«

»Klar«, sagte sie. »Guter Geburtstag.«

Sebby

Die Weihnachtsfeste, die du bei Tilly verbringst, sind immer eine Studie in Chaos. Unter dem perfekt geschmückten Baum liegen nie viele Geschenke, aber die vorhandenen werden von den Kindern sofort aufgerissen, die damit spielen, bis sie ein paar Stunden später kaputt sind und schließlich, wie ein Haufen jugendlicher Triumphe, in einer Ecke vergessen werden. Du schaust den Kindern gerne zu, wenn sie, vom Zucker völlig aufgekratzt, ihre Begeisterung in vollen Zügen genießen. Dieses Jahr vereinnahmt die kleine Stephanie die Mitte des Wohnzimmers mit einem riesigen Barbiekopf mit kämmbaren Haaren, während die Jungs mit Spielzeuglastwagen um sie herumrasen.

Nachbarn und Familien aus Tillys Kirche kommen vorbei, bedienen sich von dem unerschöpflichen Keksteller, den Tilly im Lauf des Tages immer wieder auffüllt, bringen Früchtekuchen und abgelegte Sachen für die Babys, loben den schönen Baum und die glücklichen Kinder und das wunderbare Fest, und Gott segne uns alle.

Von dir wird erwartet, dass du bis zum Ende der Festlichkeiten dableibst, aber es ist so viel los, dass du ab und zu in den kleinen Garten rausschleichen kannst, in dem Tilly eine gebrauchte Schaukel und ein Spielhaus aufgebaut hatte, um eine Zigarette aus der geheimen Schachtel zu rauchen, die du für Notfälle bereithältst. Der Rasen ist von Raureif bedeckt, und du hast dich fest in dein Kapuzenshirt gewickelt, damit dir nicht kalt wird. Das »Christ-

mas Wrapping« von den Waitresses ist nicht aus dem Kopf zu kriegen.

Merry Christmas, Merry Christmas
But I think I'll miss this one this year.

So gegen sechs geht der Besuch, die Keksvorräte sind erschöpft, und die Kinder brechen in ihren Zimmern zusammen, sammeln Kräfte für die nächste Runde. Du sitzt auf deinem Platz in der Ecke, liest eines von Daniels neuen Comcis und genießt die vorläufige Ruhe.

»Sebastian, sammelst du mal das ganze Geschenkpapier zusammen?«, ruft Tilly aus der Küche.

Du legst den Comic wieder auf den Geschenkeberg der Kinder zurück und gehst in die Küche. Über die Spüle gebeugt schrubbt Tilly Töpfe. Die Babys schliefen in ihrem Laufstall in der Ecke.

»Okay«, sagst du. »Wo sind die Mülltüten?«

»Linke Schublade, unten«, sagt sie. »Ist schon eine Weile her, seit du den Müll rausgebracht hast.«

Du gehst mit einer Tüte wieder zurück ins Wohnzimmer, sammelst das Papier auf, das die Kinder in ihrer Begeisterung zerfleddert haben, bindest den Beutel zu und stellst ihn draußen an den Straßenrand.

Als du wieder reinkommst, sitzt Tilly im Wohnzimmer und betrachtet den Baum.

»Danke«, sagt sie.

»Kein Thema.«

»Kommt mir vor, als hätte ich mich den ganzen Tag nicht hingesetzt«, sagt sie.

»Hast du auch nicht.«

Du würdest gern in dein Zimmer gehen, in dem Stephanie schlafend in der Ecke liegt und dabei ihren riesigen Barbiekopf umklammert, aber Tilly hält dich auf.

»Hast du was von Jonathan gehört?«, fragt sie.

Du drehst dich zu ihr um, siehst sie an, wie sie in ihrem Sessel sitzt, immer noch mit der umgebundenen Schürze, eine Tasse Tee in der Hand.

»Warum sollte ich von Jonathan gehört haben?«

»Weiß nicht«, sagt sie. »Ich dachte nur, vielleicht weil Weihnachten ist.«

Du hast an diesem Tag, in dem ganzen Feiertagschaos um dich herum, auch an Jonathan gedacht. Die letzten beiden Jahre hat er mit dir in der Ecke gesessen und sich mit dir heimlich zum Rauchen nach draußen geschlichen. Und jetzt ist er weg.

An dem Tag, an dem er gegangen ist, bist du von Mira nach Hause gekommen, und Tilly hat allein im Dunkeln im Wohnzimmer gesessen, im Fernsehen lief ein Krimi ohne Ton.

»Jonathan ist gegangen«, hat sie gesagt. »Er ist weg.«

Sie klang müde und traurig. Als ob sie geweint hätte. Dir ging auf, dass du noch nie gesehen hast, wie Tilly weinte. Irgendwie war sie immer zu sehr mit den Kindern beschäftigt, um sich derartige Ausschweifungen zu erlauben. In diesem Moment ist dir der Gedanke gekommen, dass Tilly wahrscheinlich viel geweint hat, ehe du ihr begegnet bist.

Vielleicht hat sie all ihre Tränen vergossen, als sie ihren Mann verloren hat, und dann beschlossen, sie habe genug geweint.

»Weißt du, wohin er gegangen ist?«, hast du gefragt.

»Nein«, hat Tilly gesagt. »Aber er durfte gehen.« Sie sagte das so, als müsse sie sich daran erinnern.

Du wolltest in dein Zimmer.

»Es ist Kuchen da«, sagte sie. »Ich habe ihm einen Geburtstagskuchen gebacken. Er hat nicht davon gegessen.«

»Okay«, hast du gesagt.

Das war vor vier Monaten. Und es sieht ganz so aus, als ob du und Tilly an dasselbe gedacht hättet. Wenn er je wieder durch diese Tür kommen würde, dann heute.

Tilly nimmt einen Schluck Tee.

»Ich hab nichts von ihm gehört.«

»Nun ja«, sagt Tilly. »Ich hoffe, er hat schöne Weihnachten.«

Du nickst und willst gehen.

»Du wirst dich auch davonmachen, wenn du achtzehn bist«, sagt sie.

Du siehst sie an.

»Das stimmt«, sagst du, du bist dir nicht sicher, worauf das hier hinauslaufen wird. Wenn Tilly getrunken hätte, dann könntest du das Gespräch als sentimentales Feiertagstrunkenheitsgefasel abtun, aber sie nippt nur weiter an ihrem Tee.

»Bis dahin wirst du dich aber an meine Regeln halten müssen«, sagt sie.

»Okay«, sagst du.

Ihr starrt euch eine Weile an, sie scheint zu erwarten, dass du etwas sagst. Schließlich sagt sie: »Ich weiß, dass du nicht zur Schule gehst.«

Aha.

»Manchmal gehe ich«, sagst du.

»Die Schule hat mich angerufen. Die sagen, du gehst nicht.«

»Vielleicht haben die was durcheinandergebracht.«

»Du musst zur Schule gehen, Sebastian. Ich verstehe überhaupt nicht, wo du den ganzen Tag bist, wenn du nicht in die Schule gehst.«

Du sagst nichts.

»Ich habe das Gefühl, dass ich es nicht wissen möchte«, sagt sie. »Vor einem Jahr habe ich dir eine zweite Chance gegeben. Du hast dich in Schwierigkeiten gebracht, und dann hast du diese Nummer mit dem Weglaufen abgezogen, aber ich habe dir eine zweite Chance gegeben. Wenn du jetzt wieder in Schwierigkeiten gerätst, werde ich nicht riskieren, dass du das hier hereinträgst. Ich muss an die anderen Kinder denken.«

»Ich komme nicht in Schwierigkeiten«, sagst du. »Ich bringe nichts mit hierher.«

»Wenn du weiter hier wohnen willst, musst du zur Schule gehen. Haben wir uns verstanden?«

Du holst tief Luft. Du brauchst wieder eine Zigarette.

»Ja«, sagst du.

»Gut«, sagt sie.

»Ist das alles?«

Sie dreht sich wieder zum Weihnachtsbaum.

»Hattest du ein schönes Weihnachten?«, fragt sie.

»Hm. Ja. Danke.«

»Gern geschehen«, sagt sie.

Du machst dich auf den Weg in dein Zimmer, überlegst es dir dann anders und gehst zur Haustür.

»Ich geh weg«, sagst du. »Ich bin bei Mira.«

»In Ordnung«, sagt sie.

Mira ist in ihrem Zimmer, als du kommst. Die Haustür ist offen und du gehst einfach hinein. Das Haus ist still. Am Nachmittag ist Miras Familie zu ihrer Tante gefahren. Trotzdem brennen die Lichter an ihrem Weihnukkabaum im Wohnzimmer.

Mira liegt in ihrem Bett und liest das *Rookie Yearbook*. Du legst dich neben sie …

»Hi«, sagt sie.

»Hi«, sagst du.

»Frohe Weihnachten.«

»Ist das so?«

Du drehst dich auf die Seite und lehnst den Kopf an ihren Hals.

»Alles okay?«, fragt sie.

»Erzähl mir eine Geschichte«, sagst du.

»Okay«, sagt sie. »Was für eine?«

»Eine, die davon handelt, dass wir immer weglaufen können.«

Sie lächelt. Du atmest ihren Duft ein. Sie riecht wie ein sicherer Ort. Wie Geborgenheit.

»Okay«, sagt sie. »So was wie die, in der du am Tag vor meinem sechzehnten Geburtstag auftauchst?«

»Ja.«

»Und du sagst: ›Komm, wir fahren an den Strand.‹ Und wir googeln ›schwulstes Seebad in Nordamerika‹, und du liest mir was über die Pilgerväter vor, die nicht in Plymouth zum ersten Mal an Land gegangen sind, sondern weiter östlich. Und dass die meisten Leute das nicht wissen, weil es diesen großen Mythos um die Pilgerväter gibt.«

»Und ich sage: ›Wir sind auch Pilgerväter.‹«

»Und wir sagen: ›Aber dieses Mal lügen wir nicht. Wir werden die Wahrheit über unsere Erkundungen verbreiten.‹«

Du schmiegst dich an sie, während sie dir den Rest der Geschichte erzählt, und du merkst, dass ihre Schulter nass ist, und du weißt, dass sie nass ist, weil du weinst. Und du weißt, dass sie mit dir weinen wird. Und dass ihr immer wieder weglaufen könnt.

Jeremy

Dad, Dave und ich fuhren in den Weihnachtsferien zu Besuch zu meinen Großeltern in Florida. Ich verbrachte meine Tage an ihrem winzigen Pool, dümpelte vor mich hin und machte mir Sorgen, dass mir zu Hause etwas entging. Zeit, die nicht mit Sebby und Mira oder im Atelier verbracht werden konnte, schien mir verschwendet. Ich hatte das Gefühl, als könnte ich ohne sie kaum existieren.

Das Highlight eines jeden Tages waren die Nachrichten, die ich von ihnen bekam, normalerweise schrieben wir drei uns untereinander, oder wir schrieben Rose. Solange ich von ihnen hörte, hatte ich das Gefühl, atmen zu können, kamen keine Nachrichten mehr, war ich schnell davon überzeugt, dass sie mich vergessen hatten. Schließlich verlangte Dad, dass ich mein Handy stummschaltete und während des Essens in eine Schublade legte, weil ich nicht anders konnte, als es dauernd zu checken.

»Hat hier jemand eine Freundin?«, sagte meine Großmutter immer, wenn sie mich auf das Display starren sah.

»Nur Freunde, Grandma«, sagte ich.

»Höchste Zeit für ein paar Urenkelchen«, sagte sie.

Am Freitag, bevor die Schule wieder losging, war ich wieder zu Hause. Sowie ich zur Tür reinkam, schrieb ich ihnen eine Nachricht, beinahe wäre ich über Dolly Parton, die arme Katze gestolpert, die über diesen zusätzlichen Affront höchst verstimmt war, nachdem sie doch schon anderthalb Wochen von der Nachbarin gehütet worden war.

»Sorry, Dolly«, sagte ich.

»Ich bin ja so froh, dass wir ihm dieses Handy gekauft haben. Du nicht auch, Schatz?«, sagte Dad zu Dave, als sie die Koffer aus dem Auto reintrugen. »Einfach herrlich, wenn man den ganzen Familienurlaub auf einen winzigen Bildschirm starrt.«

Mira schrieb zurück, dass ich rüberkommen sollte. Für ihr Kunstklubprojekt wollte sie noch mehr Sachen zum Zerschneiden aussuchen und sie brauchte Hilfe. Sebby schrieb, er würde später dazukommen. Er musste auf die Kinder aufpassen, denn Tilly hatte einen Arzttermin mit den Babys. Dazu schickte er viele Emojis mit weinenden Gesichtern.

»Ich gehe zu Mira«, sagte ich und zog meine Jacke wieder an, wobei ich fast wieder über Dolly stolperte.

Miras Zimmer war noch chaotischer als sonst. Die Hälfte der Sachen in ihrer Kleiderkammer rutschte von den Bügeln und ergoss sich wie ein zäher Lavastrom über den Fußboden. Sie war an der Schwelle haltloser Verzweiflung, als ich ankam, deshalb musste sie sich aufs Bett setzen, während ich das Durcheinander systematisch sichtete.

»Ich brauche mehr Stoff für das Kleid, aber ich hab schon alles Entbehrliche mitgenommen«, sagte sie.

»Wie findest du hier überhaupt irgendwas?«, wunderte ich mich. Wenn man in dieser Kleiderkammer etwas suchte, hatte das was von einer archäologischen Ausgrabung durch zahllose Schichten.

»Ich vergesse Sachen manchmal absichtlich und bin dann echt überrascht, wenn sie wieder auftauchen«, sagte sie.

Ich hielt ein rosa Tutu hoch.

»Wie wäre es damit?«

»Nein. Auf keinen Fall«, sagte sie. »Guck mal.« Sie stand auf und zog es über den Rock, den sie anhatte. »Passt mir perfekt.«

»Das ist riesig«, sagte ich. »Damit kommst du nicht durch die Tür.«

»Das ist Vintage«, sagte sie.

»Hier ist alles Vintage.«

»Nein, stimmt nicht«, sagte sie. »Einiges ist echter Scheiß.«

»Kannst du vielleicht den Scheiß gebrauchen?«

»Dazu ist er zu scheiße«, behauptete sie beharrlich.

»Okay, du bist unmöglich.«

Sie setzte sich wieder auf den Teppichboden wie ein Haufen Protest, die Beine hatte sie unter dem Rock gekreuzt, sodass ihre untere Hälfte nur aus Tutu bestand.

»Komm wir ziehen los und kaufen neue Sachen für das Projekt, Jeremy. Ich kann meine Kleiderbabys nicht loslassen.«

»Sebby hat recht. Du hortest wirklich. ›Kleiderbabys‹?«

»Ich musste so hart für sie arbeiten«, sagte sie. »Schau dir das an.« Sie packte ein Stück Knautschsamt, das unter einem Kleiderhaufen hervorlugte, und schüttelte ein Kleid frei. Ein Abendkleid, das obenherum voll schwarzer Pailletten war.

»Ist mir zu klein«, sagte sie.

»Aber trotzdem behältst du es.«

»Hier.« Sie warf mir das Kleid zu. »Probier es an.«

»Wie? Anprobieren?«

»Ja«, sagte sie. »Ich wette, es passt dir. Hier, ich such auch was für mich raus. Wir verkleiden uns.«

Sie steckte den Kopf in die Kammer und durchwühlte den Kleiderhaufen am Boden. Ich stand eine Weile mit dem Kleid da, spürte den Samt und das zufriedenstellende Knistern der Pailletten in den Fingern. Ihr Hintern ragte aus dem Schrank, das Tutu umwölkte ihn in der Luft.

»Zieh es an, Jeremy.« Die Kleiderberge dämpften ihre Stimme.

Ich knöpfte mein Hemd auf, zog es aus und ließ es auf ihr Bett fallen. Dann hielt ich das Kleid hoch und versuchte zu durchschauen, wie man reinkam. Hinten war ein Reißverschluss. Ich ließ den Stoff über meinen Kopf gleiten und zog ungelenk die Hosen aus. Das Kleid lag am Oberkörper eng an, der Stoff war weich auf der Innenseite. Als ich in den Spiegel schaute, bedauerte ich, dass ich an diesem Tag Boxershorts trug. Der Stoff wellte sich über dem elastischen Bund.

Mira kam mit einem Arm voller Kleider aus der Kammer. »Natürlich passt es dir perfekt«, sagte sie, als sie mich ansah. »Das Leben ist so ungerecht.«

Sie zog den Reißverschluss am Rücken hoch, und ich fühlte mich umhüllt und so, als würde das Kleid mich zusammenhalten.

»Okay, ich glaube, das hier ist ein festlicher Anlass«, sagte sie. »Hilf mir, was für mich auszusuchen.«

Nachdem wir uns für ein Kleid entschieden hatten, setzten wir uns an ihren Schminktisch.

»Welchen Make-up-Look wollen wir denn?«, sagte sie

und kramte in einer Schublade voller halb aufgebrauchter Schminksachen.

»Du bist wirklich fest entschlossen, von der Aufgabe abzulenken, deine Kleiderkammer auszuräumen, oder?«

»Katzenaugen und rote Lippen?«

Ich saß auf ihrem Bett und versuchte die Beine unter dem engen Rock zusammenzuhalten. Beim Schminken beobachtete ich sie, tat dabei so, als würde ich mich für eine Zeitschrift auf dem Stapel neben ihrem Bett interessieren. Als sie fertig war, drehte sie sich zu mir um.

»Wie findest du das? Glamourös?«

»Sehr«, sagte ich.

»Komm her.« Sie rückte auf dem Hocker ein Stück zur Seite.

»Warum?«, sagte ich.

»Glaubst du, du kommst mit dem Kleid allein davon?«

Ich rutschte vom Bett, dabei spürte ich die seltsame, befangene Freiheit, durch nichts als Unterwäsche von der Welt getrennt zu sein, zumindest der Welt von Miras Zimmer, und setzte mich zu ihr auf den Hocker.

»Derselbe Look wie ich, denke ich«, sagte sie.

Sie stand auf, lehnte sich mit gegen den Schminktisch und raffte die Schminksachen zu einem Haufen zusammen.

»Ich weiß nicht recht, Mira.«

»Hast du noch nie Make-up getragen?«, sagte sie so, als sei das eine völlig absurde Vorstellung.

»Ich lebe in einem Männerhaushalt. Ich habe eigentlich nie Make-up zu sehen gekriegt.«

Sie machte eine Dose Puder auf, stippte einen Pinsel rein und beugte sich zu mir herüber.

»Das ist transparent, mit leichter Tönung«, sagte sie. »Sieht bei dir vielleicht komisch aus, weil die Tönung auf mich abgestimmt ist.«

Sie verteilte den Puder mit dem Pinsel über meine Wangen und Stirn. Ich schloss die Augen. Es war, als würde man mit einer Feder gestreichelt werden. Wie ein Hauch.

»Gar nicht mal so schlecht«, sagte sie. Sie nahm eine kleine Dose mit Rouge. »Wie ist das?«, sagte sie. »Nur unter Männern zu leben.«

Ich zuckte die Achseln. »Total normal. Ich kenne es nicht anders.«

Sie trug Rouge auf meine Wangen auf.

»Ich weiß, was du meinst«, sagte sie. »Die eigene Familie kommt einem so langweilig und normal vor. Man weiß gar nicht, dass man anders ist, bis einem jemand das Gefühl gibt, anders zu sein.«

»Genau«, sagte ich.

»So geht es mir mit meinen Eltern. Da war diese Sache mit ihrem Hochzeitstag, als wir alle gemeinsam zum Essen in so ein feines Restaurant gegangen sind, und meine Mom kam zu spät, weil sie noch im Büro zu tun hatte. Damals, als sie noch einen richtigen Job hatte.«

Sie tippte den Pinsel noch mal in das Rougedöschen und gab mehr davon auf meine Wangen.

»Meine Schwester und ich haben also mit unserem Dad an einem Tisch auf sie gewartet. Das war ein großes Restaurant

mit einigen Räumen. Und meine Mom kam zwanzig Minuten zu spät und sagte dem Typen, der die Leute an ihre Plätze führt, sie werde von ihrem Mann erwartet, und der Typ sagte, der sei wohl noch nicht da. Weißt du, da saß nämlich kein weißer Mann allein an einem Tisch, der auf seine weiße Frau wartete. Der Typ hat meine Mom an einen Tisch in einem anderen Raum gesetzt, und erst als Dad sie auf dem Handy anrief, ging ihnen auf, welcher Fehler da passiert war. Da war meine Mom schon so wütend, dass sie total ausgeflippt ist bei dem Typen, und wir sind gegangen, ohne zu essen.«

»Puh.«

»Ja, ich habe meine Mom in der Öffentlichkeit noch nie so hochgehen sehen. Der Typ tat mir schon ein bisschen leid, muss ich sagen. Meine Mom hatte nicht gesagt, ich treffe mich hier mit meinem Mann und meinen beiden Töchtern, die sechs und zehn Jahre alt sind. Aber das hatte bei ihr einen Nerv getroffen. So als wären wir … keine Ahnung … eben bloßgestellt worden.«

»Genau.«

»Also denkt man: Na ja, wenn alle anderen finden, wir sind schräg, dann sind wir wahrscheinlich irgendwie schräg.«

»Dad und Dave waren nie schräg. Na, vielleicht ganz früher mal, aber wenn man sie jetzt sieht, merkt man das nicht.«

»Sie scheinen ziemlich cool zu sein«, sagte sie.

»Jap, ich hab Glück. Ich meine, ich weiß nicht, wie das alles für meine Mutter ausgegangen ist. Sie hat wahrscheinlich mittlerweile eine andere Familie.«

»Du kennst sie gar nicht?«

Ich schüttelte den Kopf. »Sie wohnt in Colorado. Jedenfalls war das so, als Dad das letzte Mal mit ihr geredet hat.«

»Was ist denn passiert? Warum ist sie so weit weggegangen?«

»Mit meinem Dad ist was passiert, vermute ich.«

Mira beugte sich vor und nahm mein Kinn in die Hand, damit es nicht so wackelte. Sie drückte die weiche Spitze eines Eyeliners an mein Auge. Ich zuckte zurück.

»Nicht bewegen«, sagte sie.

Ich hielt so still ich konnte, während sie den oberen und unteren Lidrand entlangfuhr, erst als sie fertig war, merkte ich, dass ich an ihrem Bein Halt gesucht hatte.

Sie begutachtete ihr Werk. »Ganz schön gut«, sagte sie. »Aber nicht in den Spiegel gucken. Ich bin noch nicht fertig.«

»Okay.«

»Also, deine Mutter.«

»Meine Mutter.«

»Dein Dad hat ihr erzählt, dass er schwul ist – und sie ist ausgerastet.«

»Ja, das trifft es wahrscheinlich«, sagte ich. »Was ich über meine Mutter weiß, hab ich von meinem Dad. Er hat mir die ganze Geschichte erzählt, als ich zehn war. Davor gab es nur diese mysteriöse Erklärung: Mom ist weggezogen, und sie lässt sich nicht bei uns blicken.«

»Vielleicht dachte er, sie würde eines Tages wiederkommen. Wenigstens um dich zu besuchen.«

»Vielleicht. Hat sie aber nicht gemacht.«

»Warum nicht, was meinst du?«

Ich dachte einen Moment nach. All das hatte ich noch nie laut ausgesprochen. Nicht mal bei Peter. »Ich glaube, er hat ihr das Herz gebrochen. Sie musste also so weit wie möglich weg von ihm. Und ich war auch ein Teil von ihm.«

»Denkst du, du bist wie dein Dad?«

»Nein. Er war beliebt in der Highschool. Sah echt gut aus. In den hat sie sich verliebt. In diesen super Typen. Und dann war er plötzlich was ganz anderes. Also, natürlich ist er immer noch derselbe Mann. Nur nicht so, wie sie dachte.«

»Du siehst gut aus«, sagte Mira.

»Was?«

»Du hast gesagt, du bist nicht wie dein Dad. Aber du siehst gut aus.«

Ich merkte, wie ich rot wurde unter dem Rouge.

»Na ja, im Moment bist du vielleicht eher schön als gut aussehend«, sagte sie.

»Ich bin nicht wie mein Dad«, sagte ich.

»Vielleicht bist du wie deine Mom.«

»Vielleicht.«

»Sie nahm einen Lippenstift in die Hand.

»Öffne die Lippen ein bisschen«, sagte sie.

Das machte ich und sie lehnte sich zu mir herüber und hielt mein Kinn wieder fest. Ich ließ die Augen offen und beobachtete, wie ihre Augen meine Lippen betrachteten. Der Lippenstift war cremig und kühl, ihre Hände auf meinem Gesicht waren warm. Irgendwas war dran an diesem Gefühl,

von ihr gehalten zu werden, mit diesem Blick, der auf meine Lippen fixiert war – ich konnte es bis in den Bauch spüren. Es war etwas Tröstliches und Liebes, das von einem undefinierbaren Verlangen umgeben war. Mir kam der Gedanke, dass sie mir so nah war, dass wir uns fast küssten. Wenn ich mich jetzt ein wenig in ihre Richtung lehnen würde, wären meine Lippen auf ihren. Wie würde sich das anfühlen? Lippenstift auf Lippenstift?

»Hast du je versucht sie anzurufen?«, fragte Mira. »Oder ihr zu schreiben?«

»Meiner Mutter?«

»Ja.«

Ich schüttelte den Kopf. »Nein. Also, sie weiß, wo ich bin, wenn sie mit mir reden will.«

»Aber du weißt auch, wo sie ist.«

»Könnte ich rauskriegen, glaube ich. Irgendwie …« Ich wusste nicht, was ich sagen sollte. »Irgendwie will ich nicht mit jemandem reden, der nicht mit mir reden will.« Ich zuckte mit den Schultern. »Das klingt ziemlich kindisch.«

»Nein, da ist was dran. Ich kapier das«, sagte sie, während sie sich zurücklehnte und ihr Werk betrachtete. »Sebby redet nie über seine Mom. Er hat sie schon gekannt. Und er hat miterlebt, wie sie krank geworden ist.«

»Wann ist sie gestorben?«, fragte ich.

»Da war er sechs oder sieben, glaube ich. Eierstockkrebs. Er will absolut nicht darüber reden.«

»Und sonst hat er keine Familie?«

Sie schüttelte den Kopf. »Er weiß nicht mal, wer sein Vater

ist. Er glaubt, seine Mom wusste es auch nicht. Und wenn doch, dann wollte sie, dass er glaubte, sie würde es nicht wissen. Deshalb ist er in Pflege gekommen. Obwohl er schon an so vielen Pflegestellen war, drohen sie ihm immer damit, ihn in ein Heim zu stecken, wenn es wieder nicht klappt. Kannst du dir vorstellen, Sebby als Pflegekind zu haben?«

»Nein.«

»Genau. Stell dir bloß mal all diese total wohlmeinenden Leute vor, die den Kindern einfach nur helfen wollen, die bei ihnen auftauchen. Und du weißt, dass dieser Junge seit seiner Geburt nichts als Ärger macht.«

Wieder nahm sie mein Kinn in die Hand und trug noch eine Lage Lippenstift auf – mit einem Finger wischte sie über die Mundwinkel. Ich schluckte, plötzlich hatte ich das Gefühl, zu viel Spucke im Mund zu haben.

»Eines Tages wirst du deiner Mutter aber vergeben«, sagte sie. »Und dann wirst du mit ihr reden wollen.«

Ich schwieg.

»Du hast super Lippen, Jeremy«, sagte sie. »Als Dragqueen wärst du fantastisch.«

»Nur weil ich schwul bin, soll ich Dragqueen werden?«, stichelte ich.

»Ein bisschen Drag hat noch keinem Selbstbewusstsein geschadet, glaub mir.« Sie wischte die Finger an einem Kosmetiktuch ab. »Denk immer daran, was RuPaul sagt: »›Wir werden nackt geboren – und der Rest ist Drag.‹ Und das«, sie legte den Lippenstift weg und setzte sich neben mich, »das ist fabelhaft.«

Seite an Seite sahen wir in den Spiegel ihrer Frisierkommode, beide mit Katzenaugen und Lippenstift, ich mit schwarzen Pailletten auf Samt, Mira in silbernem Chiffon. Unsere Schenkel berührten sich. Wieder spürte ich dieses warme Ziehen im Bauch, einen tiefen Wunsch in der geborgenen Umarmung des Kleides zu verharren, in der Aura von Räucherstäbchenduft in ihrem Zimmer, in der Eintracht, mit der wir uns mit unseren Katzenaugen musterten. Wir sahen wunderschön aus.

»Wohin gehen wir?«, fragte sie.

»So?«

»Theoretisch, meine ich.«

»Keine Ahnung«, sagte ich. »Auf eine Party vermutlich.«

»Zur Eröffnung eines Retro-Klubs«, schlug sie vor. »Wo eine Varietévorführung parodiert wird und ein Feuerschlucker den Barkeeper macht.«

»Ja«, sagte ich. »Klingt gut.«

Wir lagen nebeneinander auf ihrem Bett und guckten aus dem Fenster. Die winterliche Sonne senkte sich auf die Wipfel der Bäume herab. Mira versuchte, mit einer langen Perlenkette ein Fadenspiel zu machen.

»Wie habt ihr euch kennengelernt, Sebby und du?«, fragte ich. Mir war plötzlich aufgefallen, dass ich das nicht wusste.

»Hat Sebby es dir nicht erzählt?«

»Nein.«

Sie schien einen Augenblick zu überlegen. Dann knüllte sie die Perlen zu einem Knäuel zusammen. »Das war im

letzten Dezember«, sagte sie, »vor etwas mehr als einem Jahr. Wir waren zur selben Zeit in der Klinik. Er musste nach einer echt üblen Prügelei mit zwei Typen operiert werden. Davon hat er dir aber erzählt, oder?«

»Hm.«

»Na ja, als es ihm etwas besser ging, hat er versucht einen Haufen Pillen zu klauen. Er wollte sie nehmen. Und zwar alle.«

Sie gab mir die Perlen. Ich betrachtete sie, befühlte sie in der Hand.

»Diesen Teil hat er dir nicht erzählt, oder?«

»Nein.«

»Sie haben es rechtzeitig spitzgekriegt. Aber Selbstmordgefährdete werden in die Jugendpsychiatrie verlegt. Als es ihm gut genug ging, ist er sofort dort gelandet. Und da war ich.«

Sie zog den linken Ärmel ihres Kleides hoch und drehte ihr Handgelenk, damit ich die Innenseite sehen konnte. Quer zum Gelenk verlief eine lange helle Narbe, die mir noch nie aufgefallen war.

»Ich hatte damals schon eine kleine Weile das Problem, mich selbst verletzen zu wollen«, sagte sie. »Jetzt ist es okay. Aber es war ziemlich schlimm, bevor es besser geworden ist.«

Sanft berührte ich die weiche Haut.

»Und so habt ihr euch kennengelernt«, sagte ich.

»So haben wir uns kennengelernt.« Sie zog den Ärmel wieder herunter. »Süße Geschichte, was?«

Sie drehte sich zu mir und stützte sich auf den Ellenbogen.

»Nachdem wir aus der Klinik entlassen worden waren, sind wir weggelaufen«, sagte sie. »Nur für einen Tag. Das war mein sechzehnter Geburtstag. Wir haben das Auto von meinem Dad genommen und sind nach Provincetown gefahren.«

Ich lächelte.

»Was ist?«

»Da fahre ich immer hin. Jeden Sommer. Mit meinen Dads.«

»Echt?«

»Sie haben ein Haus an der Bucht. Sebby hat mir erzählt, dass ihr beide dort wart. Aber ich hab nicht gewusst, dass ihr weggelaufen seid.«

»Wie witzig«, sagte sie und legte sich wieder hin. »Wir waren am selben Ort.«

Ich lachte. »Wir sind oft am selben Ort.«

»Aber das ist, als wärst du mit uns da gewesen. Als hätten wir dich schon gekannt.«

Mira

Sebby tauchte bei ihr auf, an dem Tag, an dem er aus der Klinik entlassen worden war. Es war Dezember, der Tag vor ihrem sechzehnten Geburtstag, eineinhalb Monate nachdem sie gedacht hatte, sie wolle nicht mehr leben. Aber sie war noch da. Und zum ersten Mal seit Langem hatte sie das Gefühl, etwas in der Hand zu haben, das festzuhalten sich lohnte.

Er gab ein Ziel ins Navi ein. Sie hatten nicht um Erlaubnis, gefragt, ob sie sich das Auto ihres Vaters ausleihen dürfen. Wennschon, dann richtig.

Mira fuhr, neben ihr auf dem Beifahrersitz saß Sebby, der den draußen heulenden Winterwinden keine Beachtung schenkte. Der Highway wand sich in nördliche Richtung durch die dunklen Wälder New Englands. Sebby hatte seine Lieblingsmusik von den *Diamond Rings* voll aufgedreht und die Füße auf den Lüftungsschlitz gestellt, als könne die Hitze sie in eine neue Art von Sommer hineinschmelzen, einen Sommer, der aus Träumen von Strand, aus Träumen einer Flucht gemacht war.

Je weiter sie aufs Cape hinausfuhren, desto näher schienen sie dem Mond zu sein. Weiße Dünen ragten zu beiden Seiten der Straße auf. Sogar im Dunkeln merkten sie, dass dieser Ort Gefahr lief, einfach weggespült zu werden.

Sie suchten nach Zauberformeln, die ihnen die Durchfahrt ermöglichen würden. Mit denen sie sich als würdig erweisen könnten. »Wir kommen in Frieden. Wir kommen für die Liebe.« Vielleicht reichte das aus.

Kurz vor zehn Uhr abends waren sie am Ziel, eine Stunde nachdem sie das Festland verlassen hatten. Sie parkten vor einem Motel am Stadtrand. Auf der anderen Straßenseite, gegenüber vom Parkplatz, war nichts als Wasser. Mira wollte unbedingt sofort hineinspringen wie diese Leute, die in Eiswasser badeten und sich hinterher in Unterkühlungsdecken wickelten. Die belebende Wirkung der Nahtoderfahrung.

Stattdessen gingen sie ins Haus und baten um ein Zimmer.

»Meerblick?«

Der Junge am Empfang war nicht älter als sie und schaute kaum auf, fragte auch nicht nach einem Ausweis, als Sebby ihm die auf Matilda O'Connor ausgestellte Kreditkarte reichte. So leicht war das. Der Junge ließ sie mit zwei Schlüsseln und einem monotonen »Schönen Aufenthalt, Frühstück von acht bis zehn« ziehen.

Das Zimmer lag im ersten Stock und ging zum Strand hinaus. Klitzekleine Lebenslichter funkelten ringsum auf dem gebogenen Streifen Land, der das Wasser umgab, und baten sie, doch noch ein bisschen weiterzugehen, ja nicht stehen zu bleiben, bis sie dahin gefunden hatten, wo das Land endete.

Sie hatten nur eine Tasche dabei, die sie gemeinsam gepackt hatten. Zahnbürsten und zwei Paar Feenfügel aus Nylon, die Mira nach Halloween im Ausverkauf eines Kostümladens gekauft und für künftige Projekte aufbewahrt hatte.

Sie setzten sich auf das Bett und Mira riss ihre Tüte mit den Flügeln auf. Eine kleine Glitterwolke rieselte auf sie

herab, schien sie zu segnen. Sebby riss seine Verpackung auf, und es gab Glitzer in Gold und Silber, dem Schönheit und Erhabenheit anhaftete.

Das Outfit, das Mira sich für diese Gelegenheit ausgesucht hatte, war das pinke Partykleid aus den Fünfzigerjahren, das sie im Sommer bei einer besonders guten Secondhandtour erstanden hatte. Ein Träger war gerissen, und wo eine Blume die beiden Seiten des riesigen Kragens verbunden hatte, hingen lose Fäden. Das war nicht schwer zu beheben.

Als Accessoires für den heutigen Abend hatte sie einen breiten roten Lackledergürtel, graue Knautschstiefel und eine perfekt verwaschene Jeansjacke aus ihrem Lieblingsladen dabei, der dichtgemacht hatte, als sie noch in der Mittelschule gewesen war.

Damals war ihr die Jacke zu groß gewesen. Jetzt saßen die Ärmel stramm und sie ließ sich nicht mehr zuknöpfen.

Die letzten zwei Jahre hatten diesen veränderten fraulichen Körper mit sich gebracht. Jetzt trug Mira grundsätzlich Röcke, weil sie in Hosen das Gefühl hatte, in den Formvorstellungen eines anderen festzusitzen. Und ihre Figur kam ihr oft wie etwas Flüssiges vor, einen Tag so und am nächsten Tag ganz anders. Sie wünschte, sie könnte sie festnageln, diese wässrige, nicht zu handhabende Art, zu wachsen. Mira fragte sich, ob andere Menschen sich in ihrer Haut wohlfühlten.

Sebby trug sein übliches weißes T-Shirt und Kakihosen, die vom übermäßigen Gebrauch schon ganz durchgescheuert waren. Er hatte stets einen Edding in der Tasche für Mo-

mente inspirierter Verschandelung. Jetzt zog er sein T-Shirt aus und legte es aufs Bett, malte in krickeligen Blockbuchstaben das Wort »Twink« darauf und fügte noch einen kleinen schiefen Stern hinzu. Er fand das witzig.

Mira auch.

Sein nackter Oberkörper war im schwachen Licht so weiß, dass sie meinte, sie könne durch ihn hindurchsehen – durch seine Narben bis zu den Stellen, an denen etwas heil gemacht worden war. Wie es auf der anderen Seite ihrer Narben aussehen mochte? Ob es da etwas gab, das immer noch kaputt war?

Die Uhr auf dem Nachttisch sprang mit einem kleinen Klicken auf 23:00 Uhr, als sie einander vorsichtig die elastischen Träger der Feenflügel über die Schultern zogen. Sie wussten, dass diese Flügel nur ein bisschen menschliche Wärme brauchten, um zum Leben zu erwachen und die Menschen, die sie anlegten, ein bisschen weniger körperlich, ein bisschen luftgleicher zu machen.

Mira öffnete die Balkontür, um den Wind von der Bucht einzuatmen. Der ließ ihre Wangen gefrieren und die Flügel auf ihrem Rücken ungeduldig flattern. Es war eine Woche vor Weihnachten, und der Wind machte es den beiden impulsiven Touristen nicht leicht, den Ort wirklich einladend zu finden. Sie beugten sich der Naturgewalt und schlüpften, auch wenn sie dabei die zarten Flügel zerdrückten, in ihre Wintermäntel, bevor sie nach draußen gingen und mit ihrem kleinen Geheimnis die lichterkettengeschmückte Straße entlangtänzelten.

Früher am Tag wären ihnen dick vermummte Familien begegnet, die von einem heißen Kakao zum nächsten stapften, Kinder, die in den Himmel starrten und sich Schnee wünschten. Hier hatte sich ein Badeort komplett verwandelt – zugunsten eines ländlichen Weihnachtsspaziergangs. In der Commercial Street erinnerte nichts mehr an die verschwitzten Menschenmassen, die im Sommer ihre Zwei-für-zehn-Dollar-T-Shirts kauften, und an die rollschuhlaufenden Dragqueens, die an die Touristen hinsangen, um sie für ihre Shows zu ködern. Das hier war gut gemachte Winterfriedlichkeit. Ein Heile-Welt-Gemälde, das in den vergangenen hundert Jahren von schwulen Vorfahren liebevoll gestaltet worden war – zur Freude aller.

Aber an einem normalen Mittwoch um Mitternacht gehörte diese Stadt denen, die nicht auf heißen Kakao setzten, um sich in einer langen, windigen Nacht an der See warm zu halten. Aus den Fenstern der Häuser in den engen Straßen fiel milder Lichtschein. Hier waren Menschen zu Hause, die den seltsamen, von Wellen geschliffenen Steinformationen nicht unähnlich waren – am Strand angespült worden waren, als es keinen anderen Ort gegeben hatte, an den sie gehen konnten, wo sie hätten bleiben können. Als die einzige Alternative war, wieder auf die offene See hinauszutreiben.

Die Auswanderer früherer Zeiten hatten dieses Stück Land verschmäht, als sie feststellten, dass hier nichts wachsen würde, und gehofft, dass der große Mythos um die Pilgerväter eines Tages den misslungenen Start und die frucht-

losen Monate, die sie mehr oder weniger auf einer Sandbank verbracht hatten, vergessen lassen würde. Und wer sich später nicht zu benehmen wusste, wurde zurückgeschickt – nach draußen auf diesen gebogenen Streifen Land.

Ausgelassen in ihrer wiedergewonnenen Freiheit atmeten Mira und Sebby all das mit Wölkchen eiskalter Luft ein. Sie konnten gehen, wohin sie wollten. Sollte nur jemand versuchen, sie aufzuhalten. Sie konnten alles machen.

Sogar der Türsteher vor dem *Governor Bradford* schien das zu spüren, er warf nur einen kurzen Blick auf ihre gefälschten hawaiianischen Ausweise, bevor er sie mit einem Seufzer reinwinkte. Sebby hatte diesen Laden zu ihrem Ziel erklärt, als er das Plakat für Drag-Karaoke und den billigen Charme des weiß geschindelten Gebäudes gesehen hatte. Im Hafen auf der anderen Straßenseite lagen Boote vor Anker. Sie stellten sich vor, wie nach Whiskey dürstende Fischer drinnen im Lokal herumtorkelten.

Stattdessen saß eine Gruppe betrunkener Lesben, vierzig oder älter, um die kleine Karaokebühne herum. Eine von ihnen, die Red-Sox-Kappe fest ins Gesicht gezogen, brachte ihnen beschwipst, aber gefühlvoll »Constant Craving« zu Gehör, wobei sich ihre wuchtige Gestalt in salzverkrusteten Timberland Boots wiegte.

Mira bestellte zwei Whiskey Soda an der Bar, das Getränk ihres Dad. Was anderes konnte sie, ohne das Gesicht zu verziehen, bei dem bärigen Barkeeper nicht ordern. Sie trank zum ersten Mal Alkohol und der ungenießbare Benzingeschmack hatte etwas von einem Zaubertrank. Sechzehn war

schließlich nur noch eine Stunde entfernt. Es wurde Zeit, ein paar neue Sachen zu lernen.

Dana, die Dragqueen-Moderatorin beim Drag-Karaoke, war in vollem Billy-Idol-Damen-Glam aufgetakelt, strandblonde Haare und Springerstiefel, dazu ein Ledermini und Netzstrümpfe. Zum Entzücken der versammelten Lesbenschaft sang sie »White Wedding«, mit hämischem Idol-Grinsen und eindrucksvollen High Kicks in den entscheidenden Augenblicken. Sogar noch eine Viertelstunde vor Mitternacht an einem Mittwoch im Dezember, kurz davor, von der Festtagsstimmung in den Abgrund des Winters zu stürzen, herrschte Dana über ihr Reich.

Sebby reagierte darauf mit seiner besten Interpretation von »Dancing With Myself«, in die er Dana einbezog – niemand ließ sich von der Logik des Songtextes beirren. Er packte ihre Hand und wirbelte sie herum, war aber noch nicht groß genug, um die Drehung perfekt zu vollenden.

»Herzlichen Glückwunsch zum einundzwanzigsten Geburtstag für das hübscheste Mädchen in der Stadt«, sagte er, als der Song vorbei war. »Du siehst nicht einen Tag älter aus als sechzehn.«

Er gab ihr das Mikro zurück, und Dana wedelte sich Luft zu, als drohe sie in Ohnmacht zu fallen.

»Ich hab gar nicht gewusst, dass das Motto heute Abend Verführung Minderjähriger ist«, krächzte sie.

Die Lesben lachten und gaben noch eine Runde aus.

Mira sang »Dream a Little Dream of Me«, weil Sebby drauf bestand. Bei den hohen Tönen versagte ihre Stimme,

aber sie fühlte sich gut auf dieser Bühne vor dem freundlichen Publikum.

Ihre einzige Mahlzeit an diesem Tag hatte aus schlaffen Raststättenfritten und Riesenbechern Limonade bestanden, und sie merkte, wie der Whiskey sie von innen nach außen wärmte und alles auf neue Weise gut sein ließ. So, dass es okay war, in der Öffentlichkeit zu singen.

Dana verdrückte sich, um eine Zigarettenpause zu machen, und Sebby kippte seinen Drink hinunter. Er bewegte Mira zu einem hämmernden Beat, der aus einem Treppenschacht weiter hinten im Raum heraufdröhnte.

Unten gab es Disco-Remix und gewöhnungsbedürftige House Music, die röhrte durch einen Raum, in dem die Leute sich drängten. Männer in hautengen T-Shirts oder ohne Shirts präsentierten ihre perfekt geformten Sixpacks, wobei eine gut platzierte Weihnachtsmütze hier und da als Vorwand für derlei Lustbarkeit diente. Diejenigen, die nicht so viel vorzuzeigen hatten, sahen von der Bar aus zu.

Sebby packte Miras Hand und zog sie mitten hinein, die kleine Menge machte gerade so viel Platz, um diese beiden beflügelten Feenwesen betrachten zu können. Sie gaben die originellen Moves zum Besten, die sie in der Klinik in stundenlangem Training zur Perfektion gebracht hatten. Einer nannte sich »Bücher aus der Bücherei ausleihen«. Zuerst setzte man sich die unsichtbare Brille auf. Bewunderte die unsichtbaren Buchrücken. Wählte einen unsichtbaren Band aus.

»Ich mag deine Flügel.«

Durch den Schleier diffuser Klubbeleuchtung konnte Mira die Züge des Mannes kaum erkennen, der Sebby ins Ohr brüllte. Sebby grinste ihn an, griff um Miras Taille und drängte sie beide zu dem Fremden hin. Mira ließ sich von seiner Verwegenheit leiten, stieß ihr Becken vor, behielt aber die Hände bei sich, drehte den Kopf von einer Seite zur anderen, als wäre der letzte Mensch, den sie sehen wollte, der Mensch vor ihr.

House wechselte schließlich wieder zu Disco, und sie brüllte Sebby zu, sie müsse sich auf die Suche nach dem Klo machen. Es gab nur eins, ausgestattet mit zwei Urinalen und einer Kabine. Sie schloss sich in die Kabine ein und überlegte, ob sie hätte oben bei den anderen Damen bleiben und bis in die frühen Morgenstunden k. d. lang säuseln sollen.

Es wurde Zeit für einen weiteren Drink, beschloss sie an der Bar. Die angenehme Wärme ihrer Karaokeaufregung verebbte langsam, und sie wollte nicht zu viel darüber nachdenken, was sie hier machten.

Mit hochgezogenen Augenbrauen schob ihr der Barkeeper den Drink rüber.

»Du solltest lieber mal deinen kleinen Freund da drüben im Auge behalten«, sagte er.

Sie drehte sich zur Tanzfläche um, wo der Typ von vorhin hinter Sebby tanzte und um dessen Flügel herumnavigierte.

»Das macht dann zwölf Dollar.«

Sie brachte Sebby den Drink und er nahm ihn dankbar entgegen, schlang die Arme um ihre Taille und zerstreute seinen Fanklub.

»Komm, wir gucken uns das Wasser an«, sagte sie ihm ins Ohr.

Draußen entdeckten sie Dana in einem Mantel mit Leopardenmuster. Ein Mann, ganz in Leder gekleidet, gab ihr Feuer. Sie inhalierte und stieß eine dankbare Wolke Nikotin aus.

»Schlaft schön, ihr Süßen«, rief sie ihnen hinterher.

Sie gingen am Strand lang zurück zum Motel, am Horizont waren die Lichter von Mid Cape gerade noch auszumachen, eine unwillkommene Erinnerung daran, dass es immer einen Weg zurück gab. In einem der Häuser an der Bucht ging gerade eine Weihnachtsfeier zu Ende. Männer sangen hinter dem Haus mehrstimmig »Stille Nacht« und würzten den Wind mit guter Stimmung.

Später im Motel lagen sie in die trunkene Bettdecke verheddert da. Sebby wickelte sich in den Stoff ihres Rockes, die Flügel lagen zerdrückt unter ihnen wie vernachlässigte Motten oder vergessene Gliedmaßen. Mira fühlte sich wie ein Neugeborenes mit nebelhafter Erinnerung an Reinkarnation, eines, das verstand, dass es später, wenn es die ersten Schritte machen würde, diese Empfindung aus einem anderen Leben wiedererkennen würde.

»Fühlst du dich älter?«, fragte er im Dunkeln.

»Ich fühle mich wie immer. Ich fühle mich wie sieben. Wie fünf.«

»Du warst mit fünf betrunken?«

»Halt die Klappe, Sebby.«

»Du bist gemein mit sechzehn.«

»Ich bin jetzt älter als du.«

»Ich werde nie alt sein. Ich verkaufe meine Seele. Ich sterbe jung.«

»Ich dachte, ich würde mich anders fühlen.«

»Süße sechzehn.«

»Ich bin nicht so süß.«

»Für mich bist du süß.«

»Du bist albern.«

»Das bin ich. Das ist wahr.«

»Happy birthday to me.«

»Happy birthday to you, babe.«

Sie rollten die Landkarten ihrer Körper ein, bis sie zwei Kontinente ineinander übergehender Straßen, Flüsse und Träume wurden – und sie dachte: So werde ich wieder lernen zu leben.

Jeremy

Es war dunkel, als Mira mir die Geschichte ihrer Nacht in Provincetown erzählt hatte. Sebby hatte sich währenddessen reingeschlichen und sich zu uns aufs Bett gelegt. Die Lämpchen der Frisierkommode beleuchteten mit weichem Schimmer den Raum. Er setzte sich zwischen unsere Beine und hörte zu.

»Es ist eine gute Geschichte«, sagte er am Ende.

»Was ist danach passiert?«, fragte ich.

»Weil ich den ganzen Abend nicht ans Telefon ging, riefen meine Eltern schließlich die Polizei und die ortete das Auto per GPS«, sagte Mira. »Am nächsten Morgen tauchten sie im Motel auf.«

»Habt ihr Ärger gekriegt?«, fragte ich.

»Man stiehlt nicht das Auto seines Vaters und wird dann von der Polizei wieder zu den Eltern zurückgebracht, ohne Ärger zu kriegen«, sagte Mira.

Sebby streckte sich zwischen uns aus, zog das Kissen an sich, wickelte ein Bein um Miras Bein und legte mir die Hand auf den Bauch. Er verband uns.

»Ihr Mädels seht hübsch aus«, sagte er.

Plötzlich fiel mir wieder ein, dass ich geschminkt war, und unbewusst ging meine Hand zu den Lippen.

»Was ist der Anlass?«, fragte Sebby.

»Wir misten Miras Schrank aus«, sagte ich.

Er berührte die Pailletten auf meinem Kleid. »Scheint richtig gut zu laufen.«

Sebby

An einem Montag im Januar bist du zum ersten Mal seit über einem Jahr wieder in der Schule, am ersten Tag nach den Weihnachtsferien. Du hast gedacht, du kannst da einfach auftauchen, deinen Namen auf der Anwesenheitsliste abhaken lassen und dann den Computer in der Bibliothek benutzen und recherchieren, wie du dein Abschlusszeugnis kriegst. Ob es wohl möglich ist, den Staat davon zu überzeugen, dass du zu Hause unterrichtet wirst? Tilly würde es gefallen, wenn du immer zu Hause wärst. Sie würde dich den ganzen Tag Bibelverse lesen und Windeln wechseln lassen.

Du musst durch den Metalldetektor am Haupteingang, um reinzukommen. In den Fluren ist das Gewimmel viel größer als an Miras Schule, dass Körper an Körper stoßen, lässt sich nicht vermeiden, und das steigert das bedrohliche Gefühl, von dem dieser Ort immer durchdrungen ist. Du hast die Hände in die Taschen gesteckt, den Kopf gesenkt, versuchst dir einen Pfad durch die Mitte zu bahnen und den Menschentrauben vor den Schließfächern links und rechts aus dem Weg zu gehen.

Was war hier der Plan? Zuerst mal ins Büro und fragen, wo dein Klassenzimmer ist. Das gefälschte ärztliche Attest abgeben, an dem du die ganze Woche gearbeitet hast. In dem erläutert wird, dass die aus deinen Verletzungen resultierenden Komplikationen deinen Schulbesuch im Herbst verhindert haben. Du legst es auf den Tisch und erhältst im

Gegenzug einen Stundenplan, ohne Fragen. Für Probleme haben sie hier keine Zeit.

Es klingelt zur ersten Stunde, als du aus dem Büro kommst. Die, die spät dran sind, drängeln sich auf dem Weg zu ihren Klassenzimmern an dir vorbei. Du schaust auf das Blatt Papier in deiner Hand. *Chemie* steht da. *Mr Walters – Raum 248.*

Die letzten Nachzügler flitzen durch sich schließende Türen – und da siehst du ihn.

Er ist jetzt größer. Das hat bestimmt seinen Stand in der Fußballmannschaft verbessert. Vielleicht kommt er sich jetzt nicht mehr wie »ein Weichei-Asiate« vor, so haben die anderen Typen in der Mannschaft ihn nämlich immer genannt. Leg dir genügend Muskeln zu, und keiner wirft dir vor, schwach zu sein.

Das hat ihn gekränkt an jenem Tag, an dem alles in die Hosen ging. Ein Tag von vielen, an dem sie ihn beim Training gequält haben – unter dem Vorwand der rituellen Verarschung eines Schulneulings. War doch nur ein Spaß.

Du hast vor der Turnhalle auf ihn gewartet, während er duschte. Du hast die Antworten für den Geschichtstest am nächsten Tag dabei, und du hast versprochen, sie bei ihm abzuliefern. Ihr habt beide Schwierigkeiten in Geschichte gehabt.

Die anderen Mannschaftsmitglieder sind nach und nach aus der Sporthalle gekommen. Du hast vor der Tür auf dem Boden gesessen, mit einem Zweig in der Hand herumgespielt und versucht, nicht aufzufallen. Hat nicht geklappt.

Schließlich hast du aufgegeben und den Zweig hingeworfen, dann bist du in die Umkleidekabine gegangen. Zwei der bulligeren Jungs aus den oberen Klassen haben sich an dir vorbeigedrängelt, als du auf dem Weg nach drinnen warst.

»Pass auf, Twink«, hat einer gegrummelt, als du seine Schulter gestreift hast.

Er war im mittleren Schließfachbereich, saß auf einer Bank, mit einem Handtuch um die Hüften. Er war allein.

»Theo?«, hast du gesagt.

Er schaute auf.

»Ja. Hey, Sebby.«

»Ich hab die Antworten für den Geschichtstest.«

Er hat genickt, dann wieder auf seine Füße gesehen. Damals, in dieser kleineren Ausgabe von ihm, ragten die Schulterblätter aus seinem Rücken hervor wie spitze neue Flügel, wenn er sich vorbeugte. Die schwarzen Haare fielen ihm feucht ins Gesicht.

»Was ist denn?«, hast du gesagt. Du bist rübergegangen und hast dich neben ihn auf die Bank gesetzt. Du hast den Arm um ihn gelegt. »Was ist los, Sahneschnittchen?«

Er lächelte, obwohl ihm nicht danach war. Er fand dich witzig. Das hast du gewusst.

»Scheißtraining«, sagte er. »Immer nur ›Wir zeigen es dem mickrigen Asiaten‹. So in der Art: Bildet der sich etwa ein, er kann spielen?«

»Du wirst ihnen zeigen müssen, dass sie sich irren«, hast du gesagt. Du hattest ihn noch immer im Arm. Feuchte Haut. Liebevoll hast du seine Schulter gedrückt.

»Die Chance werde ich nicht kriegen, wenn die sich weiter alle so auf mich stürzen.« Er guckte auf den Arm, der dir am nächsten war. Ein großer blauer Fleck zog sich die ganze Seite entlang.

»Och«, hast du gesagt. »Armer Kleiner.« Mit dem Finger hast du einen Kreis um den blauen Fleck gezogen. »Blaue Flecke heilen.«

»Vermutlich«, sagte er. »Jetzt tut das scheißweh.«

Du würdest es nicht tun. Du hast gewusst, dass du es lassen solltest. Nichts Gutes würde dabei rauskommen. Nicht hier. Und dann hast du es doch getan. Dich runtergebeugt und ganz leicht seinen Arm geküsst, genau über dem blauen Fleck. Nur um zu spüren, wie deine Lippen seine Haut streiften. Um ein wenig Zärtlichkeit zu zeigen. Das war deine Art, nett zu sein.

»Was zum Geier ist das?«, hat jemand aus den Schatten gehöhnt.

Jemand hat gelacht. »Hab dir doch gesagt, dass Theo eine schwule Sau ist.«

Theo sprang auf, schubste dich weg, heftig.

»Was soll der Scheiß«, sagte er laut – zu dir, nicht zu denen. Aber er hat zu lange gezögert.

Das waren die Jungs, denen du auf dem Weg in die Umkleidekabine begegnet warst. Jungs aus der Abschlussklasse, riesig, alle beide – und von Geburt an auf Streit aus.

»Hey, Arschficker, raus aus unserer Scheißumkleide«, sagte der erste. Sie waren jetzt aus den Schatten getreten, langsam – Tiere, die sich an ihre Beute anschlichen.

»Fick dich«, hast du gesagt.

»Sieht aber so aus, als wolltest du Theo ficken«, sagte der zweite.

Du hast gespürt, wie dein Herz hämmert. Dieser Tag war sowieso schlecht gelaufen. Eine Fünf für einen Aufsatz, an dem du ehrlich gearbeitet hattest. Eine Zurechtweisung von einem anderen Lehrer wegen deiner mangelnden Beteiligung am Unterricht. Und heute Abend rechnete Tilly damit, dass du die Kinder zur Bibelstunde bringen würdest. Auf so was hattest du keinen Bock. Du hattest nicht die beste Laune.

»Scheiß drauf«, hast du gesagt.

Du hast in die Tasche gelangt und die Antworten für den Geschichtstest rausgeholt. Du hast sie Theo hingehalten.

»Hier«, hast du gesagt. »Nimm sie einfach.«

»Was ist das? Ein Liebesbrief?«, sagte der erste Typ. Die beiden waren näher gekommen, standen neben der Bank, auf der ihr gesessen hattet. Theo vor dir war erstarrt. Er nahm den Zettel nicht.

»Hm«, hast du gesagt und dich zu dem ersten Jungen umgedreht. »Ist für deinen Dad. Darin bedanke ich mich dafür, dass er mir letzte Nacht in eurem Auto einen geblasen hat.«

Und das war's dann. Er war auf dir, sobald du das letzte Wort ausgesprochen hattest. Zuerst hast du sein Knie im Bauch gespürt, dann landete seine Faust in deinem Gesicht, dein Kopf knallte auf den Betonboden und das Leuchtstofflicht an der Decke über dir verwandelte sich in einen Sternenhimmel. Du hast versucht, die Hände vors Gesicht zu

halten, aber der andere drückte dich runter. Du hast Blut geschmeckt und gespürt, wie es dir aus der Nase lief. Er hörte nicht auf. Das würde nicht aufhören.

Das Letzte, was du gesehen hast, ehe du ohnmächtig wurdest, war Theo, der noch immer in seinem Handtuch dastand. Und nichts tat.

Und da ist er jetzt. Und hier bist du. Du siehst ihn, bevor er dich sieht. Er steht am anderen Ende des Flurs, klappt die Tür von seinem Spind zu und dreht am Zahlenschloss. Dann schaut er auf.

»Oh, fuck«, sagt er.

Du siehst, wie sich seine Muskeln unterm T-Shirt verspannen. Du sagst nichts.

»Was machst du hier?«, fragt er.

Du gehst ein paar Schritte auf ihn zu. Er weicht zurück, als seist du verseucht.

»Ich gehe hier zur Schule«, sagst du.

»Ich dachte, du wärst weg.«

Du starrst ihn an.

»Im Sinne von tot?«, sagst du. »Dachtest du, die hätten mich umgebracht?«

»Nein. Ich wusste, dass mit dir alles okay war …«, sagt er.

»Stimmt nicht«, sagst du. »Mit mir war gar nichts okay.«

Jemand ruft ihn von der Treppe.

»Hör mal, bitte, äh …« Er guckt sich um, geht rückwärts. »Bitte, lass das … rede nicht mit mir.«

»Verarschst du mich?«

»Nein … tu einfach so, als würdest du mich nicht kennen, okay? Das macht die Sache einfacher.«

Ungläubig siehst du zu, wie er sich umdreht, zur Treppe rennt und mit seinem neuerdings massigen Körper zu demjenigen runterturnt, der ihn gerufen hat. Und dann bist du allein. Irgendwo quietschen Turnschuhe auf frisch gebohnertem Fußboden. Es riecht nach Industriereiniger. Dir ist zum Kotzen.

Du gehst zurück, durch den Metalldetektor, zur Eingangstür raus. Draußen ist es eiskalt. Einen richtigen Wintermantel hast du nicht. Nur dein Kapuzenshirt und eine ausgefranste Jeansjacke. Der Wind geht auf deine Augen los und tut dir den Gefallen, dir Tränen zu entlocken – du must also nicht versuchen, sie zurückzuhalten.

Scheiß auf diese Scheißschule.

Auf der anderen Seite der toten braunen Rasenfläche lehnt eine Gestalt an einem Auto und raucht eine Zigarette.

Du guckst auf das Blatt Papier, das du immer noch in der Hand hälst. *Chemie*, steht da, *Mr Walters – Raum 248.* Das ist eine Seite voller Fiktionen. *Französisch. Mrs Alderson. Algebra. Mr Stein.*

Nichts davon ist real.

Du stopfst das Blatt in die Tasche und gehst auf die Gestalt zu.

»Hey, Sebby«, sagt er, als du bei ihm bist.

»Hey, Nick«, sagst du.

Er bietet dir eine Zigarette an. Du nimmst sie. Er gibt dir Feuer, schützt die Flamme mit der Hand vor dem Wind.

»Hab mich schon gefragt, wann ich dich hier wohl mal sehen würde.«

»Hm. Ich kann nicht, äh …« Dir fehlen die Worte. Es ist schlicht unmöglich, über irgendwas von alldem zu sprechen.

»Alles in Ordnung mit dir?«, sagt Nick.

Du schüttelst den Kopf.

Nick wirft seine Kippe auf den Boden und macht die Beifahrertür auf.

»Komm«, sagt er. »Wir hauen ab.«

Du nimmst einen tiefen Zug Nikotin und steigst ein. Als Nick das Auto anlässt, schaust du dich einmal um – und du weißt, dass es das letzte Mal ist. Du weißt, dass du nicht wieder zurückkommst.

Jeremy

Sebby tauchte an einem Abend Ende Januar allein bei mir zu Hause auf, seine Augen waren glasig und er sah hungrig aus. Wir hatten schon gegessen, aber Dad und Dave wärmten Reste für ihn auf, und wir setzten uns und sahen ihm beim Essen zu wie einem heimatlosen Katzenkind, das in einer Untertasse mit Milch ertrinken könnte.

Als er fertig war, kam er mit hoch in mein Zimmer. Zum ersten Mal seit Längerem waren wir allein. Allein in meinem Zimmer.

»Alles in Ordnung mit dir?«, sagte ich, als ich hinter ihm ins Zimmer trat.

»Hm«, sagte er, schüttelte die Schuhe ab und stieg auf mein Bett. »Mach die Tür zu, okay?«

Ich guckte auf den Flur raus. Ich hörte, wie Dad und Dave die Küche aufräumten, machte die Tür zu.

»Was ist los?«

»Komm her«, sagte er. Seine Augen waren halb geschlossen, der Blick verträumt.

Ich setzte mich neben ihn aufs Bett und er zog mich an sich, zog mein Gesicht an seines und küsste mich. Ich roch den unverkennbaren Gestank von Pot in seinen Klamotten. Seine Hände tasteten sich zu meinem Rücken vor und unter mein Hemd. Ich ließ mich von ihm leiten, suchte seine Haut mit den Händen. Dann gingen seine Finger zu meinem Hosenschlitz. Ich rückte von ihm ab.

»Was?«, sagte er.

»Meine Dads.«

»Wir werden ganz leise sein«, sagte er.

Ich schüttelte den Kopf. »Sie könnten raufkommen.«

»Okay«, sagte er und lehnte sich mit dem Rücken an die Wand. In seinem Blick lag etwas Gereiztes und Wütendes, als verstehe er nicht, warum er seinen Willen nicht bekam.

»Küssen können wir«, sagte ich. »Du kannst mich küssen.«

»Oh, kann ich das?«

Wir saßen eine Minute in peinlichem Schweigen da.

»Warum bist du gekommen?«, fragte ich.

»Ich war mit Nick und seinen Freunden zusammen und wollte nicht nach Hause. Warum? Kann ich nicht herkommen?«

»Nein, ich meine, warum zu mir und nicht zu Mira?«

Er zuckte mit den Schultern.

»Nick, aus dem Diner?«, fragte ich. »Alis Freund Nick?«

»Hm. Er geht auf meine Schule.«

Er guckte auf seine Hände.

»Du bist … ziemlich high gerade. Oder?« Gott, warum hör ich mich an wie ein Loser?

»Ja. Warum?«, sagte er. »Willst du was?«

Ich schüttelte den Kopf. »Nein«, sagte ich. »Meine Dads. Ich kann nicht.«

Seine Hände schienen ihn wieder eine Zeit lang zu faszinieren und dann sagte er plötzlich: »Kann ich heute Nacht hierbleiben?«

»Äh, ja«, sagte ich. »Also, ich muss fragen.«

Er nickte, senkte dann wieder den Blick. So hatte ich ihn noch nie gesehen. So wenig selbstsicher.

Dad und Dave waren einverstanden damit, dass er blieb, und wir legten einen Schlafsack auf dem Boden neben meinem Bett zurecht. Er rollte sich sofort darin ein, also machte ich mich auch für die Nacht fertig, wünschte meinen Dads eine gute Nacht, knipste das Licht aus und ging ins Bett. Ich drehte mich zu ihm und beobachtete, wie der Schlafsack sich im Rhythmus seines Atems hob und senkte.

»Jeremy?«, sagte er und drehte sich auf die Seite, sodass er mich ansehen konnte.

»Ja?«

»Danke, dass du mich übernachten lässt.«

»Geht schon klar.«

Meine Augen gewöhnten sich langsam an die Dunkelheit. Ich konnte seine Gesichtszüge ausmachen.

»Ist wirklich alles okay mit dir?«, fragte ich.

Keine Antwort. Er machte den Schlafsack auf, stand auf und kam zum Bett. Ich rutschte ein Stück und er legte sich neben mich, kroch unter die Decke.

»Ja«, sagte er. »Alles okay mit mir.«

Mittlerweile war es ein so vertrautes Gefühl, neben ihm zu liegen. Normalerweise waren wir nur nicht allein, wenn es passierte. Dass er vorhin nach mir gefasst hatte, das war neu und haute mich um. Es war Monate her, seit wir uns das erste Mal geküsst hatten, aber ich war mir nicht sicher, was es bedeuten würde, weiter zu gehen, etwas wirklich Intimes mit ihm zu haben, das Mira nicht einschloss. Und ich war

mir auch nicht sicher, ob das, was er heute Nacht brauchte, überhaupt mit mir zu tun hatte.

»Tut mir leid wegen vorhin«, sagte ich. »Ich hab mir nur Sorgen gemacht … weil andere Leute im Haus sind.«

»Schon in Ordnung.«

»Es ist nicht so, dass ich nicht will«, sagte ich. Wir flüsterten jetzt, unsere Gesichter lagen nebeneinander auf dem Kissen. »Ich hab nur noch nicht … viel gemacht.«

»Viel?«

»Na ja. Irgendwas. Viel.«

»Kapiert«, sagte er.

»Ich will«, sagte ich.

»Nur nicht heute Nacht.«

»Ja.«

»Okay«, sagte er.

»Okay«, sagte ich.

»Kann ich hierbleiben?«, fragte er. »Neben dir?«

Ich nickte. Tastend streckte er eine Hand über die Decke zu meiner Brust.

»So? Ist das okay?«

Ich lachte, versuchte im Flüsterton zu lachen. »Ja, Sebby, das ist okay.«

Er lächelte und küsste mich wieder. Ich versuchte mich zu entspannen, mich nicht zu fühlen, als hätte sich gerade ein verbotener Traum in meinem Zimmer manifestiert. So schliefen wir ein, Arm in Arm in meinem schmalen Doppelbett.

Zu einem Menschen zu werden, der andere Menschen braucht, ist mit Problemen verbunden. Besonders, wenn man den größten Teil seiner Identität ins Alleinsein investiert hat. Genau genommen war das kein schönes Leben gewesen, aber ich hatte mir in meiner Einsamkeit genügt. Jetzt trug ich das anhaltende Jucken eines Gefühls mit mir herum, das ich fütterte wie ein Not leidendes Haustier.

An einem Montag Anfang Februar war ich allein im Zeichensaal. Mira und Rose hatten Hausarbeiten abzuliefern, deshalb waren sie nach der letzten Unterrichtsstunde nach Hause gefahren. Sebby war in der Nacht zuvor wieder bei mir gewesen. Er war aufgetaucht, als meine Dads schon schliefen, und hatte mir eine Nachricht geschickt, damit ich runterkam und ihn reinließ. Anstelle des glasigen Blicks vom letzten Mal schwitzte er nun und war nervös. Wir sagten nichts, und ich wusste nicht recht, ob wir einfach nur leise waren, weil wir meine Dads nicht stören wollten, oder ob was echt nicht stimmte. Er legte sich wieder zu mir ins Bett, und ich hielt ihn, sein Körper zuckte die ganze Nacht. Ich hatte das Gefühl, kaum geschlafen zu haben, aber ich musste eingenickt sein, denn als ich morgens die Augen aufmachte, war er weg.

Mittlerweile hatte ich mehr als die Hälfte des Schuljahres geschafft, und ich wollte es umgehen, Bilanz zu ziehen, Gewinne und Verluste aufzulisten. In diesem Augenblick schien mir eine Inventur nicht klug zu sein. Alles war immer noch zu zerbrechlich.

Die Lösung war, mich auf etwas anderes zu konzentrieren.

Mit dem Bild für die Ausstellung kam ich voran. Eine große Leinwand mit drei Figuren in einem Farbstrudel. Sie starrten mich aus dem Bild heraus an, hohl und unmenschlich, und bettelten um Vollendung.

Neben mir auf dem Tisch lagen zerknautschte alte Farbtuben aus Schulbeständen und eine Palette, die mit der Farbe von Jahren zugekleistert war, die Geschichte sämtlicher Schüler, die versucht hatten, etwas im Bild festzuhalten, etwas aus ihren Köpfen ans Licht zu bringen.

Ich trödelte herum, indem ich die Farben ordentlich neben meinen Pinseln aufreihte. Ich guckte aus dem Fenster. In der Nacht hatte es geschneit, aber jetzt fiel Regen, der den Schnee in trostlosen Matsch verwandelte.

Talia kam so leise in den Raum, dass ich es nicht merkte, ich wusste nicht mal, wie lange sie schon da war, als sie zu reden anfing.

»Das ist eine große Leinwand«, sagte sie.

Ich drehte mich um. Sie stand hinter mir.

»Oh«, sagte ich. »Ja. Irgendwie schon.«

»Ich hab mich gefragt, woran du arbeitest. Du hast es so geheim gehalten.«

»Ich wollte einfach warten und es erst in der Ausstellung zeigen, glaube ich.«

Sie ging zur Staffelei und sah sich die gesichtslosen Figuren in dem schwachen Lichtschein an, der durchs Fenster fiel. Sie nahm eine Farbtube in die Hand.

»Schönes Blau«, sagte sie.

Engelaugenblau.

»Hm«, sagte ich.

Sie legte die Tube zurück, ordentlich, sodass sie wieder in einer Reihe mit den anderen lag.

»Du bist ja lange hier«, sagte ich.

»Ich hatte Matheklub. Ich bin nur hergekommen, weil ich mir Zeichenpapier für mein Projekt holen wollte.«

»Hast du immer noch vor, Landschaften zu zeichnen?«

»Ja.«

Sie ging zu den Regalen, auf denen das Papier gelagert wurde, und zog ein paar Blätter heraus. Ich nahm die Tube mit dem Blau und spürte ihre Metallrunzeln in der Hand.

»Jeremy?«

»Ja?«

»Ich wollte dir schon lange etwas sagen.«

Ich drehte mich um, damit ich sie ansehen konnte, wie sie da neben den Regalen stand und das Papier an sich drückte, als wollte sie damit etwas Beschämendes verhüllen.

»Was?«

»Ich hätte es früher sagen sollen, aber ich wollte nicht riskieren, dich zu verstören. Manchmal weiß ich nicht genau, wie ich Sachen zu Leuten sagen soll.«

»Okay«, sagte ich.

»Es ist nur … ich bin froh, dass du wieder da bist. In der Schule. Nach allem, was passiert ist.«

»Oh«, sagte ich. »Danke.«

»Und ich möchte, dass du weißt, wie sehr ich es bedauere, dass ich an jenem Tag im Unterricht nicht eingeschritten bin. Du hattest recht mit *Gatsby*, ganz klar, das ist die

gängige Interpretation dieser Passage. Wenn ich was gesagt hätte, dich unterstützt hätte, dann hättest du nicht allein gestanden. Vielleicht wäre das nicht so … persönlich geworden.«

»Oh, Talia, ich glaube nicht, dass das etwas geändert hätte.«

»Vielleicht ja doch«, sagte sie. Sie sah aus, als wollte sie anfangen zu weinen. »Es war feige von mir, in dem Moment zu zögern.«

»Was passiert ist, war nicht deine Schuld«, sagte ich.

»Ich wünschte nur, es wäre anders gelaufen.«

»Na ja, ich auch.«

Sie guckte wieder auf das Papier in ihren Händen. »Peter hat gesagt, ich soll was zu dir sagen, weil mich das belastet. Er ist wirklich sehr einfühlsam, wenn es um Befindlichkeiten geht.«

Ich lächelte. »Das stimmt.«

Sie sah noch einmal auf das Bild.

»Dir scheint es jetzt besser zu gehen«, sagte sie.

»Ja«, sagte ich. »Irgendwie schon.«

Dann veränderte sich etwas in ihrem Gesicht, so als würde sie wieder zu ihrer gewohnten Korrektheit zurückkehren. Das Weiche, das sich eingeschlichen hatte, war weg.

»Egal. Ich muss an meinen Landschaften arbeiten. Peter hat mir ein paar Bücher empfohlen, die da hilfreich sein müssten.«

»Die sind bestimmt super«, sagte ich.

Sie drehte sich um und wollte gehen.

»Äh, Talia«, sagte ich.

»Ja?«

»Als ich an dem Tag damals in die Schule kam und meinen Spind gesehen habe, war ich froh, dass du da warst. Ich weiß nicht, was ich gemacht hätte, wenn ich allein gewesen wäre. Also, weißt du, danke.«

»Oh«, sagte sie. »Gern geschehen.«

Dann war ich allein in dem leeren Raum, nur das Zischen des alten Heizkörper störte die Stille.

Ich guckte auf meine Leinwand. Die Ecken hätten ordentlicher sein können, Fäden hingen raus. Ich nahm wieder die Tube mit dem Blau in die Hand, drehte den Deckel ab und drückte eine perfekte Linie Farbe auf die Palette. So wollte ich sie am liebsten dalassen. Wunderbar in ihrem Potenzial. Sobald ich sie auf die Leinwand auftrug, war ich verantwortlich für sie, für die unvermeidlichen Makel. Meine Welt war immer wie diese Farbe gewesen, sie war auf der Palette geblieben. Diese Farbe war ein passiver Beobachter. Aber jetzt wollte sie etwas aus sich machen. Und ich hatte fürchterliche Angst.

Nimm einen Pinsel, tauche ihn in die Farbe, berühre die Leinwand. Mehr war nicht zu tun. Ich hatte darum gebeten, keine Angst mehr zu haben. Und ich wollte glauben, dass ich das konnte.

Mira

Am Sonntagnachmittag um vier war das Diner fast leer. Die späten Bruncher waren fertig und selbst für die hingebungsvollsten Fans des Happy-Hour-Specials war es noch zu früh. Rose hatte Mira dazu gebracht, sich zu ihr an den Stammtisch zu setzen, weil sie versprochen hatte, Ali ab sofort nicht mehr zu beachten.

»Ich hab ihr gesagt, wenn sie nicht will, dass ich hier abhänge, dann werde ich nicht abhängen«, erzählte Rose. »Ich bin kein total erbärmlicher Loser. Ich kann auch woanders hin.«

»Lügnerin«, sagte Mira.

»Okay, ja, ist ja gut. Halt die Klappe.«

Sie waren erst eine halbe Stunde da, als sich zeigte, dass Rose Mühe haben würde, ihr Versprechen zu halten.

»Mit denen redet sie jetzt bestimmt schon zehn Minuten«, sagte Rose, die Ali beim Plaudern mit einigen Leuten auf der anderen Seite des Lokals beobachtete.

»Es ist ihr Job, hier mit Leuten zu reden. Das weißt du schon, oder?«, sagte Mira.

»Aber sie muss keine zehn Minuten mit denen reden. Es dauert etwa dreißig Sekunden, eine Bestellung aufzunehmen.«

HILFE rettet mich vor einer zwanghaften Lesbe!!!, schrieb Mira an Jeremy und Sebby, sobald ihr klar wurde, dass sie in die Falle gelockt worden war.

»Hey, ich hab eine abgedrehte Idee«, sagte Mira. »Wie

wär's, wenn du Ali ihre Arbeit machen lässt – und wir erledigen tatsächlich mal ein paar Hausaufgaben?« Ihre Mathebücher lagen ungenutzt vor ihnen auf dem Tisch.

»Ich kann nicht denken, solange sie da drüben steht. Sie ist total süß«, sagte Rose.

»Muss ich dir Scheuklappen anlegen?«

»Wahrscheinlich.«

Mira gab auf und klappte ihr Schulbuch zu. Sie kramte in ihrer Tasche nach etwas, das bessere Aussichten hatte, heute Nachmittag erledigt zu werden – und nahm ihr Englischheft heraus, schlug den halb fertigen Entwurf für einen weiteren Aufsatz für Peter auf.

»Ich hab das Gefühl, Peter will uns umbringen mit all diesen Aufsätzen«, sagte sie.

»Ich weiß genau, was du meinst.« Rose war in Peters zweitem Englischkurs. »Als ob mir was völlig Neues und super Tiefsinniges zu *Vor ihren Augen sahen sie Gott* einfallen würde, auf das noch nie jemand gekommen ist.«

»Na, wenigstens hast du Talia nicht im Kurs. Sie deckt jedes nur mögliche Aufsatzthema mit ihren Wortbeiträgen ab, und dann erwartet man von uns, was zu bringen, das sie noch nicht gesagt hat. Ich glaube, sie macht das mit Absicht.«

»Oh Mann, Talia in Peters Kurs. Wie furchtbar.«

»Was ist das eigentlich für eine Geschichte mit ihr und Peter?«

Sie wurden von Ali unterbrochen, die ihre Kaffeetassen auffüllte. Rose starrte sie verklärt an.

»Was fehlt dir denn?«, sagte Ali.

»Nichts«, sagte Rose.

Ali ging weg und Rose richtete tonlos die Worte »Heirate mich« an ihren Rücken. Mira bewarf sie mit einer Fritte.

»Hey, konzentrier dich.«

»Was?«

»Talia und Peter. Was geht da ab?«

»Oh, keine Ahnung. Sie ist einfach verliebt in ihn, glaub ich.« Sie trank einen Schluck Kaffee. »Talia war schon immer ein bisschen …«

»Bösartig?«

»Nein, du weißt schon, unbeholfen. So als würde in ihrem Hirn so viel abgehen, dass sie nicht runterkommen und mit uns stinknormalen, niederen Menschen reden kann. Das ist Zeitverschwendung für sie. Peter ist die Ausnahme. Ich glaube, den empfindet sie nicht als Zeitverschwendung.«

»Uh, kannst du dir das vorstellen?«

»Talias großes Problem ist, dass sie echt aussieht wie eine Zwölfjährige, er müsste also schon pädophil sein, um auf sie abzufahren.«

»Ist das widerlich. Und an dem Abend, an dem sie bei ihm zu Haus war …«

»Du glaubst, Peter und Talia haben es getan?« Rose gab ihr typisches Gackern von sich.

»Nein.« Mira schüttelte den Kopf. »Glaub ich nicht, oder?«

»Nein, hör mal. Ich meine, wir waren auch schon bei Peter.«

»Ja, aber als ganzer Haufen.«

»So lustig es ist, sich vorzustellen, dass Talia und Peter füreinander bestimmt sind ... ich glaube, sie ist einfach nur ein ziemlich seltsames Mädchen, das etwas braucht, das ihre Obsession stillt – und das ist Peter.«

»Tja, dir ist so was ja fremd, was?«, sagte Mira.

Doch Rose ignorierte sie und versuchte wieder, Alis Aufmerksamkeit auf sich zu ziehen.

»Ich kann sie sehen, in der Küche«, sagte Rose. »Sie hat nicht mal was zu tun.«

Die Glocke an der Eingangstür klingelte, und Sebby kam rein, gefolgt von Nick, der seine Sonnenbrille hochgeschoben hatte und den für ihn typischen gelangweilten Blick zur Schau stellte.

»Puh«, sagte Rose. »Warum, oh Herr, muss dieser Nachmittag unbedingt von Nick überschattet werden?«

Die beiden rutschten in die Sitzecke neben Mira und Rose.

»Hallo, Mädels, was geht ab?«, fragte Sebby und verhalf sich zu Miras Kaffee.

»Rose stalkt Ali und aus irgendeinem Grund muss ich zugucken«, sagte Mira.

»Ich hab gehört, du guckst gern zu«, sagte Rose.

Wieder warf Mira eine Fritte nach ihr.

»Geh doch einfach rüber und reiß ihr die Klamotten vom Leib«, sagte Nick. »Frauen lieben das.«

Rose guckte Nick angewidert an. »Hat dir schon mal jemand gesagt, dass deine aggressive Hetero-Mann-Stimme einem echt in den Ohren knirscht?«

»Das ist die Stimme, die Gott mir gegeben hat. Kann nichts dran ändern.«

»Was machst du hier überhaupt?«, sagte Rose.

»Soviel ich weiß, ist das ein öffentlicher Ort«, sagte Nick. Er grinste.

»Und … wo ist dein Liebhaber?«, fragte Mira Sebby. »Ich dachte, er ist bei dir.«

»Wer ist denn dein Liebhaber?«, fragte Nick.

»Er ist nicht mein Liebhaber«, sagte Sebby.

»Im Ernst, Nick, such dir woanders einen Platz«, sagte Rose. »Wir machen hier Hausaufgaben. Das ist etwas, das sie einem in der Schule aufgeben.« Sie sah ihn pseudobesorgt an. »Oh, tut mir leid. Wie soll ich dir Schule nur erklären? Das ist so eine Einrichtung, in die man an fünf Tagen die Woche geht …«

»Beruhige dich, Rosewood. Ich will ja gar nichts von dir. Ich häng nur gerade mit Sebby ab«, sagte Nick. »Ich bin gesellig, weißt du. Nicht voll der Workaholic.« Er stopfte sich ein paar Fritten in den Mund. »Also, wer ist nicht dein Liebhaber«, fragte er Sebby.

»Jeremy«, sagte Sebby. »Jeremy ist nicht mein Liebhaber.«

»Der Kleine, der nach dem Schulfest hier war?«

»Ja«, sagte Rose.

Nick lehnte sich zurück und stieß einen kurzen Lacher aus.

»Was?«, sagte Rose. »Jeremy ist klasse.«

»Tja, nein. Er scheint klasse zu sein«, sagte Nick, der seine

Belustigung nicht verhehlen konnte. »So hätte ich das nur nicht gesagt.«

»Wie denn genau?«, sagte Rose.

»Ich hätte dich … Zicke genannt.« Er lachte, stand vom Tisch auf und ging in Richtung Toiletten.

»Du bist ein Arschloch und niemand mag dich«, rief sie ihm leiernd hinterher.

»Hast du wirklich mit ihm abgehangen?«, fragte Mira Sebby.

»Ja doch«, sagte Sebby. »Er geht auf meine Schule.«

Eine unangenehme Pause entstand. Dann erhob sich Sebby.

»Ich komme gleich wieder«, sagte er und folgte Nick.

Rose sah Mira mit hochgezogener Augenbraue an.

»Sieht aus, als hätte hier jemand einen neuen Kumpel«, sagte sie.

Ehe Mira darauf antworten konnte, sah sie Jeremy zur Tür reinkommen. Sie winkte ihm zu und er kam und setzte sich neben sie.

»Hey«, sagte er. »Was läuft?«

»'ne ganze Menge«, sagte Rose. »Eigentlich gibt es nichts, was hier nicht läuft.«

»Sebby ist hier«, sagte Mira.

»Mit Nick«, sagte Rose und verzog das Gesicht.

»Er scheint ganz nett zu sein«, sagte Jeremy.

»Er ist ein Arsch«, sagte Rose.

Die drei saßen da und aßen Fritten. Jeremy zeichnete, und Mira unternahm einen weiteren vergeblichen Versuch,

irgendwelche Hausaufgaben zu erledigen. Schließlich schob sie ihr Heft verärgert von sich.

»Wo ist Sebby?«, sagte sie.

»Irgendwo dahinten.« Rose zeigte hinter sich.

Mira stand auf.

»Wahrscheinlich sind sie auf der Toilette«, sagte Rose.

Mira ging in den hinteren Teil des Diners, wo die Toiletten waren, trat vor die Tür des Männerklos und lauschte. Sie konnte Sebby drinnen reden hören. Sie stieß die Tür auf und ging rein.

Er saß auf dem Waschbecken, und Nick benutzte eins der Urinale, mit dem Rücken zu ihr.

»Mädchen auf dem Jungsklo«, sagte Sebby.

»Bist du auf eine kostenlose Vorführung aus?«, sagte Nick.

»Ihr seid jetzt schon fast eine halbe Stunde hier drinnen«, sagte Mira.

Nick war fertig und zog den Reißverschluss hoch.

»Ein Mann darf sich Zeit lassen auf dem Klo, Darlin'«, sagte er. Er schlenderte an Mira und Sebby vorbei, stieß die Tür auf und ging zurück ins Lokal.

»Igitt, waschen Typen sich echt nicht die Hände?«

»Ich mach's, aber ich bin auch sehr reinlich«, sagte Sebby. »Für Körperflüssigkeiten gibt es eine richtige Zeit und den richtigen Ort.«

Er hüpfte vom Waschbecken.

»Was hast du hier gemacht?«, fragte Mira.

»Nichts«, sagte Sebby. »Nur rumgehangen.«

»Mit Nick?«

Sebby drehte das Wasser auf und fing an sich die Hände zu waschen.

»Ja. Irgendwas verkehrt daran?«, fragte er.

»Ich kenn ihn nur nicht.«

»Das heißt doch nicht, dass mit ihm was nicht stimmt.«

Sebby schlug auf den Händetrockner und hielt die Finger darunter.

»Ist mit dir alles in Ordnung?«, rief Mira über das Gebläse hinweg.

Sebby wartete mit seiner Antwort, bis das Gerät verstummt war. »Jaja, klar«, sagte er. »Was sollte denn nicht in Ordnung sein?«

»Du benimmst dich so komisch.«

Plötzlich ging die Tür auf und ein Mann wollte reinkommen. Er sah Mira, entschuldigte sich verlegen und warf dann einen Blick auf das Schild an der Tür.

»Sie wollte gerade gehen«, sagte Sebby zu dem Mann, nahm Miras Hand und drängelte sich an ihm vorbei.

»Sebby«, sagte Mira und hielt ihn vor der Tür zurück. »Ich meine das ernst.«

»Mir geht es gut«, sagte Sebby.

»Du würdest es mir doch sagen, wenn es nicht so wäre?«

»Wie könnte ich das vermeiden?« Er kehrte an ihren Tisch zurück.

»Das ist keine Antwort.« Mira folgte ihm.

Als sie den Tisch erreichten, stand Nick auf.

»Ich muss hier raus«, sagte er zu Sebby. »Kommst du?«

»Ja, klar«, sagte Sebby. Er wandte sich an die Tischrunde. »Bis später.«

Mira setzte sich auf ihren Platz neben Jeremy, und die beiden beobachteten durchs Fenster, wie Nick und Sebby in Nicks Auto stiegen.

»Alles okay?«, fragte Jeremy.

»Jaja«, sagte Mira. »Alles ist okay.«

Jeremy

Dave hatte die Idee, Sebby und Mira für einen Teil des Sommers zu uns in unser Haus in P'town einzuladen. Dass mein Dad den Winter generell hasste, hatte zur Folge, dass er schon im Februar Pläne für den Sommer machte – und dieses Jahr bildete da keine Ausnahme.

»Ich habe sogar noch extra Urlaub und finde, wir sollten hinfahren, sobald wir können«, sagte er.

»Das ist noch drei Monate hin, Dad«, sagte ich.

»Ja, aber wenn wir die nächsten drei Monate Pläne machen, vergeht die Zeit viel schneller.«

»Irgendwie glaube ich nicht, dass das stimmt.«

»Ich könnte nachkommen. Dann können wir eine Zeit lang gemeinsam dort sein, und Jeremy könnte mit mir länger bleiben«, sagte Dave. »Es sei denn, deine Schwester will wieder für eine Zeit dort sein.«

»Ich kann auch allein im Haus bleiben«, sagte ich. »Ihr müsst nicht immer bei mir sein.«

»Nein, kannst du nicht«, sagte Dad.

»Ich brauche Tante Patty nicht als Babysitter.«

»Ich glaube, Patty ist ganz froh über den Urlaub«, sagte Dad. »Und wenn du länger dableiben willst, brauchst du Gesellschaft. Du bist ohnehin schon den ganzen Tag allein. Ein leeres Haus ist nichts für dich.«

Was ich nicht sagen konnte, war, dass ich es schon unerträglich fand, über Weihnachten zehn Tage von Mira und Sebby getrennt zu sein. Sie einen großen Teil des Sommers

nicht zu sehen, konnte ich mir nicht vorstellen. Aber es wäre unfair gewesen, das zu meinen Dads zu sagen. Ich hatte Glück, dass wir ein Haus hatten, in dem wir die Sommerferien verbringen konnten. Wäre es nicht undankbar zu sagen, dass ich lieber mit meinen Freunden zusammen sein wollte?

»Ich fahre einfach mit euch zusammen zurück«, sagte ich in der Hoffnung, nicht zu deutlich zu werden. »Ich muss nicht länger bleiben.«

»Wie wär's denn, wenn deine Freunde mitkämen?«, sagte Dave.

Ich schaute von meinem Teller hoch.

»Echt?«

Dave sah Dad an. »Pat würde trotzdem bei euch bleiben müssen«, sagte er. »Ohne einen Erwachsenen geht es nicht. Aber es gibt keinen Grund, das Gästezimmer leer stehen zu lassen.«

Dad sah mich an. »Würde dir das gefallen?«

Ich konnte es nicht glauben. Sie waren so erfreut, dass ich Freunde hatte, dass sie uns das Sommerhaus überlassen wollten.

»Ernsthaft?«

»Klar«, sagte Dad. »Warum nicht?«

»Tja«, sagte ich, »dann frag ich sie.«

Nach dem Abendessen hatte ich so viel Hausaufgaben zu machen, dass ich nicht zu Mira gehen konnte, aber ich fand, dass diese Neuigkeiten persönlich überbracht werden mussten. Also schickte ich ihr und Sebby eine kryptische Nach-

richt, in der ich schrieb, dass wir uns am nächsten Tag nach der Schule bei ihr zu Hause treffen müssten.

Irgendwie machte ich mir ein bisschen Sorgen, dass sie die Idee nicht so aufregend fanden wie ich. Vielleicht machte ich mehr daraus, als es tatsächlich war. Ich wurde den Gedanken nicht los, dass es der symbolischen Festigung unserer Freundschaft dienen würde, wenn ich die beiden an den Ort zurückbrachte, an den sie zusammen gereist waren.

Es war schon fast zehn, und ich saß auf meinem Bett und machte Skizzen für mein Bild, als Dad an meiner Tür vorbeiging. Von unten drifteten die leisen Geräusche des Fernsehers herauf, Dave zog sich seine allabendliche Dosis *Judge Judy* rein.

»Hey.« Dad blieb in meiner Tür stehen.

»Hey«, sagte ich.

»Gefällt dir der Vorschlag, deine Freunde ins Sommerhaus einzuladen?«

»Ja«, sagte ich. »Das wäre schön.«

Er warf einen Blick auf meinen Skizzenblock, von dem mich ein Jungsgesicht in vielen Varianten anschaute.

»Und … du und Sebby … seid ihr zusammen?«, fragte er.

»Was?«

»Du weißt schon, was ich meine. Geht ihr miteinander? Ist er dein Freund?«

Ich schüttelte den Kopf.

»Ich glaube nicht, nicht so.«

»Du glaubst es nicht?«

»Nein«, sagte ich. »Er ist … Er ist einfach Sebby.«

»Na, wenn es mal etwas geben sollte, worüber du reden willst …«

»Gibt es nicht, Dad«, sagte ich.

»Okay. Sorry. Vergiss, dass ich was gesagt habe.« Er entfernte sich im Rückwärtsgang und machte Peacezeichen mit den Fingern.

Am nächsten Tag nachmittags in Miras Zimmer erzählte ich von Daves Idee. Nur wir drei waren zusammen, was immer seltener der Fall war. Meistens saßen wir derzeit im Zeichensaal – oder mit Rose im Diner. Und die Abende im Diner endeten normalerweise damit, dass Nick kam und Sebby bald darauf mit ihm wegging.

Mittlerweile übernachtete Sebby zwei oder drei Mal die Woche bei mir zu Hause, er schrieb mir immer gegen eins, dass ich runterkommen und ihn reinlassen soll – und er war immer schon weg, wenn ich morgens aufwachte. Das letzte Mal war er sogar noch zittriger gewesen als sonst, im Bett hatte er kaum stillliegen können. Er kam mir so anders vor als bei Tag oder wenn Mira dabei war. Und ich wusste nicht, was ich davon halten sollte, dass er, ohne es auszusprechen, von mir verlangte, seine Besuche zu verschweigen. Auch ich hütete jetzt seine Geheimnisse.

Aber wenn wir zu dritt zusammen waren, wurde alles wieder normal. Wir fanden dahin zurück, wie es sein sollte.

Ich hatte ihnen ein Foto vom Strand und vom Haus mitgebracht, um sie notfalls überzeugen zu können. Doch das war nicht nötig.

»Ist das wahr?«, sagte Mira.

»Es ist kein großes Haus oder so«, sagte ich und betrachtete das Foto, »aber es liegt direkt an der Bucht.«

Sebby stand auf und führte einen Tanz auf dem Bett auf. »Sommer in P'town!«

»Glaubst du, du darfst mit?«, fragte Mira ihn.

»Was soll Tilly denn machen?«, sagte er. »Mich zwingen dazubleiben und die Kinder zum Sommerlager der Kirche zu bringen und wieder abzuholen?«

»Könnte sie versuchen.«

Sebby verdrehte die Augen. »Ich bin der Herrscher über mein Schicksal.«

»Glaubst du, dass du mitkommen darfst?«, fragte ich Mira.

»Ich glaube schon«, sagte sie. »Wenigstens für einen Teil des Sommers. Das wäre echt megacool.«

»Als Erstes gehen wir ins *Governor Bradford*«, sagte Sebby. »Ich hab so viele neue Songs auf Lager.«

Mira

Am Abend darauf war Miras Dad schon zum gemeinsamen Abendessen zu Hause, was selten der Fall war, und Mira legte sich ordentlich ins Zeug, sie half ihrer Mutter beim Tischdecken, holte das Essen aus dem Ofen, füllte die Wassergläser. Sie wusste, dass ihre Eltern in guter Stimmung sein mussten, wenn sie über die Sommerferien reden wollte.

Beim Essen kam das Gespräch unweigerlich auf Julie und ihren neuen Professor, der Julie ungerecht benotete.

»Das ist nicht schlimm«, sagte Mira. »Wahrscheinlich tut ihr eine schlechtere Zensur mal ganz gut. Das hilft, Charakterstärke zu entwickeln.«

»Selbstverständlich sollte sie eine schlechtere Zensur kriegen, wenn ihre Arbeit entsprechend ist«, sagte ihr Dad. »Aber ich habe ihre Seminararbeiten gelesen und die haben eine Auszeichnung verdient.«

Mira gab sich alle Mühe und verdrehte die Augen nicht. Sie konnte nicht fassen, dass ihre Schwester den Eltern immer noch ihre Arbeiten zuschickte – als wären es Fingerfarbenbilder aus dem Kindergarten und sie ein kleines Mädchen, das krakeelte: »Guckt mal, was ich kann!«

»Sie sollte einfach mit dem Professor reden«, sagte ihre Mutter.

»Es ist eine Beleidigung, dass so etwas nötig ist«, sagte ihr Vater. »Offensichtlich ist sie zu gut für diesen Kurs und der Professor fühlt sich von ihr bedroht.«

Julie war ein angenehmes, sicheres Thema für ihre Eltern.

Beide fanden, dass sie wunderbar war, das Einzige, was es zu diskutieren gab, war folglich, warum der Rest der Welt nicht derselben Meinung war.

Mira wartete auf eine passende Flaute im Julie-Liebessturm, damit sie das Thema Sommerferien anschneiden konnte. »Übrigens. Jeremy hat mich eingeladen, in den Ferien ins Sommerhaus seiner Familie mitzukommen«, sagte sie. »Die haben da wohl ein schönes Haus am Strand.«

Ihre Mutter guckte ihren Vater an.

»Na, das ist sehr großzügig von ihm«, sagte ihre Mutter.

Ihr Vater räusperte sich. Das machte er immer, wenn er sich darauf vorbereitete, etwas von Bedeutung zu sagen. Mira hatte ihn noch nie im Gerichtssaal erlebt, aber sie konnte sich vorstellen, dass es da jede Menge Geräusper gab.

»Wir wollten auch schon mit dir über die Sommerferien reden«, sagte er. »Wir dachten, du würdest die Zeit vielleicht darauf verwenden wollen, den Anschluss an deine Klasse zu finden.«

»Was meinst du mit – den Anschluss finden?«

»Nun, wenn du die nächsten beiden Sommer Nachholkurse belegst, könntest du vielleicht deinen Abschluss wie ursprünglich vorgesehen machen«, sagte ihre Mutter.

»Ihr meint, ich soll im Sommer zur Schule gehen?«

Ihre Mutter wirkte ein wenig nervös, so als könne hier gerade die Chance vertan werden, eine prima Idee zu präsentieren.

»Wenn du an ein Spitzencollege willst, musst du denen

zeigen, dass du hart gearbeitet hast, um das Verpasste aus dem vergangenen Jahr aufzuholen«, erklärte ihr Dad.

Mira starrte auf ihren Teller. Heute wurde langweiliger Fisch mit langweiligem Gemüse zu einfachem Reis gereicht. Ein Highlight der Eliminationsdiät. Plötzlich schien sich ihr der Magen umzudrehen.

»Ihr habt meine nächsten beiden Sommer also schon verplant?«

»Das College scheint noch weit weg zu sein, ich weiß, aber du musst jetzt anfangen, darüber nachzudenken«, sagte ihre Mutter. »Und du machst so gute Fortschritte. Wir möchten dich nur gern weiter in die richtige Richtung gehen sehen.«

»Aber mir ist das alles ganz egal.«

»Nun, ich nehme doch an, dass du an ein geisteswissenschaftliches College gehen möchtest«, sagte ihr Dad. »Und mit deiner Vorgeschichte wirst du auf ein staatliches College angewiesen sein. St. Francis wird dir bei der Auswahl helfen, aber vergiss nicht, dass du mit allen anderen Schülern um Plätze konkurrierst. Es werden nur eine begrenzte Anzahl Schüler von jeder Privatschule genommen. Aus diesem Grund könnte es tatsächlich schwieriger sein, an einem Spitzencollege angenommen zu werden.«

»Und warum bin ich dann nicht in MouVi geblieben? Wenn College das Wichtigste ist?«

»Sag du es uns, Mira«, sagte ihr Vater, nun ganz der Anwalt, mit seiner Ich-habe-etwas-zu-beweisen-Stimme.

»Okay, lasst uns eine kleine Pause machen«, sagte ihre Mutter, die merkte, dass das Gespräch nicht so lief wie geplant.

»Und wenn ich gar nicht Geisteswissenschaften studieren will? Vielleicht will ich ja Grafik oder angewandte Kunst machen.«

»Angewandte Kunst?«, sagte ihr Vater. »Nein, auf keinen Fall. Wenn du Kunstgeschichte studieren willst, kannst du das am College. Du bist sowieso noch zu jung, um solche Entscheidungen zu treffen. Du kannst dich zum jetzigen Zeitpunkt noch nicht derart einschränken.«

»Ich wette, das hast du zu Julie nicht gesagt, als sie mit zwölf verkündet hat, dass sie Anwältin werden will.«

»Angewandte Kunst kommt nicht infrage, Mira«, sagte er. »Ende der Diskussion. Du wirst im Sommer Stoff nachholen und dich für deine Collegebewerbungen wappnen.«

Mira starrte wieder auf ihren Teller. Warum machte er das? Warum tat er immer so, als habe sie in ihrem eigenen Leben kein Wort mitzureden? Sie spürte die Tränen kommen.

»Ich versteh nicht, was ihr von mir wollt«, sagte Mira. »Ich komme ganz gut zurecht. Und dafür bestraft ihr mich, indem ihr mir meinen Sommer wegnehmt? Ich sollte doch die Möglichkeit haben, die Ferien zu genießen.«

»Ich denke, du hast dich schon genug erholt, als du neun Monate nicht zur Schule gegangen bist«, sagte ihr Dad.

»Glaubst du, das war Erholung?«, fragte Mira ungläubig. »Glaubst du eine Depression ist irgendwie pille-palle?«

»Ich glaube, wenn du deine ganze Zeit damit verbringst, mit deinen Freunden zusammen nichts zu tun, könntest du dich nur allzu leicht daran gewöhnen – und das geht einfach nicht mehr.«

»Vielleicht gibt es ja noch ein wenig Verhandlungsspielraum«, sagte ihre Mutter. »Bestimmt kannst du Jeremy mal an einem Wochenende besuchen.«

Mira stand auf. Sie musste weg vom Tisch.

»Das ist so ungerecht«, sagte sie.

»Nein. Das ist nicht ungerecht«, sagte ihr Vater. »Wir hatten viel Geduld mit dir, aber jetzt, wo es dir wieder besser geht, musst du mit den Konsequenzen umgehen.«

Mira sah ihre Mutter ungläubig an.

»Konsequenzen? Ernsthaft? Ist dir klar, dass du mich hier für etwas bestrafst, über das ich keine Kontrolle habe?«

»Offensichtlich hast du durchaus Kontrolle«, wandte ihr Vater ein.

»Mira ...« Ihre Mutter wollte sie aufhalten, aber sie war schon aus dem Zimmer, die Treppe hoch und in ihrem Bett.

»Mira!«

Die Rufe ihrer Mutter drangen von unten zu ihr herauf. Mira zog sich ein Kissen über den Kopf, um nichts mehr zu hören.

Mira war seit Jahren nicht mehr auf dem Dach gewesen. Sie konnte aus ihrem Fenster aufs Garagendach klettern. Früher hatte ihre Mutter das zugelassen, aber irgendwann hatte sie beschlossen, dass es zu gefährlich war. Vielleicht als Mira dicker geworden war. Sie hatte ein kindliches Geschick verloren, die Fähigkeit, sich überall gut bewegen zu können. War es jetzt schwieriger, sich abzufangen? Bei Kin-

dern wuchsen gebrochene Knochen schnell wieder zusammen. Die Evolution wollte, dass sie überlebten.

Es war zwei Uhr nachts, und Mira hockte auf der geschindelten Schräge, die Arme um die Knie geschlungen. Das Schlafzimmer ihrer Eltern lag auf der anderen Seite des Hauses. Sie würden sie hier draußen nicht sehen. Es war kalt, aber sie wickelte sich in den großen Strickmantel, den sie in der sechsten Klasse über alles geliebt hatte. Im Unterricht hatte sie sich die Kapuze über den Kopf gezogen und sich darin versteckt. Jetzt hatte sie ihn mit hinausgenommen, um ihm ein paar Fragen zu stellen. Er war die Vergangenheit – und der klare Nachthimmel und die frische Kälte fühlten sich ganz furchtbar wie Zukunft an. Sie überlegte, ob sie die beiden wohl dazu bringen könnte, einen Konsens zu finden.

Ihr Dad glaubte nicht, dass ihr irgendwas fehlte. Das wusste sie. Er dachte, Depressionen wären was für Leute ohne echte Probleme, die den Wert harter Arbeit nicht kannten. Er war der Erste in seiner Familie gewesen, der ans College gegangen war, seine Eltern hatten eine Vielzahl von Jobs angenommen, um ihm zu ermöglichen, das Studium abzuschließen. Mira hatte alle Chancen, für die ihre Großeltern so hart gearbeitet hatten, und sie verschwendete sie.

Aber war es das wirklich? War die Geschichte nicht komplizierter? Ihr Vater hatte einen jüngeren Bruder, der sich nach der Highschool umgebracht hatte. Keiner redete darüber. Was war, wenn das auch ein Vermächtnis war? Eine Art zelluläre Depression, die von Generation zu Generation

weitergegeben wurde. Möglicherweise hatte ihr Vater solche Angst, sie könne genauso sein, dass er den Gedanken nicht mal in Erwägung ziehen mochte.

Mira wurde das Gefühl nicht los, dass sie im Kern dieser Familie vor sich hin rottete.

Sie war gerade erst aus der Klinik entlassen gewesen, als sie und Sebby weggelaufen waren. In jener Woche war ihr Dad so vorsichtig mit ihr umgegangen. Ihre Mutter hatte wegen allem Wirbel gemacht, er aber schien beschlossen zu haben, Ruhe zu bewahren. Der Vernünftige zu sein. Jeden Abend war er zum Abendessen nach Hause gekommen. Nach dem Essen hatten sie zusammen im Wohnzimmer alte Filme geguckt. Mira war immer auf dem Sofa eingeschlafen, und er hatte sie hochgetragen in ihr Bett, als wäre sie noch ein kleines Kind. Und dann war sie mit Sebby weggelaufen, und als sie wieder zurückkam, war alles anders.

Es war ihre Mutter gewesen, die sich auf halbem Weg mit der Polizei getroffen und Mira und Sebby schweigend zurückgefahren hatte. Das Auto ihres Dads wurde abgeschleppt. Danach vergingen Tage, ehe Mira ihren Vater wiedersah. Bei der Arbeit schien er bis Mitternacht gebraucht zu werden. Und als sie ihn dann sah, wirkte er distanziert und war nicht mehr der entspannte, liebe Dad. Anscheinend war er wütend auf sie, weil sie seine Geduld nicht gewürdigt hatte. Weil sie nicht kapiert hatte, dass es ihm nicht leichtfiel, dieser »entspannte, liebe Dad« zu sein. Ihr Weglaufen war ein Verrat an ihren Eltern gewesen, die versuchten, die Familie wieder zu kitten. Sie hatte ihre Eltern in einem Mo-

ment im Stich gelassen, in dem sie Bestätigung gebraucht hatten, dass es ihr gut ging, und die Versicherung, dass sie sich nicht wieder verletzen würde.

Danach hatten ihre Eltern eine neue Rolle übernommen, die sich jetzt in ihrem Leben verfestigt zu haben schien. Mom als die überbesorgte Pflegerin, Dad als der distanzierte Missbilliger. Sie zwangen Mira nicht dazu, wieder nach Mountain View zurückzugehen. Sie durfte ihre Zeit mit Sebby verbringen. Doch es fühlte sich für Mira an, als hätten ihre Eltern sie aufgegeben. Oder als müssten sie sich von der Anstrengung erholen, die es darstellte, Mira zu zwingen, ihren Vorstellungen zu entsprechen. Im Herbst war sie dann auf die St. F. gegangen, und das war eine Art Test gewesen, bei dem sich herausstellen sollte, ob sie wirklich ein hoffnungsloser Fall war oder nur eine Phase durchmachte.

Als Jeremy sie eingeladen hatte, hatte sie sofort gewusst, dass sie nicht mitkommen würde. Sie hatte sich nicht mal die Mühe gemacht, ihren Eltern zu erzählen, wo dieses Haus lag. Eine Rückkehr nach P'town ohne elterliche Aufsicht war einfach nicht drin.

Bedeutete das also, die Jungs würden ohne sie fahren? Würden sie sie wirklich einfach so zurücklassen? Sie zog die Strickjacke fester um sich. Würde sie einen Sommer allein überleben – wenn sie wusste, dass die beiden zusammen waren?

Alles schien wieder in der Luft zu hängen – und damit kam sie nicht so gut zurecht. Sie hatte immer Angst vor der Dunkelheit gehabt, ihr Verstand raste, wenn sie versuchte,

dem Unausweichlichen, Unsichtbaren, das da draußen lauerte, einen Schritt voraus zu sein. So als würde jemand zu dicht hinter ihr herlaufen, spürte sie den Atem im Nacken.

Spät in der Nacht hatte Mira immer ihre besten Einfälle. Sie dachte an ihr Projekt, sie wollte alle ihre geheimen Ängste niederschreiben und in die genähten Täschchen stecken, sodass sie beim Gehen hinter ihr über den Boden schleiften und dabei Dreck und Erde aufsammelten. Sie könnte sich in die Nähecke in ihrem Zimmer setzen und daran arbeiten. Sie könnte den Schlaf der heutigen Nacht drangeben und sich dafür auf die Vorstellung einlassen, dass diese ruhelose Energie jetzt von ihr forderte, die Idee umzusetzen. Doch dann fiel ihr ein, dass das Morgengrauen nach einer durchgemachten Nacht wie immer die Gewissheit mit sich bringen würde, dass nichts wirklich wichtig war. Es war idiotisch, das zu glauben.

Das war die Essenz der Depression. Wenn nichts irgendeine Bedeutung hatte, dann gab es keine Wahlmöglichkeiten. Wenn sie in die Tiefen der Müdigkeit fiel, steckte sie tief in einem Mangel an Möglichkeiten. Sie kam sich vor wie ein Haufen Fleisch, der ohne jeden Grund an diesen Planeten gebunden war. Ein nebelhafter Traum von einer Zukunft, in der sie ihre ganze Zeit damit verbringen konnte, Dinge zu tun, die sie liebte, statt notgedrungen Pflichten zu erfüllen, war nichts als eine Fantasievorstellung.

Sie zog die Kapuze ihrer Jacke tief in die Stirn und bat um ein Zeichen. Sie erinnerte sich an das Mädchen in der Klinik, das meinte, dass man ihr Nachrichten zukommen ließ,

mal in ihrer Suppe, mal in ihren Cornflakes. Alles mit einem Löffel drin musste auf den spirituellen Gehalt hin untersucht werden, ehe sie es essen wollte. Sie war natürlich verrückt. Aber was, wenn sie einfach nur auf die falsche Frequenz eingestellt war? Buddhistische Mönche konnten ihre Gehirne auf die Wellen des Universums einstellen. Was, wenn die Verrückten nicht erfahren genug waren zu wissen, welche Sender real waren und welche nur weißes Rauschen?

Sie und Sebby hatten sich gegenseitig auf der richtigen Frequenz halten sollen, wie Zwillingsrezeptoren, die Geräusche empfingen, die nur in Kombination einen Sinn ergaben. Aber wenn der Rest der Welt sich aufdrängte, war es schwerer, irgendwas wahrzunehmen. Sie merkte, wie Sebby von ihr wegdriftete. Geheimnisse hatte. So war das nicht geplant gewesen.

Spätnachts kam es ihr manchmal so vor, als könne sie die Botschaften hören, etwas versicherte ihr, dass sie alles tun könne, wenn sie nur gut genug hinhörte. Dass es wichtig war. Ihr kleines Leben. Alles, was sie zu bieten hatte. Sie konnte den Nachthimmel hören, der ihr erzählte, dass sie nicht klein war, sondern so groß wie das gesamte Universum. Vielleicht war das Universum selbst ein Zeichen. Es versuchte ihr zu sagen, dass sie es auch war.

Jeremy

Zwei Tage nachdem ich ihnen von P'town erzählt hatte, schrieb Mira mir und Sebby eine Nachricht. Treffpunkt in einer Stunde an der Bank vor St. F. Zieht feste Schuhe an.

Es war ein Sonnabend, und die Schule war ruhig, bis auf den Lärm vom Baseballtraining, der von einem der hinteren Spielfelder kam. Sebby saß auf der Bank, als ich ankam. Ich hatte ihn ein paar Tage nicht gesehen. Mira kam gerade die Straße entlang.

»Hi«, sagte ich zu Sebby.

»Hi«, sagte er.

»Was ist los?«, fragte er.

»Keine Ahnung«, sagte ich. »Ich hab dieselbe Nachricht gekriegt wie du.«

Ich setzte mich neben ihn auf die Bank und guckte auf meine Hände. Plötzlich fühlte ich mich komisch. Wie war das möglich? War das derselbe Junge, der neben mir schlief? Mein Bett fühlte sich irgendwie zu groß an, wenn er nicht da war.

»Alles okay mit dir?«, fragte ich Sebby.

Aber Mira war schon da, ehe er antworten konnte. Aus der Nähe konnten wir sehen, dass sie sehr unschicke Wanderschuhe trug, die schmutzverkrustet waren.

»Die sind eindeutig fest«, sagte Sebby. Er und ich trugen Turnschuhe.

»Die gehören meiner Schwester. Sind von irgendeinem Gewaltmarsch durch den Regenwald oder so. Kommt.« Sie

ging los und wir folgten ihr. Bis ans Ende der Straße, an der St. F. lag, an Peters Haus vorbei und bis zum Stadtrand. Dort war der Eingang zu einem großen naturbelassenen Park.

Wir brauchten fast eine Stunde, bis wir dem sich schlängelnden Pfad bis zur Kuppe hinauf gefolgt waren. Sebby jammerte den größten Teil des Weges, dass wir uns von Rose hätten fahren lassen sollen.

»Wir müssen es uns verdienen«, sagte Mira.

Oben, auf dem höchsten Punkt vor der Stadt, wurden wir mit einer grandiosen Aussicht belohnt. An einem klaren Tag konnte man die ganze Skyline sehen. Im Frühling kämpften Hochzeitsgesellschaften hier vor der niedrigen Steinmauer um die besten Plätze für Fotoaufnahmen. Aber heute war kaum jemand da. Nur die engagiertesten Hundebesitzer und Jogger trotzten der winterlichen Kälte.

Mira steckte ein Geldstück in eines der Ferngläser und schaute hindurch. Der Wind peitschte ihren blauen Mantel gegen ihre Beine. Sebby lehnte sich über die Mauer und spähte nach unten.

»Was siehst du?«, fragte ich Mira.

»Menschen«, sagte sie. »Menschen, die entkommen sind.«

»Du kannst doch nicht wirklich Menschen sehen«, sagte Sebby.

»Kann ich«, sagte sie. »Und ich kann die Zukunft sehen. Oh, guckt nur. Ich sehe uns. Da sind wir. Wir sehen toll aus.«

Sie trat einen Schritt vom Fernrohr und vom Abgrund zurück.

»Kommt«, sagte sie.

Sie führte uns weg vom Pfad, weg von den parkenden Autos, den Leuten, die mit ihren Hunden spazieren gingen, und dem Panoramablick – in die Wälder hinein. Die toten Äste und Blätter knirschten unter unseren Füßen, hier, wo alles, soweit es nur ging, wieder der Natur überlassen war.

»Wie weit ist es noch?«, fragte Sebby.

»Nur noch ein kleines Stück«, sagte Mira.

Wir sahen, wie sie vor uns durchs Unterholz stapfte. Dann blieb sie stehen.

»Hier«, sagte sie, als wir sie eingeholt hatten.

Es war ein runder Fleck Erde und Blätter, der von umgestürzten Bäumen umgeben war. Wir stellten uns links und rechts neben sie und guckten auf den Boden.

»Was machen wir jetzt?«, fragte ich.

Sie überlegte eine Weile, dann sagte sie: »Helft mir, das wegzuräumen.«

Wir sahen ihr zu, wie sie auf alle viere ging, auch wenn dabei ihr Rock schmutzig wurde, und mit behandschuhten Händen Laub und Äste beiseiteschob.

»Meinst du das ernst?«, sagte Sebby.

»Ja.« Mira sah zu ihm hoch.

Wir schauten noch eine Weile zu, dann hockten Sebby und ich uns hin und halfen mit. Wir arbeiteten, bis wir einen glatten Fleck Erde vor uns hatten.

»Und jetzt?«, sagte Sebby.

Mira sah mich an. »Du musst einen Zauber für uns wirken, Jeremy«, sagte sie.

»Ich?«

»Zeichne uns. Uns drei zusammen. In diesem Sommer.«

Ich sah Sebby an. Er nickte mir zu.

Ich ging wieder in den Wald hinter uns und suchte mir einen spitzen Stock, mit dem kniete ich mich neben die beiden auf den Boden. Ich malte drei auf der Pier sitzende Gestalten in den Sand, das Wasser, den Strand und noch eine Gestalt, die auf einem Handtuch lag.

»Wer ist das?«, fragte Sebby.

»Der Mann in der pinken Badehose«, sagte ich.

Einer der Figuren auf der Pier malte ich lockige Haare. Den beiden anderen kurze.

Ich drehte mich zu Mira. »Wie ist das?«

Sie musterte die Zeichnung, die aussah wie etwas, das ein Höhlenmensch in den Stein geritzt haben könnte.

»Gut«, sagte sie.

»Was nun?«, sagte Sebby.

»Nun lassen wir es wahr werden«, sagte sie. Sie legte sich neben die Zeichnung auf die Erde. Die Sonne war gesunken und die Strahlen bahnten sich einen Weg auf unsere kleine Lichtung. Sebby legte seinen Kopf auf ihren Bauch und bedeutete mir, den Kreis zu vollenden. Ich legte mich hin, mein Kopf ruhte auf seiner Brust, und ich achtete darauf, dass die Zeichnung in dem sandigen Dreieck zwischen uns unberührt blieb. Sebbys Hand tastete sich zu meinem Kopf, da ließ er sie liegen. Ich schloss die Augen und spürte, wie er unter mir atmete.

So lagen wir drei stundenlang da, bis die Sonne so tief

stand, dass ich schon befürchtete, wir würden den Weg zurück nicht finden.

»Vielleicht bleiben wir einfach für immer in deinem Haus«, sagte Mira. »Wir leben da, essen Salzwassertoffee und fahren mitten in der Nacht, wenn alle schlafen, mit unseren Rädern die Straße entlang.«

»Im Winter ist es zu kalt da«, sagte ich.

»Nicht in meiner Fantasie«, sagte sie. »Da ist immer Sommer.«

»Ewiger Sommer«, sagte Sebby.

Als die Sonne untergegangen war, schien es, als würde die Hoffnung auf Frühling vergehen. Aber als ich mit den beiden in der Kälte lag, meinte ich zu spüren, wie der Boden unter uns weicher wurde und durch unseren Zauberspruch erwachte.

Wir waren drei Körper, die die Grenzen der einzelnen Körper nicht kannten, die zusammen atmeten. Wir wussten, dass wir uns auf den Rückweg machen mussten, dass wir die Blätter abschütteln und drei voneinander getrennte Menschen werden mussten, die in die Welt hinausgehen und dort allein atmen würden. Jeder für sich. Aber nicht gleich, jetzt noch nicht.

Sebby

Es ist noch früh, so gegen sechs, als du in Jeremys Zimmer wach wirst, du nimmst sachte seine Hand von deiner Brust und kriechst unter der Decke hervor. Die Sonne geht mit jedem Tag früher auf in diesen ersten Frühlingstagen und ein Wink des Sonnenaufgangs schleicht sich an den Rollos vorbei. Du wirfst einen Blick auf den noch schlafenden Jeremy, bevor du aus dem Zimmer gehst. Es fasziniert dich jedes Mal, wie friedlich er aussieht. Um diesen Frieden beneidest du ihn.

Leise schließt du die Tür hinter dir. Seine Dads lassen unten immer das Licht an, deshalb ist es auf dem Flur nicht so dunkel. Du gehst auf die Treppe zu und fühlst dich ein bisschen wackelig. Nick hat dich am Abend zuvor auf eine Party mitgenommen, auf der du mehr eingeworfen hast als sonst. Aber du mochtest das Gefühl, Kontrolle darüber zu haben, die Grenzen auszutesten. Du hast entschieden, wie viel.

In letzter Zeit hast du dich oft dabei erwischt, dass du an die Klinik gedacht hast, wie du nach der ersten Operation im Bett gelegen hast, bevor klar war, dass etwas nicht stimmte und dass du noch mal auf den Tisch musst. Die ganze Nacht lang hast du vor Schmerz geweint und so oft nach der Schwester geklingelt, dass sie dir schließlich die Klingel wegnahmen. Mehr Morphium wollten sie dir nicht geben. Und jetzt kannst du bestimmen. Wie viel du brauchst.

Nach der zweiten Operation bist du am Ende gewesen. An

dem Punkt hast du nur allzu gut kapiert, dass niemand auf deiner Seite ist. Nachts hat keiner auf einem Stuhl an deiner Seite gesessen und über dich gewacht, während der Fernseher deines Zimmergenossen vor sich hin plärrte. Wenn du geschlafen hast, hast du deine Mutter in deinen Träumen gesehen. Du dachtest, sie hätte gesagt, sie würde dir vergeben. Du hättest genug gelitten.

Also hast du versucht, einen Pfleger zu bestechen, du hast ihm geboten, was immer er wollte, würde er dir nur genug Schmerzmittel beschaffen, um ein für alle Mal Schluss zu machen. Aber eine wachsame Schwester hat gemerkt, dass die Pillen fehlten, und der Junge hat seinen Job retten wollen und gesagt, du hättest ihn erpresst. Kam der Wahrheit ja auch ziemlich nahe. Und war echt nicht so wichtig zu diesem Zeitpunkt.

»Ja, ich wollte die Tabletten haben«, hast du ihnen gesagt. »Ja, ich wollte mich umbringen. Ja, mir ist völlig klar, was ich da sage.«

Sie brauchten eine Weile, bis sie glaubten, dass das kein Witz war. Du warst ja immer so witzig.

Das Ironische an der Sache war, dass sie in der Psychiatrie Spitzendrogen haben. Wunderschön vernebelnde Drogen, die dein Hirn einlullen, sodass alle noch irgendwie vorhandenen Schmerzen dich gar nicht mehr interessieren. Du wärst dageblieben, wenn du gekonnt hättest, und hättest die Jahre bis achtzehn auf einer wunderbaren Wolke dösend überbrückt. Doch es war nur eine Schonfrist gewesen. Da draußen in der echten Welt erwartete man Wachsein von

dir. Dass du mit Dingen fertigwurdest. Und da kam das Koks ins Spiel. Pot war wunderbar, aber Koks gab dir das Gefühl, zu allem fähig zu sein. Als würdest du nicht absolut alles gegen die Wand fahren.

Du hast dir vorgenommen, nach den Nächten mit Nick immer zu Jeremy zu gehen, weil Tilly nicht hören soll, wie spät du nach Hause kommst. Aber du weißt, dass in Wahrheit dieser Teil von dir, der ewig in der Klinik bleiben möchte, jemanden braucht, der dich wieder runterbringt. Und er lässt dich immer rein, ohne Fragen zu stellen.

So früh es an diesem Morgen auch ist, normalerweise versuchst du, schon vorher weg zu sein. Tilly erwartet zwar nicht, dich vor dem Zubettgehen zu sehen, denn sie schläft schon um halb zehn, aber wenn du morgens nicht da bist, wird sie anfangen, Fragen zu stellen – und das ist das Letzte, was du im Moment brauchen kannst.

Du gehst die Treppe runter, vermeidest sorgfältig die knarrenden Stellen und bist auf dem Weg zur Haustür. Du gehst an der Küche vorbei und siehst, dass Licht brennt. Dave sitzt mit einer Tasse Kaffee am Tisch. Du bleibst stehen.

»Hi, Sebby«, sagt er.

»Oh, hi«, sagst du. »Jeremy hat mich gestern hier pennen lassen. Das ist doch okay?«

»Klar«, sagt Dave. »Willst du Kaffee?«

Du überlegst, ob du nicht einfach gehen sollst, aber du hältst es für besser, so zu tun, als sei es total normal, dass Dave dich dabei erwischt, wie du um sechs Uhr morgens aus dem Zimmer seines Jungen schleichst.

»Okay«, sagst du.

Er nickt und schenkt dir eine Tasse ein.

»Schwarz mag ich ihn«, sagst du.

Er stellt den Becher auf den kleinen Frühstückstisch, gegenüber von sich. Du gehst darauf zu und setzt dich auf den Stuhl.

»Kommst du klar, Sebby?«, fragt Dave.

»Das werde ich andauernd gefragt«, sagst du. Du versuchst zu lächeln, es ins Lustige zu ziehen. Überzeugend ist das nicht, dazu schmerzt dein Kopf zu sehr.

»Ist es besser, wenn dich keiner fragt?«

»Vermutlich.« Du trinkst einen Schluck Kaffee. Er ist gut. Hilft.

»Und?«, sagt Dave.

»Mir geht es bestens«, sagst du.

»Zu Hause alles in Ordnung?«

»Zu Hause ist …« Du suchst nach was Cleverem. Das fällt dir heute nicht in den Schoß. »Bestens. Zu Hause ist alles gut.«

»In letzter Zeit hast du oft hier übernachtet, oder?«

Du schaust von deinem Becher auf. Erwischt.

»Ich habe einen leichten Schlaf«, sagt Dave. »Ist in Ordnung. Du musst nicht rumschleichen. Wir möchten aber gern wissen, dass du da bist.«

»Okay«, sagst du.

Dave nimmt einen Schluck Kaffee.

»Ehrlich gesagt, wollte ich mit dir reden«, sagt er.

»Okay«, sagst du noch mal.

»Hat Jeremy dir erzählt, dass ich Alkoholiker bin?«, sagt er.

Du schüttelst den Kopf.

»Ich bin bei den Anonymen Alkoholikern. Seit zweiundzwanzig Jahren bin ich jetzt trocken. Ich habe in der Highschool angefangen zu trinken.«

»Okay.« Heute hast du anscheinend nur ein Wort zur Verfügung.

Dave nimmt noch einen Schluck Kaffee, ehe er weiterredet.

»Ich wollte dich nur wissen lassen, dass ich da bin und über alles mit dir reden kann«, sagt er. »Wenn du mal jemanden zum Reden brauchst.«

Dein Kopf fängt wieder an wehzutun. Du stehst auf.

»Ich muss jetzt los«, sagst du.

»Okay«, sagt Dave.

»Sorry«, sagst du. »Aber mir geht es gut.«

Du lässt ihn da am Tisch sitzen mit den beiden Kaffeebechern und gehst zur Tür raus. Sie knallt hinter dir zu. Egal, ist sinnlos, jetzt noch leise zu sein.

Die Sonne ist aufgegangen. Wahrscheinlich ist Stephanie wach und bemerkt, dass du nicht in deinem Bett gewesen bist, also musst du irgendeine Lüge auftischen und was vom Joggen in aller Frühe erfinden. Ob Tilly wohl glauben wird, dass du plötzlich auf dem Fitnesstrip bist?

Du fängst an zu rennen, bloß um deiner Geschichte mehr Gewicht zu geben. Ein schreckliches Gefühl – und dann findest du Gefallen an diesem schrecklichen Gefühl und läufst

schneller, quer durch die Stadt, so schnell deine Füße aufs Pflaster trommeln können, bis zurück in dein Viertel, wo du die nächsten zwei Jahre das Blaue vom Himmel runterlügen wirst. Lügen wird wie Atmen für dich sein, denn Lügen und Atmen sind die einzigen beiden Dinge, die dir das Überleben ermöglichen.

Teil drei

Jeremy

Molly Sterns Eltern wollten über das erste Wochenende im Mai wegfahren und ihr Haus der Obhut ihrer Kinder überlassen, und Molly hatte beschlossen, die »größte und krasseste Party« zu schmeißen, die St. Francis je gesehen hat.

»Kommt überhaupt nicht infrage, dass wir diese Party sausen lassen«, ließ Rose uns wissen. Wir waren alle nach der Schule im Zeichensaal und arbeiteten. Wir hatten uns mit der Absicht verschanzt, unsere Projekte fertigzustellen, sodass wir in der darauffolgenden Woche die Ausstellung aufbauen konnten, die dann den letzten Monat des Schuljahres zu sehen sein würde. Sebby brachte uns Kaffee.

»Wenn der Homecoming-Ball gezeigt hat, wozu dieses Mädchen fähig ist, dann wird diese Party die Show des Jahrhunderts«, sagte Rose. Sie klebte ihre vielen Pappteile mit der Heißklebepistole zusammen, wobei sie in regelmäßigen Abständen vor Schmerz aufschrie, weil sie aus Versehen ihre Finger zusammengeklebt hatte.

»Da werden sich Sarah und Anna an die Jungs aus der Abschlussklasse ranschmeißen, die überall hingehen, wo es Alkohol gibt«, sagte Mira.

»Und du findest nicht, dass das irgendeinen Unterhaltungswert hat?«

»Doch, wenn du darauf aus bist, die Möpse von Cheerleadern wippen zu sehen.«

»Machst du dir eventuell Hoffnungen, irgendwelche Möpse zu sehen, Rose?«, fragte Sebby. »Geht es vielleicht darum?«

»Ach, ja doch«, sagte Rose. »Ich hab nur einen einzigen Gedanken – und der dreht sich um Cheerleader-Möpse.«

»Was bist du doch für ein ordinäres Mädchen«, sagte Sebby. Er rollte aus Miras Stoffresten zwei Bälle und schob sie unter sein T-Shirt. »Was hältst du denn von denen?«

»Du bist eigentlich nicht so mein Typ, Süße. Nimm's mir nicht übel. Und überhaupt, diese Party ist bestimmt was zum Totlachen.«

»Wir sind die Einzigen, die da auftauchen«, sagte Mira. »Und dann müssen wir den ganzen Abend mit Molly *Twister* spielen.«

»Super«, sagte Rose. »Ich steh auf *Twister.*«

»Ich gehe hin«, sagte Sebby. »Molly und ich sind BFF.«

»Ausgezeichnet. Jeremy?« Rose drehte sich zu mir um. Ich saß an einem Tisch, zeichnete und dachte an die Details, die ich meinem versteckten Gemälde noch hinzufügen musste.

»Was?«

»Kommst du mit?«

Ich guckte Sebby an. Er wickelte sich gerade ein Stück rote Seide um den Hals.

»Sieht das zum Fürchten aus?« Er redete mit Mira. »Sehe ich jetzt total zum Fürchten aus?«

»Du siehst immer zum Fürchten aus«, sagte sie.

Ich hatte Sebby ein paar Tage nicht gesehen, seit der letzten Nacht nicht mehr, die er bei mir verbracht hatte. Er war später aufgetaucht als üblich. Es war schon fast drei, als ich seine Nachricht kriegte und nach unten ging, um ihn reinzulassen. Er legte sich mit mir hin, aber eine Stunde später wachte ich

auf und hörte ihn im Bad am Ende des Flurs, er übergab sich. Ich wollte zu ihm gehen, befürchtete aber, nur noch mehr Krach zu machen, befürchtete, meine Dads würden mehr als eine Person rumlaufen hören. Als er wieder ins Bett kam, zitterte er, und ich hielt ihn, während er seine Klamotten durchschwitzte. Keiner von uns hatte viel Schlaf gekriegt.

Seitdem antwortete er nicht mehr auf meine Nachrichten. Und jetzt war er wieder hier bei uns im Zeichensaal und tat so, als wäre nichts.

»Jeremy?«, sagte Rose.

»Was?«

»Mollys Party. Bist du dabei?«

»Wenn ihr geht, gehe ich mit.« Ich guckte Mira an.

Mira guckte sah Sebby an. »Willst du wirklich da hin?«

»Ja, warum denn nicht? Beim Ball hab ich verpasst, Molly kotzen zu sehen.«

Seufzend gab Mira sich geschlagen. »Na gut. Ich komme mit. Aber es wird mir nicht gefallen.«

»Sei bloß vorsichtig mit diesen selbsterfüllenden Prophezeiungen, Mira«, sagte Rose, die ein fertiges Teil auf ihren Pappturm setzte.

Peter sah nach uns, bevor er Feierabend machte, und ging noch ein paar Einzelheiten zur Ausstellung mit mir durch. »Ich habe dein Projekt noch nicht gesehen, Jeremy«, sagte er.

»Soll eine Überraschung sein«, sagte ich.

»Also, ich glaube, das wird wirklich eine prima Ausstellung. Wenn ihr heute fertig werdet, könnten wir nächste Woche aufbauen.«

»Ich werde nicht fertig«, sagte Mira. »Ich habe einen grauenhaften Assistenten.«

»Schlimmer geht's nicht«, sagte Sebby, der sich einen Turban aus Stoff machte. »Du solltest ihn feuern.«

»Ich hab gedacht, wir könnten eine kleine Vernissage veranstalten«, sagte Peter. »Ich kann etwas Apfelwein, Käse und Cracker besorgen.«

»Oh ja!«, sagte Rose.

»Und ihr könnt eure Familien einladen«, sagte Peter.

Mira verdrehte die Augen.

»Oder auch nicht«, sagte Peter.

»Familien sind schnarchlangweilig, Peter«, sagte Sebby.

»Na ja, wie auch immer«, sagte er. »Ich bin wirklich stolz auf euch alle. Das sieht sehr gut aus.«

Nachdem Peter gegangen war, arbeiteten wir noch eine Stunde weiter, bis schließlich der Hausmeister kam und sagte, er müsse jetzt das Gebäude abschließen. Die Mädchen gingen zu ihren Spinden und holten ihre Sachen und ich ging mit Sebby nach draußen. Rose wollte uns alle zum Diner fahren.

Sebby lehnte sich an Roses Auto und holte eine Schachtel Zigaretten raus. Er zündete sich eine an und inhalierte tief.

»Du rauchst?« Ich hatte ihn noch nie mit einer Zigarette gesehen.

»Das tu ich, jetzt, in diesem Moment«, sagte er, seine Stimme war kalt.

Warum war er so? Warum war er immer wieder so wie jetzt? Als hätte ich plötzlich was falsch gemacht und müsste auf Vergebung warten.

»Willst du wirklich zu Mollys Party gehen?«, fragte ich ihn, weil ich hoffte, dass ein Themawechsel helfen würde.

»Klar«, sagte er. »Warum nicht?«

Einen Moment lang herrschte befangenes Schweigen, ich guckte mich um, ob die Mädchen kamen.

»Hast du Dave irgendwas über mich erzählt?«, sagte Sebby plötzlich.

Ich drehte mich zu ihm.

»Was? Nein. Wovon redest du?«

»Er hat mit mir gesprochen. Letztes Mal, als ich aus dem Haus wollte. Er war schon auf. Er weiß, dass ich bei euch übernachtet habe.«

»Von mir hat er das nicht«, sagte ich.

»Er scheint auch andere Sachen zu wissen.«

Ich schüttelte den Kopf. »Wir haben nicht über dich geredet.«

»Nein?«

»Nein. Warum? Was hat er denn gesagt?«

Sebby nahm einen langen Zug von seiner Zigarette.

»Nichts«, sagte er schließlich.

Da kamen die Mädchen aus dem Hintereingang, sie schleppten ihre Schultaschen.

»Okay«, sagte Rose. »Operation Bringt-meine-Ex-dazu-mit-mir-zu-Mollys-Party-zu-Gehen läuft!«

»Oh nein, gehen wir deshalb ins Diner?«, sagte Mira.

»Auch wegen der Fritten«, sagte Rose. »Ich kann multitasken.«

Mira

Mira wählte ihr Outfit mit Sorgfalt, als sie sich für Mollys Party am Samstagabend anzog. Es war beinahe warm genug, ohne Leggings zu gehen. Der Übergang von der Leggingssaison zur Legwarmer- und Kniestrumpfsaison und dann zur Nackte-Beine-Saison war immer aufregend.

Eine ironisch gemeinte kleine Verbeugung vor den Autoritäten könnte anlässlich einer Party ganz schön sein. Sie wählte ein kariertes grünes Kleid, das aussah wie etwas, das eine Grundschullehrerin 1985 getragen haben könnte. Sie würde sich darauf verlassen, dass das Wetter mitspielte, und sich für Legwarmer entscheiden. Abgerundet wurde das Ensemble mit einem goldenen Gürtel und ihren Cowboy-Glücksstiefeln für einen Dollar.

Jeremy wollte kommen, um sie zur Party zu begleiten. Er hatte angeboten sie abzuholen und die kryptische Bemerkung fallen lassen, dass er mit ihr reden müsse. Mira hatte das Gefühl, dass es dabei um Sebby ging. Irgendwas stimmte nicht mit ihm, und sie wusste nicht, was sie tun konnte, damit es besser wurde. Früher hatten sie immer auf Zauberworte und Rituale zurückgegriffen, um ihre unlösbaren Probleme zu lösen. Was blieb ihnen denn anderes übrig?

Sebby war zwar ein Junge, der ununterbrochen zu reden schien, aber sie wusste, dass er über bestimmte Dinge nicht reden wollte. Wie sie es hasste, dass er sich so totstellen konnte, wenn er wollte, dass er ihr so leicht das Gefühl geben konnte, auf der falschen Seite zu stehen.

Sie setzte sich vor ihre Frisierkommode, um sich die Haare zu machen, und betrachtete ihr Gesicht im Spiegel. Es war schon eine ganze Weile her, seit sie sich das letzte Mal richtig angeschaut hatte. Plötzlich kam sie sich allein vor. Wenn Sebby doch bei ihr wäre. Dann könnten sie sich zusammentun, ehe sie dem Rest der Welt gegenübertraten. Und so gehörte sich das auch, gemeinsam die Akkus wieder aufzuladen.

In der Klinik hatten sie ihre Zeit damit verbracht, zusammen in einem Bett zu liegen oder sich auf einen Sessel im Aufenthaltsraum zu quetschen. Siamesische Zwillinge hatten die anderen Patienten sie genannt.

Sie legte den Kopf in die Hände und versuchte, nicht zu weinen.

Mach kein Ding daraus, Mira. Das heute Abend muss kein Ding sein. Genieß einfach nur einen ganz normalen Abend wie ein ganz normaler Teenager.

Sie hob den Kopf, sah sich wieder an, nahm ein paar Haarnadeln zur Hand.

Jeremy würde bald kommen. Sie war nicht allein. Es würde alles gut gehen.

Jeremy

Mira wartete schon vorne auf der Veranda, als ich bei ihr zu Hause ankam. Sie hatte ihre Haare zu einem wirren Lockenhaufen aufgesteckt und trug ihren blauen Glücksmantel und die Cowboystiefel für einen Dollar.

»Hey«, sagte ich. »Du siehst gut aus.«

»Danke«, sagte sie.

Plötzlich kam ich mir vor, als würde ich sie zu einem Date abholen. »Sebby und Rose warten vermutlich dort auf uns«, sagte ich.

»Okay«, sagte sie. »Dann mal los.«

Wir gingen die Straße entlang zu Mollys Haus.

»Wollen wir wetten, ob Rose es am Ende doch noch geschafft hat, Ali zu überzeugen mitzukommen?«, fragte sie.

»Ich sage Nein«, sagte ich.

»Was bist du bloß für ein Pessimist, Jeremy«, sagte sie. »Glaubst du denn nicht an wahre Liebe?«

»Ich glaube, dass Rose ein bisschen zu intensiv rüberkommt.«

»Vielleicht steht Ali insgeheim darauf«, sagte Mira. »Sonst müssen wir eine andere finden, mit der Rose sich in den Wahnsinn treiben kann.«

»In St. F. hat sie da keine große Auswahl«, sagte ich.

»Arme Rose. Die einzige Lesbe im Dorf.«

Das letzte Stück legten wir schweigend zurück. Auf dem Weg zu ihr hatte ich geprobt, was ich sagen wollte, aber jetzt klang das alles in meinem Kopf ziemlich dämlich.

»Wolltest du mit mir reden?«, fragte Mira schließlich.

»Hm«, sagte ich. »Ja.«

»Über Sebby?«

Ich blieb stehen und drehte mich zu ihr.

»Irgendwas stimmt nicht«, sagte ich.

»Ich weiß«, sagte sie.

»Er hat öfter bei mir übernachtet. Er kommt immer, nachdem er mit Nick zusammen war. Und in letzter Zeit ist er … irgendwie total durch den Wind. Und ich glaube, neulich Morgen hat Dave was zu ihm gesagt, ich weiß nicht, was los war, aber ich glaube, Dave hat gehört, wie er sich übergeben hat.«

Mira schüttelte den Kopf.

»Ich weiß nicht, was ich machen soll«, sagte ich.

»Heute Abend können wir gar nichts machen«, sagte sie. »Auf Mollys Party werden wir nicht davon anfangen.«

»Vielleicht mache ich ja aus einer Mücke einen Elefanten.«

»Nein«, sagte sie. »Machst du nicht.«

Wir gingen weiter, schließlich kamen wir zu Mollys Haus – es war ganz klar, wo sie wohnte. Sie hatte vorab kundgetan, dass einer ihrer älteren Brüder zu dieser Fete große Mengen Alkohol kaufen würde – und jetzt strömten die Leute zur Haustür hinein.

Mira blieb eine Minute auf der Auffahrt stehen, ehe sie den anderen folgte. Sie guckte mich an.

»Wir kriegen das raus«, sagte sie. »Okay? Wir müssen nur dafür sorgen, dass er in unserer Nähe bleibt.«

»Okay«, sagte ich.

Drinnen auf der Diele empfing uns Molly in einem engen schwarzen Kleid, das zwischen ihren Brüsten einen ovalen Ausschnitt hatte.

»Ohmeingott, Mira!«, kreischte sie und umarmte Mira, als hätten sie sich seit Jahren nicht gesehen. »Ich bin ja so froh, dass du gekommen bist.« Sie drehte sich zu ein paar desinteressierten Leuten aus der Abschlussklasse um, die hinter ihr auf der Treppe rumhingen, und posaunte: »Mira wohnt am anderen Ende der Straße« – als ob das schier unvorstellbar war.

»Bis jetzt scheint das ja eine ziemlich erfolgreiche Party zu sein«, sagte Mira.

»Megageil.« Molly taumelte auf ihren Stilettos durch das Zimmer, sie fand es so aufregend, einen Abend lang das beliebteste Mädchen der Schule zu sein, dass sie fast ausflippte. Abgesehen davon war sie allen anderen um etwa fünf Drinks voraus.

»Und Jeremy kennst du ja«, sagte Mira.

»Oh, ja doch, hi!«, sagte Molly und umarmte mich unbeholfen.

»Hi, Molly«, sagte ich.

»Getränke gibt's in der Küche«, belehrte Molly uns und ein paar Leute, die nach uns reingekommen waren. »Mein Bruder ist bei Costco total hohlgedreht.«

Die Kochinsel in der Mitte der Küche sah aus, als würde sie einem alkoholsüchtigen Riesen gehören. Flaschen in Übergröße, was auch immer Mollys Bruder in die Finger

gekriegt hatte, standen da zwischen riesigen Krügen mit Saft und Limonade. Tequila, Wodka, Bailey's, Gin – er hatte so richtig abgeräumt im Supermarkt. Wahrscheinlich hatte er sich vorgestellt, er würde bei einer Art Wettspiel mitmachen: Wenn man den Laden verlassen hatte, bevor der Kassierer erriet, dass man für hundert Minderjährige Alk kaufte, durfte man alles behalten.

Mira drehte sich zu mir um.

»Was trinkst du?«, fragte sie.

»Egal«, sagte ich.

»Barkeeper«, sagte sie ins Leere hinein, »ein Jeremy-Special.« Sie schnappte sich zwei Plastikbecher. »Kommt sofort«, mimte sie ihr unsichtbares Gegenüber.

Das Jeremy-Special war dann am Ende eine ausgeklügelte Mischung von Fruchtsäften und Wodka – und gar nicht so übel.

»Ich glaube, du hast eine erfolgreiche Karriere hinter dem Tresen vor dir«, sagte ich auf dem Weg ins Wohnzimmer.

»Später mix ich dir das Sebby-Special«, sagte sie. »Damit entfernt man auch den Lack von Autos.«

Einige der Mädchen hatten eine Ecke des Wohnzimmers spontan zum Dancefloor erklärt, von dem aus sie einigen Jungs aus der Footballmannschaft flirtende Blicke zuwarfen. Sarah, die auf dem Sofa Hof hielt, wachte über sie.

»Lass uns Sarah mal Hi sagen«, sagte Mira zu mir.

»Echt?«, sagte ich.

Sie ging hin und setzte sich neben Sarah aufs Sofa. Zögerlich folgte ich ihr.

»Hey, Sarah«, sagte Mira. »Wie geht's denn so?«

Sarah hockte auf der Sofakante, die Beine unter einem silbernen Minirock gekreuzt.

»Sehr gut«, sagte sie.

»Hi, Sarah«, sagte ich.

»Hi«, sagte sie.

»Tanzt du gar nicht?«, fragte Mira. Anna unternahm gerade einen enthusiastischen Versuch, ein Tänzchen mit einer Lampe sexy wirken zu lassen.

»Molly hat den absolut schlechtesten Musikgeschmack«, sagte Sarah. Sie hatte ein richtiges Weinglas in der Hand, keinen Plastikbecher.

»Wo hast du das her?«, fragte Mira.

»Mollys Vater lässt den Getränkeschrank immer offen«, sagte sie. »Ich glaube, er macht das absichtlich. Vielleicht denkt er, sie kommt mal ein bisschen runter, wenn sie trinkt. Da kann ich nur lachen.« Sie nippte an ihrem Glas.

»Du scheinst ja nicht viel Spaß zu haben«, sagte Mira.

»Oh doch. Jede Menge.« Sarah kleisterte sich ein Lächeln aufs Gesicht und hob ihr Glas in Richtung der Footballspieler, die jetzt sie anstelle von Anna beobachteten.

Miras Handy piepte. Sie holte es aus der Tasche und sah auf das Display.

»Sie verspäten sich«, sagte sie zu mir. »Sollen wir nicht einfach gehen?«

»Ich weiß nicht«, sagte ich.

»Wenn ihr jetzt geht, verpasst ihr alles«, sagte Sarah. »Die Party fängt ja gerade erst an.«

Mira sah mich mit einer hochgezogenen Augenbraue an.

»Wie können wir da Nein sagen?«, sagte sie.

Wir vertrieben uns die Zeit in der Küche und mixten noch einen Drink, dieser erforderte eine kunstvolle Garnitur aus Petersilie, die Mira im Kühlschrank fand.

»Nennen wir den ...« Sie überlegte kurz. »Peter-Special.«

»Ist der nicht irgendwie versaut?«, sagte ich.

»Der ist versaut, ich hab Olivensaft reingetan.«

Ich lachte.

Der erste Drink war ein bisschen zu leicht runtergegangen und der Schwips kam schnell. Wir fanden uns viel witziger, als irgendjemand sonst uns finden würde.

»Ich will Peters Peter nicht kennenlernen«, sagte ich.

»Nein?« Mira lächelte. »Du und Peter habt nie ›ganz besondere Stunden‹ bei ihm zu Haus erlebt?«

»Nein. Was denkst du!«

»Hör mal, Peter ist süß«, sagte sie. »Dir würde niemand einen Vorwurf machen.«

»Du findest ihn süß?« Ich nippte an meinem zweiten Drink.

»Klar. Das ist doch eine Tatsache. Daran ist nicht zu rütteln. Ich finde ihn nicht auf die Weise süß, auf die Talia ihn süß findet, weil das total psycho wäre, aber ja, er ist echt süß.«

Plötzlich erstarrte sie und guckte an mir vorbei. Ich drehte mich um, und da stand Talia, die gerade aus dem Flur gekommen war. Ihr Gesicht war ganz weiß.

»Oh, hi, Talia«, sagte ich verlegen.

Sie drängelte sich an uns vorbei und an den anderen Leuten in der Küche und rannte zur Haustür raus.

Mira guckte mich an. »Scheiße«, sagte sie. »Sie hat das alles gehört, oder?«

»Sieht so aus.«

»Oh Scheiße. Was soll ich machen?«

»Keine Ahnung.«

»Also, sie weiß doch, dass alle wissen, dass sie in Peter verliebt ist. Ist schließlich kein großes Geheimnis.«

»Vermutlich.«

Mira stellte ihren Drink ab. »Okay, gut, ich entschuldige mich einfach, wenn ich sie in der Schule sehe. Oh Mann, was bin ich bloß für ein Idiot. Aber wer rechnet schon damit, dass dieses Mädchen zu so einer Party kommt?«

»Na, uns würde auch niemand auf so einer Party vermuten«, sagte ich. »Also ist wohl alles möglich.«

Um Talias betroffene Miene aus dem Gedächtnis zu löschen, stürzten wir unseren zweiten Drink vollends hinunter und bereiteten unsere dritte Kreation vor. Da ging die Haustür auf und Sebby, Rose und Ali kamen herein.

Mira schlug mir auf den Arm. »Ali!«, flüsterte sie.

»Ist nicht wahr«, sagte ich.

Die drei wurden von Molly angefallen, die entzückt aufkreischte, als Nick hinter ihnen zur Tür hereinkam.

»Oh nein«, sagte Mira. »Nick.«

Sebby gelang es, sich Mollys Begeisterung zu entziehen und die Mädchen in die Küche zu geleiten. Nick zog ab in den anderen Raum.

»Hallo, ihr Hübschen«, sagte Sebby. Er gab uns beiden einen Kuss auf die Wange.

Rose und Ali waren ihm gefolgt. Rose grapschte sich sofort zwei Becher und schenkte riesige Mengen Wodka ein.

»Ali, Mira kennst du«, sagte Sebby.

»Ja, ich seh euch ja im Diner, etwa dreimal die Woche«, sagte Ali.

Sebby ignorierte sie und wendete sich mir zu. »Und das ist mein Freund Jeremy. Wir sind zusammen.«

»Ach was?« Rose sah von ihrem Becher auf.

Sebby legte mir den Arm um. »Macht dir doch nichts aus, dass ich das sage, Darling?«

Er war schon betrunken. Das merkte ich. Aber ich war auch schon gut auf dem Weg dahin. Heute Abend waren wir mal auf einem Level und ich war nicht der nüchterne Bewacher seiner Unbekümmertheit.

»Find ich gut«, sagte ich.

Er küsste mich. Es war ein langer Kuss. Ein paar Leute gaben blöde Töne von sich. War mir egal. Er küsste mich vor anderen Leuten. Er hatte gesagt, wir seien zusammen. Dann ließ er mich los und ich nahm einen großen Schluck aus meinem Becher. Dieses Gefühl sollte andauern.

Danach verbrachten wir eine ganze Weile auf dem Fußboden im Wohnzimmer. Die Musik war zu laut, man konnte nichts hören, außerdem schien sowieso niemand was zu sagen. Es wurde nur viel gebrüllt, und Rose versuchte Ali dazu zu bringen, mit ihr zu tanzen, und ich und Sebby und Mira hockten fast aufeinander in der Ecke. Neben uns hat-

ten ein paar Jungs ein Fenster aufgerissen, damit der Rauch von einem Joint nach draußen wehte und nicht zum Rauchmelder.

Je mehr wir tranken, desto weiter kroch Sebbys Hand an meinem Rücken runter, bis sie schließlich im Bund meiner Jeans liegen blieb, im Gummizug meiner Unterhose. Mein Freund. Mein Freund berührte mich.

Nick tauchte irgendwann später wieder auf und flüsterte Sebby was ins Ohr.

»Komm gleich wieder«, sagte Sebby und löste sich von uns.

Mira warf mir einen Blick zu, als die beiden durch den Raum davongingen.

Was auch immer zwischen Rose und Ali querging, war ziemlich schnell passiert, denn keiner von uns hatte was mitgekriegt. Plötzlich gab es Gebrüll, Ali rannte zur Haustür raus und Rose hinterher. Wir sahen sie durchs Fenster draußen auf dem Rasen, Rose sagte was zu Ali, und Ali weinte. Dann brüllte Ali irgendwas und lief die Auffahrt runter.

»Oh-oh«, sagte Mira. Sie stand auf und ich folgte ihr.

Ich hatte inzwischen richtig einen sitzen und fand es jetzt unglaublich anstrengend, mich von einer Seite des Raumes zur anderen zu bewegen. Wir drängelten uns über die Tanzfläche, an Molly vorbei, die auf einen der Jungs fiel, die vorhin den Joint rumgereicht hatten. Umnebelt, wie ich war, versuchte ich mir auszurechnen, wie spät es wohl sein mochte, und fragte mich, ob wir derart unerfahren waren, dass wir schon vor Mitternacht so einen an der Waffel hatten.

Draußen zog Rose an einer Zigarette und stieß Rauchwölkchen aus, wo eben noch Ali gestanden hatte. Wir gingen zu ihr. Mira nahm sie in den Arm.

»Du brauchst deinen Mantel«, sagte sie.

Rose zitterte.

»Was ist passiert?«, fragte ich.

»Ich hab ihr gesagt, dass ich nicht mehr ihr kleiner Welpe sein will, der ihr überallhin folgt«, sagte Rose. »Erst tut sie so süß, und dann darf ich plötzlich ihre Hand nicht halten oder sonst was – und das finde ich langsam zum Kotzen.«

»Was hat sie gesagt?«, fragte Mira.

»Sie ist einfach abgehauen«, sagte Rose und warf ihre Zigarette auf die Erde. »Ich gehe ihr nach.«

»Nein, Rose«, sagte ich.

Rose lief die Auffahrt runter.

»Rose, dein Mantel!«, rief Mira, aber sie saß schon in ihrem Auto und ließ den Motor an.

»Oh, wie wird das nur enden«, sagte Mira.

»Sollen wir nicht versuchen, sie aufzuhalten?«, fragte ich.

»Das können wir nicht.«

Wir sahen Rose die Straße runterfahren.

»Komm, wir gehen rein«, sagte Mira. »Mir ist kalt.«

In der Küche waren die meisten Flaschen mit Alkohol geleert worden. Es gab nur noch Gin und Bailey's.

»Wo zum Geier ist Sebby?«, fragte Mira, die uns frische Becher holte.

»Bei Nick«, sagte ich. »Immer bei Nick. Dem megatollen Nick.«

»Nick ist nicht megatoll. Nick ist scheiße.«

»Ach ja?« Ich lachte, ohne zu wissen, was witzig war. Alles war jetzt witzig. Wenn nicht alles furchtbar traurig war. Das wusste ich nicht mehr so genau.

»Er ist ein echter Schuft. Hier.« Sie reichte mir einen Gin-Bailey's-Cocktail. »Wie nennen wir den?«

»Widerlich«, sagte ich. »Den nennen wir widerlich.«

»Hab keine Angst, was Neues auszuprobieren, Jeremy«, sagte sie.

»Ich habe Angst«, sagte ich.

»Ich beschütze dich«, sagte sie lächelnd. »Prost.« Wir stießen mit unseren Plastikbechern an.

Ich nahm einen Schluck.

»Und es ist widerlich.« Ich verschluckte mich fast.

»Ich kann nicht mal mehr schmecken«, sagte Mira. »Wann haben wir uns denn das letzte Mal so betrunken?«

»Ich glaube, das war erst kürzlich.«

Sie lachte und lehnte den Kopf an meine Schulter, lachend hielten wir einander, ich hatte den Arm um ihre Taille geschlungen. Das war so ein schönes Gefühl, dass sie sich an mich lehnte, dass ich merkte, wie entspannt wir miteinander umgehen konnten, wie gut sie mich kannte. Nichts auf dieser bescheuerten Party hatte irgendeine Bedeutung, denn Mira war hier und Mira würde mich nicht verlassen. Und dann küssten wir uns plötzlich und in diesem ganzen Alkoholnebel ergab das auch eine Art Sinn. Hier war ihr Körper, mein Körper, unsere Münder.

Sie wich zurück und verschüttete etwas von ihrem Drink.

»Tut mir leid«, sagte ich.

»Nein«, sagte sie. »Ist nur …«

Sie nahm meine Hand und zog mich auf den Flur.

»Da sind nur … zu viele Leute«, sagte sie.

Und dann – an die Wand gelehnt – küssten wir uns wieder, ihre Hand tastete sich über meinen Rücken und drückte mich an sie.

Neben uns ging eine Tür auf, und ein Blitz, von den weißen Badezimmerfliesen reflektiert, traf uns, bevor jemand auf den Schalter drückte und das Licht ausmachte. Nick kam heraus und steuerte wieder auf die Küche zu, er bemerkte uns nicht, die wir an die Wand gedrückt dastanden, als würden wir aneinanderkleben. Sebby war hinter ihm, sein hin und her schießender Blick fand uns in der Dunkelheit.

Miras Hand blieb trotzig da, wo sie war.

»Was hast du da drinnen gemacht?«, sagte sie, ihre Worte hatten eine betrunkene Schärfe.

»Was machst du hier draußen?«, sagte Sebby ruhig, seine Finger zuckten sichtlich.

»Nichts«, sagte sie.

Er sah uns einen Moment lang an, keiner rührte sich, der Lärm aus dem anderen Raum lockte uns, doch wieder an dem teilzunehmen, was jetzt wirkte wie ein unschuldiges Ritual, eine einfache Party, etwas schmuddelig und belanglos.

Seine Finger hörten auf zu zucken.

»Nichts können wir auch zusammen machen«, sagte er schließlich.

Wir folgten ihm nach oben in ein leeres Schlafzimmer,

ohne Fragen zu stellen, steckten fest in einem Spiel mit verschlüsselten Regeln, die ich nicht verstand. Das große Doppelbett, die Tagesdecke mit dem altmodisch herbstlichen Muster und die Nachttischchen aus dunklem Holz ließen darauf schließen, dass dies das Schlafzimmer von Mollys Eltern war. Sebby schloss die Tür hinter uns, und ich setzte mich aufs Bett, meine Knie waren weich. Sebby und Mira standen zusammen im schwachen Schein der Straßenlaterne, der durch die Jalousien hereinfiel. In einem kunstvollen Goldrahmen hingen Monets *Seerosen* an der Wand, sahen auf alles herab.

Ich sah zu, wie Sebby Miras Gesicht in seine Hände nahm und sie so heftig auf den Mund küsste, als wolle er etwas zurückfordern, das ihm gehörte.

Dann ließ er Mira los. »Ihr beide seid echt betrunken«, sagte er lächelnd.

»Halt die Klappe«, nuschelte ich. Aber dann war er auf mir und drückte mich aufs Bett.

»Ich dachte, du magst keine Mädchen küssen«, sagte er. Er packte meine Haare, hielt mich fest. Mira legte sich neben uns.

»Und ich dachte, du magst das nicht«, sagte ich.

»Dann wissen wir wohl nicht alles voneinander.«

Er küsste mich, und ich versuchte ihn wegzuschubsen, ihn am Hals zu packen, ich dachte an all die keuschen Nächte, die ich neben ihm verbracht hatte. Ich war wütend, dass er von mir verlangt hatte, seine Geheimnisse zu bewahren. Ich war wütend auf mich selbst wegen all meiner bescheuerten

Unsicherheit. Jetzt wollte ich mich gegen alles durchsetzen, eine Art betrunkene Sturheit in mir löschte jedes Zögern aus.

Er setzte sich auf.

»Küss sie noch mal«, sagte er.

»Was?«

Er stieg von mir herunter. »Ich will sehen, wie du sie küsst.«

Mira beobachtete uns, mit der winzigsten Andeutung eines Lächelns in den Mundwinkeln. Ich beugte mich über sie und küsste sie schnell.

»Wie vorhin.« Sebby gab mir einen Schubs.

Sie kam mir auf halbem Weg entgegen. Jetzt fühlten sich ihre Lippen vertraut an, sie öffneten sich gerade weit genug für meine, passten zueinander.

»Ihr beide seht süß aus zusammen«, sagte Sebby. Er war jetzt auf ihr, hatte die Hände an ihrer Taille.

»Sebby, was machst du da?«, sagte sie.

»Nichts«, sagte er. »Nicht aufhören, Jeremy.«

Er rutschte auf den Boden, schob ihren Rock hoch und ließ die Hand an ihrem Bein entlanggleiten.

»Sebby …«

Er zog sie näher an sich heran, ihr Rock verrutschte ein wenig und bedeckte sein Gesicht. Ich küsste sie, folgte der Anweisung, weil ich nicht wusste, was ich sonst tun sollte. Nach einer Weile löste sich ihr Mund von meinem, sie packte mich an den Haaren und drückte meinen Kopf an sich. Ich blieb in ihrer Halskuhle liegen. Irgendwann merkte ich, dass ich aufgehört hatte zu atmen.

Schließlich drehte sie sich von uns weg. »Oh Gott,« flüsterte sie und zog ihren Rock zurecht.

Er legte sich auf sie und schaute mich an.

»Siehst du, Jeremy, ist nicht so schwer, Mädchen zufriedenzustellen.«

»Fuck, Sebby«, sagte Mira, die ihm noch immer den Rücken zudrehte. »Ich kann nicht fassen, dass du das eben gemacht hast.«

Er küsste sie auf die Wange. »Um der alten Zeiten willen«, sagte er.

Sie hatte die Arme vorm Gesicht, und ich wusste nicht, ob sie glücklich oder traurig war, wusste nicht, ob wir den unausgesprochenen Regeln nun gefolgt waren oder sie gebrochen hatten. Ich berührte ihren Scheitel.

»Alles okay mit dir?«, flüsterte ich.

»Ja«, sagte sie. »Tut mir leid, Jeremy.«

»Kommt.« Sebby stand auf. Er nahm meine Hand. »Wir hauen hier ab.«

Ich ließ mich von ihm hochziehen. Mit der anderen Hand packte er Mira.

»Na los.«

»Lass mir Zeit, Sebby.«

Er beugte sich über sie und küsste sie noch mal, drängte sie, aufzustehen. Sie ließ sich von ihm hochziehen, strich den Rock ihres grünen Karokleides glatt und fand in den ausgetretenen Cowboystiefeln ihr Gleichgewicht wieder.

Unten klauten wir Bierflaschen aus dem Kühlschrank, die wir in unseren Manteltaschen versteckten. Im Wohnzimmer machten Paare auf dem Sofa herum, etwas weniger verwegene Mädchen hatten die Musik voll aufgedreht, damit sie so tun konnten, als würde es ihnen nichts ausmachen, dass sie allein tanzten.

Draußen war es still, der Lärm der Party war nicht mehr zu hören, sobald wir um die Ecke bogen. Sebby ging voran. Mira hielt meine Hand, und wir bemühten uns, Schritt zu halten.

»Wohin gehen wir?«, fragte ich.

»Nick ist zu so einer anderen Party gegangen«, sagte Sebby. »Ich hab gesagt, ich treff mich da mit ihm.«

Diese andere Party war, wie sich herausstellte, eine große Zusammenkunft von Leuten auf einem Parkplatz hinter einem Lebensmittelladen in der Stadt. Es war die Afterparty für diejenigen, die sich nicht auf einer normalen Party langweilen wollten. Ich kannte hier keinen, Leute mit ausgefallenen Haarschnitten saßen auf Autos, in jeder Hand entweder eine Zigarette oder eine Flasche Bier.

Sebby ließ uns ohne ein Wort stehen und verschwand in der Menge. Ich holte ein Bier aus der Jackentasche und schaute mit betrunkener Verwunderung den Verschluss an.

»Ich krieg das nicht auf«, sagte ich.

»Gib her.« Mira nahm mir die Flasche aus der Hand und ging auf den nächsten Typen zu, einen mit Irokesenschnitt, in einem abgewetzten Caban-Mantel. Er lächelte, als er die

Flasche mit seinen Schlüsseln aufmachte, und beugte sich weit zu Mira hinüber, um ihr was ins Ohr zu flüstern.

Ohne Miras Hand in meiner wurde mir klar, dass sie mich gestützt hatte, und ich machte mir Sorgen, weil ich tatsächlich schwankend mitten auf dem Parkplatz stand und wahrscheinlich aussah wie ein verloren gegangenes Kind in Trance. Denn genau so fühlte ich mich.

»Hey«, Sebby war wieder da, neben mir. »Komm.«

»Wo gehen wir hin?«

»Komm einfach mit.«

»Und was ist mit Mira?«

»Der geht's gut. Sie lernt neue Leute kennen.«

Ich folgte ihm hinter das Gebäude, durch eine offene Tür in einen Lagerraum, eine dunkle Höhle mit aufgestapelten Kartons. Nick und Ali standen an einem Waschbecken in der Ecke.

»Hey«, sagte Nick. Zwei Linien aus weißem Pulver zogen sich ordentlich auf dem Waschbeckenrand entlang. Ali beugte sich eine Weile darüber, dann richtete sie sich auf, und es war nur noch eine Linie da.

Der Raum roch nach Reinigungsmittel und Schimmel, in der Luft hing etwas ewig Feuchtes. Nick nahm einen Karton vom Stapel, schnitt ihn auf und holte eine Schachtel Zigaretten heraus. Eine warf er Sebby zu.

»Ich bin dann draußen«, sagte er und ging an uns vorbei.

Sebby nickte.

Ali gab Sebby einen zusammengerollten Geldschein und folgte Nick, die Tür knallte hinter ihnen zu.

»Wo sind wir?«, fragte ich.

»Nick arbeitet hier manchmal«, sagte Sebby. Er ging zum Waschbecken. »Willst du was abhaben?«

Ich schüttelte den Kopf.

Wieder beugte er sich übers Waschbecken und saugte die Droge ein, dann richtete er sich auf und schloss die Augen für einen Moment. Seine Hand zuckte.

Er schlug die Augen auf und lächelte mich an. Ich hatte mich an das Licht gewöhnt, das vom Laden hereinfiel. Rote Sicherheitsbeleuchtung. Ausgangsschilder.

»Ich glaub, ich bin echt betrunken«, sagte ich.

Er ging auf mich zu, nahm meine Hand.

»Schon in Ordnung«, sagte er. »Das wird schon wieder.«

»Bist du sauer auf mich?«, fragte ich.

»Warum sollte ich sauer auf dich sein?«

»Wegen Dave? Was Dave gesagt hat. Oder wegen Mira?«

Er schüttelte den Kopf. »Alles gut«, sagte er. »Fühlt sich nicht alles geil an?«

»Weiß nicht. Keine Ahnung, wie sich gerade alles anfühlt.«

Er küsste mich, an einen Stapel Kartons gepresst.

»Und jetzt?«, fragte er.

»Besser«, sagte ich.

Er küsste mich wieder, dann war er auf dem Boden und seine Hände an meiner Hüfte, er fummelte an meinem Reißverschluss herum. Ich wollte was sagen, aber meine Kehle war taub geworden. Betrunken und stumm. Aufrecht stehen bleiben, nicht neben ihm zusammensacken war alles,

was ich denken konnte. Ich wollte ihn berühren, aber er war wie eine elektrisch geladene Kugel, die sich in ihrer eigenen Geschwindigkeit bewegte und verzehrte, weil sie Angst hatte anzuhalten.

Ich lehnte den Kopf zurück, spürte, wie die Kartons hinter mir verrückten, wie etwas in mir sich veränderte.

Und dann war kein Platz mehr für Gedanken. Nur noch das Rauschen aller Begierden, die ich je gehabt hatte. Absolut selbstvergessen.

Ich ließ mich auf den Boden gleiten, neben die Stelle, an der er gewesen war. Sebby hatte sich schon wieder erhoben.

»Ich geh wieder nach draußen«, sagte er. »Komm.«

»Ich kann nicht, Sebby. Ich muss hier eine Weile sitzen bleiben.«

»Okay.« Er beugte sich vor. »Geht es dir gut?«

»Weiß nicht.«

»Ich hol mehr Stoff von Nick. Wenn du den probierst, fühlst du dich besser.«

Er war schon aus der Tür, ehe ich aufstehen konnte. Ich rappelte mich hoch und folgte ihm ins Freie, aber er war schon nicht mehr in Sicht. Der Parkplatz kam mir plötzlich gefährlich vor, sämtliche Gesichter schienen sich mit Absicht von mir abgewandt zu haben, so als hätte ich etwas Unverzeihliches getan. Und dann packte Mira meine Hand.

»Wo warst du denn?«, fragte sie.

»Drinnen.«

»Alles okay mit dir?«

Ich schüttelte den Kopf. Wir setzten uns auf einen Bord-

stein. Sie kauerte sich an mich. Ein Uhr morgens auf einem Parkplatz. Das ergab doch alles keinen Sinn.

»Alles ist irgendwie außer Kontrolle«, sagte ich.

Sie schaute auf den Parkplatz. »Tut mir echt leid, Jeremy.«

»Warum?«

»Was eben passiert ist«, sagte sie, »bei Molly…« Sie sah mich an, wandte den Blick dann ab. »Wir haben das oft gemacht. Sebby und ich. In der Klinik. Wenn wir das Gefühl hatten, wir würden es da nicht mehr aushalten.«

»Ich dachte, er wäre vielleicht sauer auf mich«, sagte ich. »Weil ich dich geküsst habe. Als wolle er mir was beweisen.«

Sie schüttelte den Kopf. »Keine Ahnung. Aber es war falsch. Dich da so reinzuziehen.«

»War doch schon passiert«, sagte ich. »Ich will reingezogen werden.« Gleich würde ich anfangen zu weinen, dachte ich.

»Aber du hast vielleicht nicht gewusst, wie verrückt wir sind.«

»Du bist nicht verrückt«, sagte ich.

»Na, sehr großzügig von dir.«

Sie reichte mir die offene Bierflasche.

»Was machen wir jetzt?«, fragte ich.

»Ich würde sagen, wir bleiben hier sitzen und warten darauf, dass diese Nacht zu Ende geht. Jede Nacht endet irgendwann mal.«

Es dauerte noch eine Stunde, bis wir Sebby wiedersahen. Nick fand uns beide, noch immer aneinandergekauert, als

wir uns das letzte geklaute Bier von der Party teilten, mit dem wir den unvermeidlichen Schmerz der Ernüchterung hinauszögern wollten.

»Sebby ist ziemlich im Arsch«, sagte er und ging weg.

Wir fanden ihn an der Seite des Gebäudes, er saß an die Mauer gelehnt da, mit dem Kopf in den Händen.

»Hey.« Mira beugte sich zu ihm runter und berührte seinen Kopf.

Er schaute auf, mit glasigen Augen und verschwitzten, verfilzten Haaren.

»Was ist los?«, sagte er. Mit viel zu leiser Stimme.

»Komm, wir gehen nach Hause«, sagte sie.

»Ich geh da nicht hin. Das ist nicht mein Zuhause.«

»Zu mir. Wir gehen zu mir nach Hause«, sagte sie.

Wir nahmen ihn in die Mitte und torkelten zurück zu ihrer Straße, Mira und ich stützten ihn. Bei Mira brannte Licht auf der Veranda, ihre Eltern schliefen drinnen. Sie schloss die Haustür auf, und wir versuchten, so leise wie möglich, die Treppe zu ihrem Zimmer hochzukommen, wobei sie stolperte, als sie Sebby Halt gab. Ich ging hinterher. Wir legten ihn auf ihr Bett und er lehnte sich in die Kissen zurück.

»Was ist los?«, fragte er.

»Du musst jetzt schlafen«, sagte sie.

»Du bist betrunken«, sagte er beharrlich.

»Ich weiß«, sagte sie.

Ich blieb in der Tür stehen und wusste nicht recht, was ich machen sollte, wusste nicht, ob uns gerade etwas Fürchterli-

ches zustieß oder ob alles normal war und alles schon klargehen würde.

»Leg dich zu ihm, Jeremy«, wies sie mich an und ging aus dem Zimmer.

Ich gehorchte und legte mich neben ihn in ihr Bett. Er guckte mich an, überrascht, mich dort zu sehen.

»Jeremy?«

»Ja?«, sagte ich.

»Oh Scheiße, tut mir leid wegen vorhin.«

»Was?«

»Ich hab dich einfach allein gelassen. Ich hätte dich da nicht allein lassen sollen.«

»Nein, ich weiß. Das war ein sonderbarer Abend.«

»War es … okay?«

Jetzt war er wieder dieser Junge. Der von unserer ersten Nacht allein in meinem Zimmer. Verletzlich und schüchtern. Er sah verängstigt aus.

»Ja, klar«, sagte ich.

»Du wolltest doch, dass ich das mache, oder?«

Ich nickte. »Ja.«

So schliefen wir ein. Das war ein vertrautes Gefühl, ihn zu halten, während er schweißnass und zuckend durch seine Albträume ging. So kannten wir einander. Besinnungslose Kumpel.

Ein paar Stunden später wachte ich auf und sah Mira unter einer Decke neben dem Bett liegen. Ich checkte Sebbys Atmung, die flach, aber regelmäßig war, und schlief wieder ein.

Am nächsten Morgen waren wir krank. Ich war noch nie verkatert gewesen und hatte das Gefühl, mein Hirn wolle meinen Körper verlassen und sich in freundlichere Gefilde aufmachen. Beim Aufwachen war ich allein in Miras Bett, ich ging hinunter in die Küche, wo ich die beiden eng nebeneinander Pfannkuchen essen sah.

»Hey«, sagte Mira. »Hast du Hunger?«

»Weiß ich noch nicht.«

Sie machte mir einen Teller zurecht und reichte ihn mir.

»Das hilft«, sagte sie.

Wir aßen langsam. Außer uns war keiner im Haus. Ihr Dad war für ein paar Stunden ins Büro gefahren und ihre Mom beim Pilates. Unsere Stille passte zu der des Hauses, der Lärm in unseren Hirnen musste sich noch legen. Als wir mit dem Essen fertig waren, versteckte Mira alle Hinweise auf die Verwendung von Gluten und Zucker und schickte Sebby und mich zum Fernsehen in ihr Zimmer.

Sie kam nach, als Sebby mit dem Kopf auf meinem Schoß wegdöste und ich mit einem Auge eine Sendung über das Fangen seltener Fische oder den seltenen Fang von Fischen oder wie auch immer verfolgte.

Ich sah auf mein Handy, um mich zu vergewissern, dass ich mir nicht nur eingebildet hatte, meinen Dad gefragt zu haben, ob es okay war, dass ich bei Mira blieb – und er darauf mit »Ja« geantwortet hatte.

Die Benommenheit in meinem Hirn legte sich langsam und Bilder aus der Nacht zuvor kamen mir wieder in den Sinn. Wir drei im Bett von Mollys Eltern. Ich und Sebby in

der Dunkelheit des Lagerraums. Ich berührte seinen Kopf auf meinem Schoß. Er schlief zum ersten Mal seit langer Zeit. Ich wollte genauso ruhig und reglos sein wie er, wollte, dass er hier bei mir blieb, genau hier.

Ich machte mir Sorgen, dass wir vielleicht zu weit gegangen waren. Dass die Dinge jetzt nicht mehr so waren wie vorher. Es kam mir vor, als hielte ich etwas Zerbrechliches in den Händen, das mich geradezu herausforderte, es kaputt zu machen.

Mira setzte sich zu mir.

»Wie geht es dir?«, fragte sie.

»Ziemlich übel«, sagte ich. »Wahrscheinlich genauso wie dir.«

»Nein, ich meine, so mit allem?«

Ich schüttelte den Kopf. »Alles ist okay«, sagte ich und hoffte, dass es wahr war.

Sebby

An einer Tankstelle am Highway haltet ihr an. Nick geht Süßigkeiten kaufen, und du bleibst beim Auto und beobachtest die Zapfsäule, die Zahlen klettern gnadenlos immer höher. Dreißig Dollar. Fünfunddreißig. Vierzig.

Du hast eineinhalb Tage nicht geschlafen, dein Gehirn protestiert so, dass du ganz beschwingt bist von dem Gefühl, dir selbst etwas antun zu können.

»Das ist gar nichts«, willst du ihm sagen. »Ich hab so viel mehr drauf. Das solltest du inzwischen wissen.«

Das Handy in deiner Tasche ist tot. Doch selbst wenn du willst, kannst du dir jetzt keinen Überblick verschaffen, wer dich vermisst, wenn du weg bist, hier draußen ist nämlich kein Empfang. Ein totes Handy und ein Rucksack voller Drogen im Kofferraum. So lässt sich dieser Augenblick in deinem Leben zusammenfassen.

Die letzten beiden Nächte hast du in einer Hütte in den Bergen verbracht, die irgendwelchen Freunden von Nick gehört. Er nutzt sie für Treffen mit seinen Lieferanten. Sonst gehört sie niemandem. Ein Haufen zugedröhnter Durchgeknallter ist mal reingestolpert, die sich auf einem Treck durch die Poconos verirrt hatten, und blieb dort hängen.

Du hast zum ersten Mal Pilze genommen und irgendwann draußen im letzten schmelzenden Bergschnee gelegen, den Blick nach oben zu den Sternen. Die Luft war so klar dort, dass sie dir zuzusummen schien, erst war es eine Melodie von Wind, Wasser und Erde, dann waren es gespro-

chene Worte, die dir dringend etwas ganz Wichtiges mitteilen wollten.

Du hast die Augen geschlossen und dein ganzer Körper hat gelauscht. Die Worte flüsterten in dich hinein, das Geheimnis der Schönheit in all deiner vertrackten Verletzlichkeit. Glück war für dich nie von Dauer gewesen. Und deshalb hast du die Grenzen immer weiter hinausgeschoben und den darauffolgenden unvermeidlichen Schmerz willkommen geheißen.

Du hast dagelegen in der langsam tauenden Erde und plötzlich begriffen, dass das von dir verlangt werden würde, solange du hier warst. Solche Dinge zu fühlen, solche starken, solche schwierigen Dinge – und zu wissen, dass du dadurch dem Göttlichen am nächsten kommst. So bist du göttlich.

In der zweiten Nacht hast du Ecstasy genommen und mit einem kleinen Typen mit dunklen Augenringen rumgemacht. Sein Mund auf deinem Körper war so was wie Hexerei da in den Wäldern, wie Wolfsgeheul und nächtliches Getier, das die Hütte umschleicht. Du hast dir vorgestellt, er könnte dich auffressen, wenn er mit dir fertig ist. Er war zu grob, aber du mochtest das. Du wolltest offensichtliche Zeichen der Zerstörung wie Orden mit dir rumtragen.

»Ist das hier auch göttlich?«, hast du die Luft gefragt. »Auch so was zu fühlen?«

Jetzt fährt Nick mit offenem Fenster, rast den Highway entlang, eine Hand lässt er mit der ewig brennenden Zigarette raushängen. In regelmäßigen Abständen hält er an, um

sich eine Line reinzuziehen, damit er wach genug bleibt zum Fahren. Er hat dir was angeboten, aber dir gefällt ganz gut, wie dein Hirn und dein Körper sich gerade anfühlen. Zerfasert an den Rändern. Der Vernichtung ausgeliefert.

Nick hat das Radio zu laut gestellt und du hast angestrengt hingehört und gegen das Einschlafen gekämpft. Einschlafen bedeutet aufgeben. Du willst dem Text eines albernen Popsongs folgen. Du denkst, er enthält vielleicht ein Geheimnis und erklärt, wie man Vergangenheit, Gegenwart und Zukunft gleichzeitig ignoriert. Dieser Song birgt vielleicht ein Wissen über Flucht. Aber dann ist er vorbei und ein Werbespot plärrt los und dein Gedankenstrom ist unterbrochen.

Vielleicht liegt darin das Geheimnis. Zu versuchen, nicht zu denken. Sich, sosehr man nur kann, anzustrengen, nicht zu denken.

Jeremy

Erst am dritten Tag, an dem wir nichts von Sebby gehört hatten, gerieten Mira und ich in Panik. Mittlerweile war es normal geworden, dass er nur sporadisch auf meine Nachrichten antwortete, aber Mira hatte ihm die Nachricht hinterlassen, dass sie ausflippen würde, wenn er sie nicht zurückrief – und hatte keine Reaktion darauf bekommen.

»Er ist ganz bestimmt irgendwo mit Nick«, sagte Mira.

Wir saßen an unserem Stammtisch in der Cafeteria. Wir waren allein, seitdem der Streit zwischen Rose und Ali damit geendet hatte, dass Rose Ali endlich davon überzeugen konnte, es noch mal miteinander zu versuchen. Jetzt verbrachte Rose jede freie Minute auf dem Klo, wo sie heimlich mit ihr telefonierte.

»Hast du Rose gefragt, ob Ali Nick gesehen hat?«, fragte ich.

Mira schüttelte den Kopf. »Sie hat nichts von ihm gehört.«

Volle Tabletts mit unberührtem Essen standen vor uns auf dem Tisch.

»Vielleicht ignoriert er uns einfach«, sagte ich.

Die Mittagspause ging zu Ende, die Cafeteria leerte sich langsam. Essen war zu schnell verschlungen, Gespräche zu laut geführt worden – und nun verebbte der Lärm. Schließlich waren nur noch wir beide da, mitten in einem leeren Raum. Wir, die Zurückgelassenen.

»Ich kann einfach nicht glauben, dass er nicht ans Telefon geht«, sagte sie. »Warum macht er das?«

Irgendwie stimmte da was nicht. Wenn Sebby jemand verletzte, dann hätte ich das sein müssen, derjenige, der ihn kommen und gehen ließ, wie es ihm passte, derjenige, der nichts weiter verlangte als das, was er kriegen konnte. Er hätte sie nicht auch noch zurücklassen sollen.

Ich nahm eine Fritte, weil ich nicht wusste, was ich mit meinen Händen anfangen sollte, und legte sie wieder hin.

»Ich kann es meinen Eltern nicht sagen«, sagte sie. »Wir können nicht bei ihm zu Hause anrufen. Wenn wir mit Tilly reden würden, wäre das eine Katastrophe. Er hat ihr bestimmt vorgelogen, dass er bei einem von uns ist. Wir brauchen jemanden, der uns sagt, was wir machen sollen.«

»Es ist meine Schuld«, sagte ich. »Ich hab alles vermasselt.«

»Es ist nicht deine Schuld, Jeremy.«

Wir schwiegen eine Weile.

»Wir könnten mit Peter reden«, sagte ich schließlich.

Sie guckte mich an. »Hältst du das für eine gute Idee?«

»Er weiß bestimmt einen Rat.«

»Wenn da irgendwas echt scheiße gelaufen ist – und wir machen nichts …« Sie versuchte sich selbst zuzureden.

Ich stand auf. »So«, sagte ich. »Komm mit.«

Peter war in seinem Büro und aß sein Mittagessen am Schreibtisch.

»Hallo, Leute«, sagte er, als wir reinkamen. »Seid ihr schon aufgeregt wegen der Ausstellungseröffnung am Freitag? Ich glaube, wir haben so weit alles im Griff.«

Mira machte die Tür hinter uns zu.
»Alles in Ordnung?«, fragte Peter.
»Wir müssen mit dir reden«, sagte ich.
»Okay.« Er legte sein Sandwich hin.
»Wir wissen nicht, wo Sebby ist«, sagte Mira.
»Er geht nicht an sein Telefon und …« Ich guckte Mira an und wusste nicht recht, wie viel ich erzählen sollte. »Könnte sein, dass er mit diesem Typen zusammen ist. Einem, der ziemlich viele Drogen nimmt. Und welche verkauft.« Ich hörte mich an wie der totale Loser. Egal. Alles scheißegal, wir müssen nur wissen, dass es ihm gut geht.
»Ihr habt keine Ahnung, wo er steckt?«, fragte Peter.
Mira schüttelte den Kopf. »Wir wissen nicht, was wir machen sollen. Seine Pflegemutter weiß bestimmt nichts. Ich bin mir sicher, dass er ihr irgendwas vorgelogen hat.«
Peter überlegte eine Weile, er sah auf seinen Schreibtisch. »Setzt euch«, sagte er. Machten wir.
»Also, das Beste wäre, eine Vermisstenanzeige bei der Polizei aufzugeben«, sagte Peter.
Ich warf einen Blick zu Mira hinüber. Sie sah aus, als würde sie gleich anfangen zu weinen.
»Er wird Schwierigkeiten kriegen«, sagte sie. »Wenn er mit diesem Typen zusammensteckt. Und zwar richtig.«
»Wir müssen herausfinden, dass er in Sicherheit ist«, sagte Peter. »Wenn ihr wirklich glaubt, dass was nicht stimmt, dann steht das an erster Stelle.«
»Okay«, sagte sie.
»Okay«, sagte ich.

Sebby

Nick hat dich am späten Nachmittag bei Tilly abgesetzt. Du überlegst, vielleicht bei Jeremy zu Abend zu essen, aber irgendwas sagt dir, dass du dich vorher noch mal bei Tilly blicken lassen solltest. Obwohl es ganz gut läuft, wenn man ihre Erwartungen niedrig hält. Sie hat nicht verlangt, dass du auf die Kleinen aufpasst oder sie zur Kindergruppe bringst, und den Müll hast du schon eine ganze Weile nicht mehr raustragen müssen. Tilly scheint langsam zu kapieren, dass es besser ist, wenn ihr so wenig wie möglich miteinander zu tun habt.

Als du reinkommst, sind alle in der Küche, die Kinder bekommen wie üblich um fünf ihr Abendessen.

»Sebastian?«

Du stehst in der Tür und schaust in die Küche.

»Hi«, sagst du.

Tilly reicht Stephanie ein Gläschen Babybrei.

»Warum muss ich das machen?«, stöhnt Stephanie.

Tilly nimmt ihre Schürze ab und geht ins Wohnzimmer.

»Wo bist du gewesen?«, fragt sie. Sie sieht müde aus, unter den Augen hat sie dunkle Ringe, ihr leuchtend rotes Haar ist ungewaschen und zu einem unordentlichen Pferdeschwanz zusammengebunden.

»Ich habe dir einen Zettel hingelegt«, sagst du. »Ich war bei Mira.«

Mitten im Wohnzimmer steht ihr euch gegenüber.

»Die Polizei war hier«, sagt Tilly. »Du wärst vermisst, haben sie gesagt.«

»Die Polizei?«

Du fängst an zu schwitzen. Stephanie steckt den Kopf herein, weil sie mithören will.

»Das muss ein Missverständnis sein«, sagst du.

»Das passiert jetzt schon zum zweiten Mal«, sagt Tilly.

Du versuchst zu lächeln, so als wolltest du einem wilden Tier versichern, dass es keine Bedrohung ist. Oder liegt in dem Lächeln eine Bedrohung? »Das muss ein Missverständnis sein«, wiederholst du.

»Das kann ich nicht dulden, Sebastian. Ich habe dir gesagt, wenn du in Schwierigkeiten kommst, darfst du keinen Kontakt zu den Kindern haben. Das kann ich nicht riskieren.«

»Du riskierst gar nichts«, sagst du, ein bisschen zu laut. Du holst tief Luft, damit dein rasender Puls sich beruhigt. Tilly braucht es ruhig und umgänglich.

»Letztes Mal hat Jonathan mich überzeugt, dir eine zweite Chance zu geben«, sagt Tilly. »Jetzt sehe ich, dass es ein Fehler war.«

»Tilly, hör zu, es war kein Fehler.«

»Ich habe dir gesagt, dass du zur Schule gehen musst«, sagt sie. »Und du hast nicht gehört. Du hörst nicht auf mich. Und offenbar hast du Probleme, für die ich nicht geschult bin.«

»Was für Probleme denn?«, sagst du, weil du weißt, dass sie es nicht aussprechen würde. Die Sache, wegen der sie dir fast einen Monat lang nicht in die Augen sehen konnte, als du aus der Klinik gekommen bist.

»Du kannst nicht mehr hier wohnen.« Sie lässt den Satz

in der Luft hängen, er legt sich über dich, landet vor deinen Füßen. Da ist sie. Die Wahrheit. Dich überkommt etwas, das man nur als Erleichterung beschreiben kann, die Stille des Unabwendbaren. Du hast dich so lange vor diesem Moment gefürchtet, und jetzt, wo er da ist, bist du endlich aus seinen Klauen befreit.

»Du hilfst nicht im Haushalt mit«, sagt sie. »Du gehst nicht mit uns zur Kirche. Du hast einen schlechten Einfluss auf die Kinder.«

»Schwul bin ich auch, Tilly«, sagst du. »Sag das doch einfach. Du musst gar nicht all diese anderen Gründe anführen.«

Schweigend steht sie da. Die Hände auf die Hüften gestützt. Stephanie zieht den Kopf zurück.

»Ich habe das nicht gesagt«, widerspricht sie. »Sprich dieses Wort nicht aus.«

»Warum?«

Sie seufzt tief, und du spürst, wie die Luft um dich herum in Bewegung gerät, so als gehöre sogar der Sauerstoff in diesem Raum nur ihr allein. Für dich ist hier kein Platz. Für dich war hier nie Platz.

»Ich rufe heute Abend an«, sagt sie. »Morgen kommen sie und holen dich ab.«

»Na prima«, sagst du.

Sie schüttelt den Kopf. »Ich hab alles für dich getan, was ich konnte, Sebastian.«

»Ja, das weiß ich«, sagst du auf dem Weg zu deinem Zimmer. »War aber nicht so viel, oder?«

Jeremy

Mira war gerade zum Essen bei mir, als er endlich aufkreuzte. Sie und ich hatten Schwierigkeiten, voneinander getrennt zu sein. Es war, als würde einer nach dem anderen einkassiert und wir müssten einander rund um die Uhr im Auge behalten.

Dad und Dave hatte ich nicht erzählt, was los war. Einerseits fand ich schon, dass ich es tun sollte, denn sie hätten genau gewusst, was zu tun war. Doch dann fiel mir wieder ein, wie wütend Sebby gewesen war, als Dave mit ihm geredet hatte. Es würde nach Verrat aussehen.

Mira half beim Abräumen, als mein Handy in der Tasche summte. Ich holte es heraus.

»Bei Tisch wird nicht telefoniert«, sagte Dad.

»Wir sind fertig mit dem Essen«, sagte ich.

»Dann steh auf. Kein Handy am Tisch.«

»Ja. Ist ja gut.«

Ich stand auf.

Ich bin draußen, stand in der Nachricht.

Ich sah mich nach Dad um. Er räumte das Geschirr weg. Ich zog meine Jacke an und ging zur Haustür hinaus. Sebby stand mit einem Müllbeutel vor den Füßen auf dem Bürgersteig.

»Wo bist du gewesen?« Ich ging auf ihn zu. »Wir sind fast verrückt geworden vor Angst.«

»Mira ist hier?« Er konnte durchs Fenster ins Esszimmer sehen.

»Ja, sie hat bei uns gegessen. Alles okay mit dir?«

Ich wollte seine Hand nehmen. Er wich zurück.

»Habt ihr die Polizei verständigt?«, sagte er.

Ich schaute zum Haus, ob Mira kam.

»Das war Peter«, sagte ich. »Wir wussten uns nicht zu helfen. Wir haben ihm erzählt, dass wir dich nirgendwo finden. Wir dachten, es wäre was passiert.«

»Ich bin zu Hause rausgeflogen«, sagte er. »Tilly hat mich rausgeschmissen. Gerade eben.«

»Was? Warum?«

»Weil sie sich nicht mehr mit mir abgeben will. Weil die Polizei bei ihr war. Weil ich eine verkorkste Schwuchtel bin. Such dir was aus.«

Hinter mir ging die Tür auf.

»Sebby?«, sagte Mira.

»Du kannst hierbleiben«, sagte ich. »Wir finden eine Lösung.«

»Was ist los?«, sagte Mira.

»Tilly hat ihn rausgeworfen«, erklärte ich. »Die Polizei war bei ihr.«

Sie ging zu ihm, und er machte wieder einen Schritt zurück, weg von uns beiden.

»Wir dachten, du hättest dir vielleicht was angetan«, sagte Mira.

»Mir ging es gut«, sagte er. »Ich war nur nicht mit euch zusammen. Ich darf Umgang mit anderen Leuten haben.«

»Mit Nick?«, sagte Mira.

»Geht dich nichts an«, sagte er.

Wir standen eine Weile schweigend da. Er trat gegen die Mülltüte.

»Das ist alles, was ich besitze«, sagte er.

»Hier«, sagte ich, »bring das rein. Lasst uns reingehen.«

Ich nahm den Beutel.

Er schüttelte den Kopf.

»Ihr beide scheint ganz gut ohne mich zurechtzukommen.«

»Was soll das denn heißen?«, sagte Mira.

»Das heißt, dass ihr beide ein tolles Paar abgebt.«

»Willst du mich verarschen?«, sagte Mira. Sie guckte mich an. »Wir haben uns die letzten vier Tage Sorgen um dich gemacht, sonst nichts.«

»Na ja, mir geht es gut, ihr könnt also damit aufhören.«

»Dir geht es nicht gut«, sagte sie. »Was ist los mit dir?«

»Im Moment? Ich weiß nicht, wo ich wohnen soll. Das ist los.«

»Wir finden eine Lösung, Sebby«, sagte ich. »Du bleibst hier.«

»Nein, mach ich nicht«, sagte er. »Ich bleibe nicht hier in deinem perfekten Zuhause mit deinen perfekten Dads, die sich für dein perfektes Leben Arme und Beine ausreißen und dir alles geben, was du brauchst, und dich bedingungslos lieben. Leute wie ich kriegen so was nicht, kapiert? So ein Leben kriege ich nicht.«

»Sebby«, sagte Mira, »was soll das, du bist einfach sauer.«

»Habt ihr denn überhaupt nicht dran gedacht, dass ich total in der Scheiße lande, wenn die Polizei mich sucht?

Was? Und was habt ihr Peter erzählt? Dass ich abgehauen bin?«

»Peter liegt was an uns«, sagte ich.

»Peter hat ja keinen Schimmer«, sagte er. »Und ihr beiden auch nicht.«

Er ging los.

»Sebby!«, rief Mira ihm hinterher.

»Lass mich in Ruhe«, brüllte er zurück.

Er ging weiter. Und wir blieben stehen und sahen ihm nach, bis er verschwunden war.

Mira

Zuerst versuchte sie es bei ihm zu Hause, aber alles war dunkel und die Haustür war abgeschlossen. Erst als sie schon wieder die Straße hinunterging, fiel ihr ein, dass am Abend eine Collegebörse in der Schule stattfand.

In St. F. waren alle Fenster noch hell erleuchtet, der Parkplatz leerte sich. Vorfrühlingsregen hing schwer in der Luft.

Sie ging rein und direkt zu seinem Büro. Im blauen Schein seines Computermonitors sammelte er die Sachen auf seinem Schreibtisch zusammen und packte sie in seine Tasche.

»Peter?«

Er drehte sich um und sah sie in der Tür stehen.

»Hey, Mira? Warst du auf der Collegebörse? Ich hab dich gar nicht gesehen?«

Sie schüttelte den Kopf. Ihre Augen waren rot geweint.

»Was ist denn los?«, sagte er und stellte seine Sachen ab.

Sie konnte die Worte kaum über die Lippen bringen.

»Sebby ist zu Hause rausgeworfen worden.«

»Was?«

»Alles geht schief«, sagte sie.

»Komm, setz dich«, sagte Peter.

»Ich kann nicht«, sagte sie. »Wir hätten nicht auf dich hören sollen.«

Sie drehte sich um, ging durch den Flur und wieder raus auf den Parkplatz.

»Mira!« Er lief ihr nach. Es hatte angefangen zu regnen.

»Ich kann das nicht«, sagte sie. Der Regen lief ihr über

das Gesicht, und sie blieb stehen, um ihn zu spüren. Das Atmen fiel ihr schwer. Sie wollte in diesem Regen ertrinken. Sie wollte nicht mehr atmen müssen.

»Nun komm«, sagte Peter. »Es schüttet.«

Er packte ihre Hand und führte sie zu seinem Auto, schloss es auf und machte die Beifahrertür für sie auf. Sie stieg ein. Er stieg auf der Fahrerseite ein.

»Erzähl mir, was passiert ist. Sebby ist zu Hause rausgeflogen?«

»Das ist unsere Schuld.«

»Was immer es ist, eure Schuld ist es nicht.«

Sie schüttelte den Kopf. Zwischen den Schluchzern schnappte sie nach Luft.

»Mira, atme. Es ist okay, du musst nicht reden, wenn du nicht willst.«

Regen strömte über die Windschutzscheibe.

»Es ist unsere Schuld«, sagte sie. »Es ist meine Schuld.«

»Beruhige dich. Das wird schon wieder.«

Sie konnte nicht aufhören zu weinen. Bekam keine Luft. Er legte den Arm um sie und drückte sie an seine Brust.

»Wir finden eine Lösung«, sagte er. »Das verspreche ich.«

In der Nacht, als Mira versucht hatte, sich umzubringen, hatte sie so lange geweint, dass sie nicht mal mehr wusste, warum. Das war ein Jahr, vier Monate, zwei Wochen und fünf Tage vor diesem Abend in Peters Auto gewesen. Sie hatte die Tage gezählt, denn sie hätte sie fast nicht mehr erlebt. Zu dem Zeitpunkt hatte sie das Weinen verborgen. An-

fangs hatte sie es gezeigt, weil sie nicht gewusst hatte, was sie sonst machen sollte. Sie hatte gedacht, wenn die Leute sie beim Weinen sahen, könnten sie es vielleicht verstehen. Konnten sie aber nicht. Für andere Menschen war Zusehen anstrengend. Und für sie die Erfahrung. Also hatte sie es nicht mehr gezeigt.

Es hatte so wehgetan, dass sie sich selbst verletzen wollte, damit Schluss war damit. Wenn sie ihr eigenes Blut sah, konnte sie wenigstens sagen: »Da ist es. Da ist der Beweis.« Dass sie noch existierte.

Aber in jener Nacht hatte das nicht geholfen. Also war sie weiter gegangen. Zu weit. Und am Ende war ihr klar geworden, dass es zu viel war, dass sie das nicht wollte. Sie hatte ihr Handgelenk in Toilettenpapier gewickelt und ihre Mutter geweckt – mitten in der Nacht, wie ein kleines Mädchen nach einem Albtraum – und dabei auf den Schlafzimmerteppich geblutet.

Sie war schon eine Woche in der Klinik, als Sebby auf die Station kam. Den Nachmittag hatte sie so verbracht wie alle ihre Nachmittage dort, sie hatte am Fenster gesessen, den Blick über den Hof schweifen lassen und den grünen Fleck durch das Gitter vor dem Fenster beobachtet. Zu grün. Blick wieder zurück auf den Linoleumboden drinnen. In den Räumen dazwischen lebte sie.

Sie hatte Schritte auf dem Linoleum gehört, das Quietschen vom Plastikbezug auf dem Stuhl ihr gegenüber.

»Hi«, hatte er gesagt.

Blass sah er aus und sediert. Aber so war das hier.

»Hi«, hatte sie gesagt.

»Wie sieht die Welt aus?«, hatte er gefragt.

»Unattraktiv.«

»Hm.« Er warf einen prüfenden Blick hinunter auf den Hof und gab vor, davon angewidert zu sein. »Oh mein Gott. Du hast recht. Das ist furchtbar.«

Sie lächelte. Das fühlte sich neu an.

»Bist du schon lange hier?«, fragte er.

»Auf diesem Stuhl? Ein paar Stunden. An diesem Ort? Sieben Tage. Und du?«

»Ich bin erst gestern hergebracht worden«, sagte er.

Tauben scharten sich um eine Mülltonne auf dem Grasflecken, liefen auf der Suche nach Krümeln verzweifelt im Kreis herum. Jemand hatte einen alten Mann im Rollstuhl nach draußen gebracht und ihn in der Nähe der nach Fressbarem suchenden Tauben abgestellt. Sebby stand auf und stellte sich nah an die Scheibe.

»Sir!«, fing er an zu brüllen. »Das sind fleischfressende Vögel! Lieber Gott! Laufen Sie um ihr Leben!«

Eine Schwester blieb im Flur stehen.

»Sebastian Tate, hier drinnen sprechen wir leise.«

»Bitte vielmals um Entschuldigung, Schwester Ratche«, sagte er und zwinkerte ihr zu.

»Du heißt Sebastian?«, sagte Mira.

»Sebby«, sagte er. »Und du?«

»Miranda. Mira.«

»Na«, sagte er, »schön, dich kennenzulernen, Mira.«

Ein Jahr, vier Monate, zwei Wochen und fünf Tage später fuhr Peter sie von St. Francis nach Hause und sie konnte nicht aufhören zu weinen. Das Gefühl, nach Luft schnappen zu müssen, war ihr vertraut, Worte blieben im Halse stecken, sodass sie nicht mal sagen konnte: Ich glaube, ich kann das nicht.

Ihre Mutter fuhr sie an diesem Abend wieder in die Klinik, die Aufnahme war ihr so vertraut, als hätten diese fünfhundert Tage sich in Luft aufgelöst. Sie war wieder da, wo sie angefangen hatte. Ohne ihn.

Dieses Mal lag Wut in ihrer Verzweiflung. Hier ging es um ein gebrochenes Versprechen. Wenn sie nicht atmen konnte, dann nur, weil er hätte da sein müssen, um mit ihr zu atmen. Wenn sie das nicht überleben konnte, dann weil er das eine weggenommen hatte, das sie gerettet hatte.

Dieses Mal würden sie ihr wenigstens helfen, bevor es zu weit ging. Bevor das Blut auf den Teppich ihrer Mutter tropfte. Dieses Mal wusste sie, was zu tun war.

Streng dich mehr an und atme. Ein und aus. Denk nicht darüber nach, wie es sich innendrin anfühlt. Wie ein Pfad aus Glasscherben, nackte Füße, die blutige Spuren hinterlassen. Am anderen Ende kannst du deine Hälfte eines Herzens sehen, die immer noch irgendwie schlägt, armes Herz, es strengt sich so an, obwohl es weiß, dass es nicht reicht

nicht reicht nicht reicht nicht reicht nicht reicht nicht reicht nicht reicht nicht reicht nicht reicht nicht reicht nicht reicht nicht reicht nicht reicht nicht reicht nicht reicht nicht reicht nicht reicht.

Jeremy

In dieser Nacht rief ich drei Mal Miras Handy an, Sebbys vier Mal. Keiner der beiden ging dran. Als ich am nächsten Morgen aufwachte, lagen seine Sachen noch immer in der Mülltüte in einer Ecke meines Zimmers.

Am Abend vorher war Mira kurz nach Sebby gegangen, offensichtlich kämpfte sie mit den Tränen, aber sie wollte nicht bleiben, obwohl ich sie darum gebeten hatte. Ich war allein mit den besorgten Gesichtern meiner Dads, und mir blieb nichts anderes übrig, als ihnen wenigstens etwas von dem zu erzählen, was los war. Wir drei saßen am Esstisch und tranken Tee, bis ich schließlich früh zu Bett ging. Ich schlief mit dem auf Vibration gestellten Handy in der Hand und hoffte, jemand würde zurückrufen, hoffte, dass mir Sebby mitten in der Nacht eine Nachricht schicken würde, weil er hereingelassen werden wollte. Aber es kam nichts.

Der nächste Tag war ein Freitag, und ich hatte keinen guten Grund, nicht zur Schule zu gehen, mal abgesehen von dem Gefühl, dass alles furchtbar war und ich keine Ahnung hatte, wie es wieder in Ordnung zu bringen war. Also duschte ich, zog meine Uniform an, frühstückte und ging los.

Vielleicht ist alles okay, dachte ich unterwegs immerzu. *Vielleicht ist irgendwie doch alles okay.*

In der ersten Stunde hatte ich Algebra, komplizierte Textaufgaben – bei Mr Hepworth. Er schrieb gerade die erste an die Tafel, als die Schulsekretärin in den Klassenraum kam und ihm etwas ins Ohr flüsterte.

»Wenn es unbedingt sein muss«, sagte er.

Die Sekretärin sprach mich an.

»Jeremy, würdest du bitte mitkommen?«

»Ich?«, sagte ich.

Sie nickte. Interessiertes Gemurmel erhob sich im Raum, als ich aufstand.

»Nimm deine Sachen lieber mit«, sagte sie.

»Okay«, nuschelte ich und sammelte meine Bücher zusammen.

Ich folgte ihr und spürte die Blicke der anderen, die mich beobachteten.

»Worum geht es?«, fragte ich auf dem Weg den Flur entlang. Sie war ein nervöses Vögelchen, ganz unsteter Blick und Krisselhaare.

»Konrektor Pike muss mit dir in seinem Büro reden«, sagte sie.

Wir hatten einen tattrigen Rektor, und dann gab es noch Konrektor Pike, der die Schule tatsächlich leitete, ein Mann, irgendwie Mitte fünfzig mit Silberhaar, der immer für jeden Schüler ein Lächeln und ein gut gelauntes: »Steck dir das Hemd in die Hose!« übrig hatte.

Die Sekretärin begleitete mich zu Pikes Tür und öffnete sie.

»Jeremy Worth ist hier«, sagte sie.

Ich ging rein und sie schloss die Tür hinter mir. Konrektor Pike saß an seinem Schreibtisch.

»Jeremy«, sagte Pike. »Ich danke dir für dein Kommen. Nimm bitte Platz.«

»Ist alles in Ordnung?«, fragte ich, als ich mich setzte.

»Nun …« Er hielt inne und überlegte eine Weile, wie er darauf antworten sollte. »Wir sind da wohl in einer etwas misslichen Lage. Du bist ja sehr gut mit Miranda Powers befreundet, nicht wahr?«

Ich nickte.

»Hast du heute schon mit ihr geredet?«

»Nein«, sagte ich. »Ich habe sie gestern gesehen.«

»Wann war das?«, fragte er.

»Weiß nicht. So gegen sechs, glaube ich. Sie war zum Abendessen bei mir zu Hause. Es geht ihr doch gut?«

»Sie fehlt heute. Aber wir versuchen ihre Familie zu erreichen.«

»Was ist passiert?«

Pike räusperte sich, ehe er fortfuhr.

»Heute Morgen hat ein Mitschüler gemeldet, dass Miranda gestern Abend auf dem Schulgelände gesehen worden ist«, sagte er. »Nach der Collegebörse, so gegen sieben. In Peter Sprengers Auto.«

»Vielleicht ist sie noch mal in die Schule gegangen, nachdem sie bei uns war.«

»Diese Schülerin hat berichtet, dass sie unangemessenes Verhalten zwischen Miranda und Mr Sprenger beobachtet habe.«

Nervös trommelte Pike mit seinem Stift auf die Tischplatte.

»Unangemessen?«, sagte ich.

»Normalerweise würde ich so eine Meldung ohne weitere

Augenzeugen nicht so ernst nehmen. Ich habe kein Interesse an einer grundlosen Hexenjagd. Aber Mr Sprenger ist bekannt dafür, auf einem schmalen Grat zu wandern, wenn es darum geht, Schüler in sein Privatleben zu lassen. Und wenn es sich bewahrheiten sollte, dass er sich mit einer Schülerin unangemessen verhalten hat, dann sind wir in einer sehr ernsten Lage.«

»Das ist bestimmt ein Missverständnis«, sagte ich.

»Ich muss dich etwas fragen, Jeremy, und du musst ganz ehrlich antworten.«

Ich spürte, wie mir der Schweiß ausbrach.

»Klar«, sagte ich.

»Bist du je bei Peter Sprenger zu Hause gewesen?«

Ich sagte nichts. Pike trommelte ungeduldig mit dem Stift.

»Du musst mir die Wahrheit sagen.«

»Nein«, sagte ich.

»Nein, du bist nicht in Mr Sprengers Haus gewesen?«

»Nein, nie«, sagte ich.

Pike seufzte und legte seinen Stift hin.

»Ich bin wirklich enttäuscht, Jeremy.«

»Ich sage die Wahrheit.«

»Du sagst nicht die Wahrheit. Mr Sprenger hat uns selbst darüber in Kenntnis gesetzt, dass du nach dem Vorfall mit deinem Spind im letzten Frühling einen erheblichen Teil deiner Zeit bei ihm zu Hause verbracht hast. Stimmt das nicht?«

Jetzt schwitzte ich.

»Doch«, sagte ich.

»Warum hast du dann meine Frage nicht wahrheitsgemäß beantwortet?«

Ich wusste nicht, was ich sagen sollte.

Er schüttelte den Kopf.

»Das ist äußerst enttäuschend«, sagte er.

»Das … war also eine Falle oder so? Sie wollten … was? Mich auf die Probe stellen?«

»Ich wollte wissen, ob die Schüler, die Peter Sprenger am nächsten stehen, das Gefühl haben, es gäbe an ihrem Kontakt zu ihm etwas zu verheimlichen. Und jetzt bin ich sicher, darauf eine Antwort zu haben.«

In diesem Moment ging die Tür auf und Miras Mutter stürmte herein.

»Kann ich etwas für Sie tun?«, sagte Pike.

»Ich bin Miranda Powers Mutter«, sagte sie. Sie war außer Atem. »Was haben diese telefonischen Nachrichten zu bedeuten, die ich den ganzen Morgen bekommen habe?«

»Ich bin in einer Unterredung mit einem Schüler«, sagte Pike.

Miras Mutter guckte mich an. Sie war blass und zerzaust, die Haare hingen ihr ins Gesicht.

»Jeremy«, sagte sie.

»Geht es Miranda gut?«, sagte ich.

»Warte doch draußen. Ich komme gleich raus.«

Ich ließ die beiden allein und setzte mich auf dem Flur auf eine Bank. Ich konnte Miras Mutter brüllen hören. Pikes Sekretärin behielt die Tür im Auge, als ob sie einschreiten wollte.

Als Miras Mutter schließlich aus dem Büro kam, stand ich auf. Pike war bei ihr.

»Ich bin der Meinung, du solltest für den Rest des Tages nach Hause gehen, Jeremy«, sagte er. »Wir werden uns mit deinem Vater in Verbindung setzen.«

»Ich hab nichts falsch gemacht«, sagte ich.

»Komm, Jeremy«, sagte Miras Mutter. »Ich fahre dich nach Hause.«

Mir schwirrte der Kopf, als ich ins Auto stieg.

»Wo ist Mira?«, fragte ich, als ihre Mutter vom Parkplatz fuhr.

»In der Klinik, Schatz«, sagte sie. »Sie hatte einen kleinen Rückfall. Aber das wird schon wieder.«

»In der Klinik?«

Ihre Mutter nickte.

»Sie hat gestern Abend bei dir gegessen, nicht wahr?«

»Ja«, sagte ich. »Nach dem Essen ist sie gegangen. Sie war verstört, wegen Sebby. Ich weiß nicht, wohin sie gegangen ist.«

»Mit Verstörung kommt Mira nicht so gut zurecht.«

»Oh«, sagte ich.

»Es wird ihr schon wieder gut gehen«, sagte sie. »Und ich weiß, dass diese Geschichte mit Peter Unsinn ist.«

»Ich glaube, ich hab das Falsche gesagt«, sagte ich. »Zu Konrektor Pike.«

»Das bringen wir alles in Ordnung«, sagte sie.

Sie hielt vor einer roten Ampel.

»Kann ich Mira besuchen?«, fragte ich.

Sie drehte sich zu mir. Sie weinte.

»Oh, noch nicht, Schatz«, sagte sie und berührte mich am Arm. »Aber bald. Okay?«

»Okay«, sagte ich.

Sebby

Couchsurfen bei Nicks Bekannten ist besser als irgendeine der möglichen Alternativen. Nicht so riskant, wie bei Nick unterzukommen, in einem winzigen Haus, das seine Mutter nie verlässt, in dem Zeitungsstapel allmählich jeden Raum füllen. Sogar Nick übernachtet da selten. Er muss sich jetzt auch verstecken, denn es ist zu befürchten, dass sie auch seinen Namen angegeben haben, als sie die Meldung bei der Polizei gemacht haben. Also müsst ihr beide von Couch zu Couch und von Fußboden zu Fußboden ziehen. Auf der Flucht zu sein ist längst nicht so glamourös, wie es sich anhört.

Aber wenn nichts da ist, das dir beim Einschlafen hilft, kein Geld für Alkohol, nichts zu rauchen, dann liegst du nachts wach auf dem Boden, der gerade dran war, und überlegst, was du ihnen zur Erklärung sagen könntest, damit sie es begreifen. Was das für ein Gefühl ist, dass die beiden Menschen, die dich am besten kennen, niemals wirklich erfahren würden, wie dein Leben aussieht.

In den Nächten, die du in Jeremys Bett verbracht hast, hast du so getan als ob. So als ob sein Zuhause dein Zuhause wäre. Dass du losziehen und Fehler machen kannst, aber dass es nicht schlimm ist, weil du ja einen Ort hast, an den du zurückkommen kannst, Menschen, die dich nicht fallen lassen. Du hast darüber nachgedacht, welch ein Privileg es ist, normale Probleme zu haben. Nicht solche wie die, die du jetzt hast. Du versuchst, dir darüber klar zu werden, ob

es besser ist, auf wieder einem anderen Fußboden zu liegen oder dich in die Obhut des staatlichen Systems zu begeben – mit Stockbetten und Verhaltensregeln und dem Irrsinn der anderen, denn das steht dir bevor, wenn du zurückgehst.

Zurzeit geht es darum, unsichtbar zu bleiben. Und Nick dabei zu helfen, genug Geld für euch beide zu verdienen, damit ihr zu essen habt. Ihnen zu sagen, wo du bist, kommt nicht infrage. Sie glauben zu fest daran, dass die Welt sich schon um die ihren kümmert. Sie begreifen nicht, wie jemand durch die Ritzen fallen kann.

Was sie so schön macht, ist, dass nichts von alldem ihnen etwas anhaben kann. Das ist kein Vorwurf. Das ist, was du an ihnen liebst. Aber du bist immer ganz nah am Abgrund entlanggelaufen – und es überrascht dich nicht, dass es jetzt so weit gekommen ist. Du hast immer damit gerechnet.

Nur in diesem Leben kann Freiheit so viel Schwierigkeiten mit sich bringen, so viel, dass du nicht frei bist, frei zu bleiben. Jetzt trainierst du schon seit sechzehn Jahren, wie man Dinge aufgibt. Dies ist der Ort, an dem du für dich selber sorgen kannst. Und du weißt, wie. Aber du kannst nicht auch noch für sie sorgen.

Jeremy

Drei Tage später bekam ich dann endlich eine Nachricht von Sebby.

Mit mir ist alles okay, schrieb er. Kannst du mir meine Sachen bringen?

Wir verabredeten uns für abends im Diner. Ich rief Rose an und sie holte mich mit dem Auto ab. Als sie kam, stand ich schon mit dem Müllbeutel vor dem Haus. Sie ließ den Kofferraum aufschnappen, und ich warf den Beutel rein, dann setzte ich mich auf den Beifahrersitz.

»Wie geht's dir?«, fragte sie, nachdem ich die Tür zugeschlagen hatte.

»Nicht so super.«

Sie hatte mich angerufen, sobald sie diese Sache mit Peter gehört hatte, und gefragt, ob sie irgendwas tun könne. Diese Fahrt war das Erste gewesen, das mir eingefallen war.

»Was glaubst du, wo er gesteckt hat?«, fragte Rose, als wir von der Auffahrt fuhren.

»Bei Nick«, sagte ich.

Im Diner setzten wir uns ans Fenster, damit wir Nicks Auto sahen, wenn er angefahren kam. Ali brachte uns Kaffee. Wir sagten alle nicht viel.

Ich hatte meine abgetragene blaue Strickjacke angezogen, die, die er an dem Tag bei *Arc's* vor fast neun Monaten für mich ausgesucht hatte. Sie sollte als Symbol dienen, Erinnerungen bei ihm wachrufen. Konnte es nicht einfach so sein? Konnte ich nicht einfach sagen: »Weißt du noch, wie

glücklich wir waren? Erinnerst du dich noch daran, was wir uns gewünscht haben? Erinnerst du dich an die Dinge, vor denen wir keine Angst mehr haben wollten?«

Jetzt hatte ich Angst. Davor, beide zu verlieren. Dahin zurückzumüssen, wie es vor ihnen gewesen war.

Erst kurz nach zehn sah ich das Auto vorfahren. Nick und Sebby stiegen aus. Ich stand vom Tisch auf und ging nach draußen. Rose folgte mir.

Nick drängelte sich an uns vorbei ins Diner.

»Muss pissen«, sagte er.

»Boah, danke auch für die Info, Nick«, sagte Rose.

Sebby rauchte an Nicks Auto gelehnt eine Zigarette. Rose blieb hinter mir.

»Hi«, sagte ich.

»Hi«, sagte er.

Ich war kurz unsicher und zögerte. Dann ging ich zu ihm.

»Alles okay mit dir?«, fragte ich.

Er nickte. »Jaja«, sagte er.

»Wo bist du gewesen?«

»Kann ich dir nicht sagen, Jeremy.«

»Warum nicht?«

»Du würdest es deinen Dads erzählen. Und Mira.«

»Wäre das so schlimm?«

Er sagte nichts.

Ich nahm seine Hand. Er ließ mich.

»Komm mit mir«, sagte ich.

»Wohin?«

»Wir fahren nach Provincetown. Wir holen Mira und wir

fahren einfach. Heute Nacht. Und dann kann alles so werden, wie wir gesagt haben.«

Nick kam aus dem Diner und stieg wieder ins Auto. Er stellte das Radio an. Die Musik dröhnte.

»So einfach ist das nicht«, sagte Sebby mit einem Blick aufs Auto.

»Ich weiß, dass du sauer auf uns bist«, sagte ich. »Weil wir Peter erzählt haben, dass du verschwunden warst. Wegen dem, was auf der Party passiert ist… alles ist einfach aus dem Ruder gelaufen.«

Sebby schüttelte den Kopf. »Darum geht es nicht.«

»Was wir auch falsch gemacht haben, ich kann es wieder in Ordnung bringen.«

»So ist das eben.«

»So muss es nicht sein.«

»Doch, muss es.«

Ich ließ seine Hand los und guckte zu Nick, der sich auf dem Fahrersitz eine Zigarette anzündete. »Bist du jetzt mit ihm zusammen?«, fragte ich.

»Nein«, sagte er.

Hinter mir machte Rose den Kofferraum ihres Autos auf und holte den Beutel mit seinen Sachen raus.

»Hey, Rose«, sagte er.

»Hey«, sagte sie und stellte den Beutel neben ihn. Er nickte dankend und sie ging wieder ins Diner und ließ uns allein da stehen. Nicks Musik dröhnte immer noch.

»Was soll ich Mira sagen?«, fragte ich.

»Weiß ich nicht«, sagte er.

»Sie ist wieder in der Klinik. Sie ist echt durcheinander, Sebby.«

Er guckte runter auf die Zigarette in seiner Hand, die zu Asche zerfiel.

»Kannst du nicht einfach mit ihr reden?«, sagte ich. »Bitte.«

»Das ist gerade nicht möglich.« Er warf die Zigarette auf den Boden. »Du musst das für mich übernehmen, okay?«

»Ich weiß nicht, ob ich das kann.«

Er nahm seinen Beutel, machte die hintere Tür auf und warf ihn rein, dann knallte er die Tür zu. Er drehte sich wieder zu mir um. Schon jetzt sah er aus wie weit weg. So als wäre er schon wieder verschwunden.

»Ich weiß, du denkst, dass wir dich gerettet hätten oder so, Jeremy«, sagte er. »Dass wir stärker wären als du. Aber das sind wir nicht. Das waren wir nicht. Wir versuchen alle nur zu überleben, so gut es geht. Und ich erwarte nicht von dir, dass du verstehst, auf welche Art ich im Moment überleben muss.«

»Ich muss hierfür kämpfen«, sagte ich. »Für dich.«

»Kämpfe für sie«, sagte er. »Da kannst du gewinnen.«

Wieder griff ich nach seiner Hand, und er nahm mein Gesicht in seine Hände und küsste mich, ein langer Kuss, der sich anfühlte wie die Bitte, das hier nicht noch schwieriger zu machen.

Er ließ mich los. Ich weinte.

»Bitte, tu dir nichts an«, sagte ich.

Er lächelte. Ein trauriges Lächeln. »Nur ein bisschen – wie wär's damit?«

Er ging, und meine Finger ließen den Stoff seiner Jacke los, schnell kroch Luft Spanne um Spanne zwischen uns und vervielfältigte sich zu unermesslicher Entfernung. Bis ein Teil von mir in die Nacht hinausgefahren war und mich allein dort stehen ließ.

Mira

Da sie nicht versucht hatte, sich selbst zu verletzen, nicht so weit gekommen war, musste sie dieses Mal nur ein paar Tage in der Klinik bleiben. Mit ein paar neuen Rezepten und der Anweisung, ein Mal in der Woche einen Psychiater aufzusuchen, wurde sie entlassen. Die Ernährungstherapeutin Kelly genügte nicht mehr.

Am Nachmittag holte ihre Mom sie ab und fuhr sie nach Hause. Im Auto redeten sie nicht viel. Mira war noch immer schläfrig von den Beruhigungsmitteln, die sie gegen ihre Angstzustände bekommen hatte. Aber das war besser als die Alternative. Wenn man schläfrig war, dachte man nicht nach. Als Mira ins Auto gestiegen war, gab ihre Mom ihr das Handy. Sie schaltete es ein. Fünfzehn Nachrichten. Elf von Jeremy. Vier von Rose. Sie scrollte sie schnell durch, dann steckte sie das Handy in die Tasche.

Zu Hause stand noch ein Auto auf der Auffahrt.

»Julie ist da?«

Ihre Mom lächelte und sie gingen rein. Julie stand mit einem Strauß Luftballons in der Diele.

»Ich wusste nicht, was man in so einer Situation mitbringt«, sagte sie, »aber ich dachte mir, mit Ballons macht man nichts verkehrt.«

Mira ließ sich von ihrer Schwester umarmen. Ihr Dad war auch da – und Mira ließ sich von beiden drücken und überlegte, wie lange sie die beiden schon nicht mehr so umarmt hatte.

Sie saßen im Wohnzimmer, Mira, Julie und ihr Dad, zusammen auf dem Sofa, die beiden hatten sich links und rechts von ihr gepflanzt. Ihre Mutter ging in die Küche und machte heißen Kakao. Obwohl es draußen schon richtig warm war, schien heißer Kakao genau das Richtige zu sein.

»Versäumst du denn deine Seminare nicht?«, fragte Mira Julie.

»Doch, ist aber okay. Heute sind nur Vorlesungen. Ich kann mir die Notizen von jemand anders holen.«

Sie redeten über normale Sachen, nichts von Belang. Mira hörte zu und dachte, von Beruhigungsmitteln umnebelt, dass sie dankbar war für diese Stimmen, dankbar, dass sie zu vertrauten Geräuschen heimkehren konnte.

Nach einer Weile sagte sie, dass sie müde sei, und ging hoch in ihr Zimmer, um sich hinzulegen. Ihre Mom hatte versucht Ordnung zu schaffen, während sie weg war. Ihre Schals lagen gefaltet auf einem Haufen in der Ecke, ihre Schminksachen waren ordentlich auf dem Frisiertisch aufgereiht.

Mira legte sich auf ihr Bett und schaute hoch zu den Flügeln. Dann ertrug sie den Anblick nicht mehr.

Es klopfte leise an der Tür und ihr Dad kam ins Zimmer.

»Ist es okay, wenn ich reinkomme?«, fragte er.

»Ja«, sagte sie. »Ist okay.«

Er setzte sich neben sie aufs Bett, lächelte auf eine Art, als wäre er nicht sicher, ob Lächeln angebracht war.

»Wie fühlst du dich?«, fragte er.

»Besser«, sagte sie, denn sie wusste, dass es das war, was er hören musste.

»Wir haben uns solche Sorgen um dich gemacht«, sagte er.

»Ich vermute, ich gebe euch immer Anlass zur Sorge.«

»Wir wollen nur sicher sein, dass du dich wieder erholst.«

Unter der Decke zog Mira die Beine an und schlang die Arme um die Knie.

»Ich kann keine Garantien geben«, sagte sie. Jetzt versuchte sie zu lächeln. Das wirkte auch nicht so sicher.

»Ich will wieder okay sein«, sagte sie.

»Du musst uns sagen, wenn wir etwas tun können.«

Sie nickte.

»Gut«, sagte er. Er stand auf und wollte gehen.

»Du weißt doch, dass es nicht eure Schuld ist, oder? Dass ich so bin. Ich glaube, das ist einfach ein Teil meiner Persönlichkeit.«

Er machte den Mund auf, klappte ihn jedoch gleich wieder zu und nickte. »Ich bin nur froh, dass du zu Hause bist«, sagte er.

»Ich auch«, sagte sie.

»Ich lasse dich jetzt ruhen«, sagte er. »Möchtest du deinen Kakao hier oben trinken?«

»Nein, danke.«

»Okay, Schatz«, sagte er.

»Dad?«

»Ja?«

»Ich hab dich lieb.«

»Ich hab dich auch lieb.«

Er ging raus und machte die Tür hinter sich zu – und Mira schloss die Augen und ließ sich schlafen.

Jeremy

Das zweite Jahr in Folge verpasste ich das Ende des Schuljahres. Es war nun fast zwei Wochen her, seit ich ins Büro des Rektors bestellt worden war, und ich hatte nicht vor, wieder zurückzugehen. Peter wäre nicht da. Mira wäre nicht da. Und Sebby war weg.

Nach einer Woche ohne irgendwelche Reaktionen von ihr, war mir der Gedanke gekommen, bei Mira zu Hause anzurufen, um herauszufinden, wie es ihr ging. Ihre Mutter war vor ein paar Tagen ans Telefon gegangen und hatte gesagt, sie sei aus der Klinik entlassen worden, aber noch nicht bereit, mit jemandem zu reden.

Rose und Talia hatten den Aufbau der Kunstklub-Ausstellung für mich zu Ende gebracht, und Rose schrieb mir, ich solle vorbeischauen und sie mir anschauen. Unsere »Vernissage« hatte nicht stattgefunden, und unser Ratgeber war von der Schule verbannt, aber selbst nach allem, was passiert war, bedeutete mir die Ausstellung irgendwie immer noch etwas. Ich sagte Rose, ich würde nach der Schule kommen, damit ich niemanden sehen musste.

Doch an dem Nachmittag, an dem ich mich aufmachte, kam ich am Schulgebäude an und ging einfach weiter. Da war noch etwas, um das ich mich zuerst kümmern musste. Ich ging die Straße runter zu Peters Haus. Die Bäume in seinem Vorgarten standen in Blüte und große weiße Blütenblätter fielen auf den Rasen. Der Sommer war so nah. Wir hatten es fast geschafft.

Ich klingelte an der Tür. Nach einer Weile machte er die Tür auf.

»Jeremy«, sagte er. »Du solltest wirklich nicht hier sein.«

»Ich muss mit dir reden«, sagte ich.

Er schüttelte den Kopf.

»Bitte«, sagte ich.

Wir standen eine Weile so da, dann trat er einen Schritt zur Seite und ließ mich rein.

Das Wohnzimmer sah verdächtig ordentlich aus, in der Ecke waren ein paar Pappkartons aufgestapelt.

»Gehst du weg?«, fragte ich.

»Ja«, sagte er. »Zumindest muss ich hier ausziehen.«

»Feuern sie dich?«

»Wahrscheinlich«, sagte er. »Und sie wollen mich nicht in ihrer Wohnung haben, während sie drüber nachdenken.«

»Wo gehst du hin?«

»Zu meiner Mutter. Vorübergehend. Sie wohnt etwa eine Stunde von hier.«

Ich setzte mich aufs Sofa.

»Hast du mit Mira geredet?«, fragte ich.

»Ich hab mit niemandem geredet, seit all das passiert ist, Jeremy. Das sieht alles ziemlich schlecht aus für mich.«

»Ich hab einen Fehler gemacht«, sagte ich. »Als ich mit Konrektor Pike geredet habe. Ich hab das Falsche gesagt.«

Peter setzte sich. »Okay.«

»Er hat gesagt, ein Schüler habe dich und Mira in deinem Auto gesehen, das sei unangemessen ...«

»Ich weiß.«

»Wer sagt denn so was?«

Er schüttelte den Kopf.

»Weiß nicht.«

»War es aber nicht, oder?« Ich bereute die Frage, sobald ich sie gestellt hatte.

»Ich weiß nicht, was da jemand gesehen zu haben glaubt«, sagte Peter. »Mira war sehr verstört. Ich habe versucht sie zu beruhigen. Wir waren in meinem Auto, weil es regnete.« Er guckte mich an. »Was hast du zu Pike gesagt?«

»Er wollte wissen, ob ich je bei dir zu Hause gewesen war. Und ich dachte, ich sollte Nein sagen. Weil es einen schlechten Eindruck machen könnte, wenn sie dachten, dass dein Verhältnis zu deinen Schülern zu eng sein könnte oder so.«

»Also hast du Nein gesagt.«

»Ich habe Nein gesagt.«

»Aber Pike wusste, dass du hier gewesen bist.«

»Ja«, sagte ich.

Peter holte tief Luft. »Er wusste es, weil ich ihm erzählt hatte, dass du im letzten Frühjahr bei mir gewesen bist. Nach der Spind-Sache.«

»Das wusste ich nicht«, sagte ich.

»Ich wollte, dass sie das wussten, weil sie deinetwegen in Sorge waren. Dein Vater war verständlicherweise aufgebracht und hatte mit einer Klage gedroht. Und als die Bombendrohung einging, gehörtest du zu den Schülern, die unter Verdacht standen. Da wollte ich sie wissen lassen, dass wir zusammen an dem, was vorgefallen war, arbeiteten.«

»Oh«, sagte ich.

»Du solltest nicht wissen, dass sie dich verdächtigten, fand ich«, sagte Peter. »Du warst schon aufgebracht genug. Zu Recht. Tut mir leid, dass ich versucht habe, dich abzuschirmen. Ich weiß auch nicht.« Er legte den Kopf in die Hände. »Und ich will dir die ganze Wahrheit sagen: Ich bin mir nicht ganz sicher, wie ich anders mit alldem hätte umgehen sollen?«

Ich saß da und beobachtete ihn, wie er da saß zwischen den Kisten seines zusammengepackten Lebens. Es war nicht fair. Dass er uns so sehr helfen konnte – und dafür das hier bekam.

Ich machte den Mund auf, um ihm alles zu sagen – dass er im Unrecht gewesen war, als er mich verteidigt hatte. Dass ich nicht der Mensch war, für den er mich hielt. Aber nur ein »Tut mir leid« kam heraus.

»Schon in Ordnung«, sagte er. »Ist nicht deine Schuld.«

Ich nickte, weil mir klar wurde, dass es netter wäre, ihn vor dieser letzten Ungerechtigkeit zu verschonen. Was ich getan hatte, war mein eigenes Problem, nicht Peters.

»Wirst du einen anderen Job finden?«, fragte ich.

»Wenn man von der letzten Lehrerstelle gefeuert worden ist, macht einen das nicht zum begehrten Kandidaten«, sagte er. Er richtete sich auf. »Aber ich finde schon eine Lösung. Hör mal, ich will nicht, dass du dir meinetwegen Sorgen machst.«

»Ich wünschte, ich könnte etwas tun.«

Er schüttelte den Kopf. »Ich auch.« Dann stand er auf. »Du solltest besser gehen.«

Ich folgte ihm zur Tür. Er machte sie auf und wir standen eine Weile da.

»Du hast mir so sehr geholfen«, sagte ich. »Mit allem, was du für mich getan hast. Mir ist wichtig, dass du das weißt.«

Er lächelte. »Danke, Jeremy.«

Ich ging hinaus und er machte die Tür hinter mir zu.

»Auf Wiedersehen«, sagte ich zu mir. »Auf Wiedersehen, Sebby. Auf Wiedersehen, Peter. Scheißaufwiedersehen, Scheißallemiteinander.«

Ich ging die Straße hinunter und dachte, ich würde einfach an St. F. vorbei nach Hause gehen. Was sollte ich in der Schule, es gab keinen Grund hinzugehen. Die Ausstellung war mir egal. Nichts an diesem Ort bedeutete mir noch irgendwas.

Vor der Schule piepte mein Handy in der Tasche und ich holte es heraus. Eine Nachricht von Rose.

Kommst du und schaust sie dir an? Talia und ich sind in der Bibliothek.

Ich steckte das Handy wieder ein und schaute zum Hauptgebäude hinauf. Plötzlich wurde ich von Wut gepackt. Ich konnte es nicht mehr aushalten, dass ich keine Kontrolle darüber haben sollte, wer mich verließ, und über unser Leben. Irgendwas musste ich doch tun können.

Ich ging die Auffahrt hinauf zum Haupteingang, an Gruppen von Leuten vorbei, die auf dem Weg zu ihren Bussen waren. Ein paar bemerkten mich, blieben zum Gaffen und Flüstern stehen. Ich ging weiter, durch die Tür, den Gang entlang zur Bibliothek.

Da standen Rose und Talia, sie warteten auf mich.

»Hey«, sagte Rose, als sie mich sah.

»Hey«, sagte ich.

Die Ausstellung machte einen guten Eindruck. Ein paar abgedrehte Skulpturen und Bilder von den Emo-Kids, Hände, aus denen Blumen sprossen und ein Männerkopf mit Geweih, Roses Jengaturm, der neben Talias Landschaftszeichnungen von Bäumen und Bergen stand. In der Ecke auf der Kleiderpuppe Miras Kleid, Hunderte winziger Taschen, die von mit Schmucksteinen besetzten Spangen zusammengehalten wurden. Und am Ende des Ganges war mein Bild. Eine große Leinwand. Eine Farbwolke, die zur Mitte hin heller wurde und eine farbige Höhle für drei Figuren bildete. Ein Junge mit Flügeln und engelsblauen Augen und ein Junge und ein Mädchen links und rechts von ihm, jeder hielt ein angezündetes Räucherstäbchen in der Hand. Darunter hatte ich mit Bleistift »Fans des unmöglichen Lebens« geschrieben.

»Ist das so in Ordnung?«, fragte Rose.

Talia rückte eine der Skulpturen auf dem Podest gerade.

»Ja«, sagte ich. »Das sieht gut aus.«

»Hast du sonst irgendwas gehört?«, fragte Rose. »Was so los ist?«

»Ich komme gerade von Peter«, sagte ich. »Ist nicht gut.«

Talia drehte sich um.

»Du hast Peter gesehen?«, sagte sie.

Da war irgendwas an ihrem Gesichtsausdruck. Irgendwas in ihrer Stimme. Und da wusste ich es.

»Du warst das, stimmt's?«, sagte ich.

Talia sagte nichts.

»Du hast Peter mit Mira gesehen«, sagte ich. »Selbstverständlich warst du auf der Collegebörse. Du hast die beiden in seinem Auto gesehen.«

Rose guckte Talia an.

»Moment mal, was?«, sagte Rose.

»Und du warst … was?«, sagte ich. »Eifersüchtig? Dachtest du, da läuft was? Oder warst du sauer auf Mira, weil sie auf Mollys Party was Dummes gesagt hat?«

»Talia? Stimmt das?«, fragte Rose.

Talia gab keine Antwort.

»Scheiß drauf«, sagte ich. »Scheiß auf diese Scheißschule.«

Ich ging zu meinem Bild und nahm es von der Wand.

»Was machst du da?«, fragte Rose.

»Ich nehme meinen Scheiß mit«, sagte ich. Ich guckte Miras Kleid an. »Ich nehme meinen Scheiß und den Scheiß von Mira.« Ich packte die Kleiderpuppe und versuchte sie mit der Riesenleinwand unterm Arm durch den Flur zu zerren. Lächerlich sah ich aus. Wie der schlechteste Kunstdieb aller Zeiten.

»Jeremy«, sagte Rose. »Das kannst du nicht machen.«

»Doch, kann ich«, sagte ich.

»Du kannst das nicht mal tragen«, sagte sie.

»Ich finde schon eine Lösung!«

Sie kam zu mir und nahm Miras Kleid.

»Wenn du dramatisch werden willst, dann lass mich wenigstens helfen.«

Rose half mir dabei, das Bild in ihrem Kofferraum zu verstauen und Ständer samt Kleid auf den Rücksitz zu schieben. Dann fuhren wir zu Mira nach Hause.

Im Auto schimpfte ich über Talia und brüllte den Zorn über diese ganze Ungerechtigkeit aus dem Fenster. Wie konnte sie nur so blind sein? Sie liebte Peter so, dass sie bereit war, sein Leben zu zerstören? Nun ja, wir alle zerstörten Dinge links und rechts. Warum sollte sie nicht auch mal an der Reihe sein?

Rose fuhr vor Miras Haus vor. Wir stiegen aus und sie half mir die Sachen aus dem Auto zu laden. Es sah aus wie ein schräger Garagenflohmarkt, so wie wir da auf dem Rasen standen und zu Miras Fenster hochstarrten.

»Was hast du mit den Sachen vor?«, fragte Rose.

Ich dachte an mein Handy, das voller unbeantworteter Nachrichten war. »Ich werde mich hier hinsetzen und warten.«

»Bis was passiert?«

»Keine Ahnung«, sagte ich.

Rose schaute am Haus hoch. »Na, wenigstens hast du einen Plan.«

Ich nahm das Bild und lehnte es an einen Baum. Rose brachte das Kleid herüber. »Nicht zu fassen, wie viel Arbeit sie da reingesteckt hat«, sagte sie. Sie machte eine der kleinen Taschen auf und zog ein winziges gefaltetes Stück Papier heraus. Sie faltete es auf und schaute es an. Und dann machte sie noch eine Tasche auf und faltete ein weiteres Stück Papier auf.

»Guck dir das an«, sagte sie.

Sie gab mir die kleinen Papierquadrate. Auf einem stand »Sebby«. Auf dem anderen stand »Jeremy«.

»Hast du gesehen, wie sie es genannt hat?«, fragte Rose. »Den Titel auf dem Schild, das sie für die Ausstellung gemacht hat?«

»Nein.«

»Das ist ihr ›Was ich liebe‹-Kleid.«

Rose saß eine Weile mit mir unter dem Baum, ohne so ganz zu kapieren, warum ich nicht einfach an die Tür gehen und klingeln wollte. Nach etwa einer Stunde sagte sie, sie habe versprochen, sich mit Ali zu treffen, würde aber später noch mal nach mir schauen. Sie fuhr davon, und ich war allein mit allem, was ich für die letzten neun Monate meines Lebens vorweisen konnte.

Noch eine Weile später bog ein Auto in die Auffahrt ein und ein Mädchen stieg aus. Sie war größer und schlanker als Mira, aber die beiden waren zweifellos verwandt. Die gleichen nicht zu bändigenden Locken. Die gleichen Augen und der gleiche Mund. Es war, als hätte Mira sich in den vergangenen seltsamen zwei Wochen in einen etwas anderen Menschen verwandelt.

»Wer bist du?«, fragte das Mädchen, das mit auf die Hüfte gestemmten Händen vor mir stand und mich anstarrte.

»Jeremy«, sagte ich. »Ich bin Miras Freund.«

Sie kam zu mir herüber, sah sich das am Baum lehnende Bild an, dann guckte sie mich wieder an, drehte sich um und ging hinein.

Ich wartete wieder.

Weitere zehn Minuten vergingen, bis ich sah, dass die Gardine in Miras Zimmer aufgezogen wurde. Die späte Nachmittagssonne funkelte grell auf der Scheibe, sodass ich kaum ihre Kontur erkennen konnte. Dann machte sie das Fenster auf und lehnte sich heraus.

»Jeremy?«

»Hey«, sagte ich.

Sie sah mich an und die Garagenflohmarktausstellung, die hinter mir aufgebaut war

»Was machst du da draußen?«, fragte sie.

»Auf dich warten«, sagte ich.

Epílog

Jeremy

Ich saß auf derselben Pier, auf der ich jeden Sommer saß. In dieser Stadt veränderte sich so wenig. Vielleicht wurde mal ein Zaun gestrichen. Und in der Commercial Street machte eine neue Eisdiele auf. Aber immer die gleiche Luft. Immer das gleiche Licht. Der gleiche Sommertrubel und die gleiche Energie und das Gefühl, dass alles möglich war. Diese Pier war immer dieselbe.

Ich saß gern neben einem Poller, ich konnte mein Skizzenbuch und meinen Eiskaffee darauf abstellen. Er ließ sich gut dazu nutzen, die vergehenden Jahre zu messen. Ich ließ meine Beine über die Kaimauer baumeln, und mir fiel auf, wie weit sie runterbaumelten, sie waren wie umgekehrte Größenmarkierungen an der Wand. Ob ich wohl noch ein Stück weiter zu wachsen hatte?

»Der Mann in der pinken Badehose ist draußen«, sagte ich zu niemandem. Er sonnte sich auf seinem leuchtend grünen Handtuch am Strand. Heute war er länger da gewesen als seine übliche halbe Stunde und er hatte sich mit dem Lauf der Sonne gedreht.

Es war fast Mittag. Zu Hause hatte Dave die Sandwiches auf dem Tisch bereitgestellt, und frische Limonade mit Zucker und Minze.

Jetzt nahm ich noch einen Schluck von meinem Eiskaffee und schaute übers Wasser. Ich hatte aufgehört den Strand, die Muscheln und die Boote zu zeichnen, aufgehört zu reproduzieren, was vor meiner Nase war. Ich starrte immer

noch aufs Wasser und beobachtete, wie die Sonne auf den kleinen Strandwellen glitzerte, aber nun suchte ich nach etwas anderem. Ich wollte die Orte in meinem eigenen Inneren zeichnen, die so hart geworden waren wie alte Narben. Die Teile meiner selbst, die Zuwendung brauchten. Ich machte eine Bestandsaufnahme von ihnen, einem nach dem anderen. Ich überlegte mir, wie ich mich wieder zusammensetzen konnte.

Wie eine Fata Morgana erschien sie auf dem Kai, aber die grelle Sonne blendete mich. Als sie näher kam, sah ich sie deutlicher. Sie hatte sich heute Morgen die Haare mit einem Tuch zusammengebunden und das mit einem gelben Sommerkleid und einer pinken Sonnenbrille kombiniert. Sie sah mich und winkte. Ich winkte zurück.

»Hast du dein Fudge bekommen?«, fragte ich, als sie bei mir war.

Sie setzte sich neben mich auf die Kaimauer und hielt mir eine kleine Schachtel hin. Ich klappte sie auf.

»Schokolade-Erdnussbutter«, sagte Mira. »War die ganze Woche immerzu ausverkauft, aber heute haben sie was für mich zurückgelegt.«

Sie holte ein Stück raus und gab es mir. Ich steckte es in den Mund. Es schmolz auf der Zunge.

»Ist doch sinnlos, Fudge zu essen, in dem nicht sowohl Schokolade als auch Erdnussbutter ist«, sagte sie.

»Das versteht sich wohl von selbst«, sagte ich.

Sie lächelte. »Verdirb dir nicht den Appetit«, sagte sie. »Es ist fast Mittag.«

Sie stand auf und zog mich mit hoch. Ich schnappte mir meinen Eiskaffee und das Skizzenbuch.

»Die pinke Badehose ist da«, sagte ich und schaute übers Wasser zum Strand.

Er saß auf seinem Handtuch, die Beine vor sich ausgestreckt. Mira und ich standen nebeneinander und guckten ihn zusammen an und dann winkte sie. Kurz darauf winkte er zurück. Und Mira lachte und nahm meine Hand, und wir gingen durch die Stadt, an Familien und Touristen und Dragqueens vorbei zu dem kleinen Haus, in dem meine Dads mit Sandwiches und Limonade auf uns warteten.

Sebby

Du bist hier schon mal gewesen.

Die Straße schlängelt sich durch die dunklen Wälder Neuenglands nach Norden.

Du kannst zurückkommen.

Die Liebe erinnert sich an die Orte, die sie berührt hat.

Du kannst ihr folgen, bis du wieder bei ihnen bist.

Danksagung

Dank an die folgenden Leser, Feedback-Geber, Ratgeber, liebe Freunde, nahestehende Menschen, liebenswerte Seelen: Amanda Villalobos, Laura von Holt, Freddie Scelsa, Vin Scelsa, Khaliah Williams, Mike Iveson jr., Vin Knight, Lindsay Hockaday, Aaron Mattocks, Lance Werth, Alan Wise, Kaneza Schaal, Linda Kay Klein, Michael David Franklin, Annie McNamara, Susie Sokol, Scott Shepperd, Greig Sargeant, Sarah McCarry, Bennett Madison, Greg Zuccolo, Darcy Mentovai, Sabrina Esbitt, Lois Walker Martin, Aram Jibilian, Titus Ulrich und Sherri Brown.

An meine Super-Agentin bei Writers House Brianne »The Shark« Johnson, an Cecilia de la Campa, James Munro und auf ewig an die Fan Grrrls – Bakara Wintner und Andrea Morrison.

An meine geniale Lektorin Alessandra Balzer, an Kelsey Murphy bei Balzer+Bray und an alle dort, die an dem Buch gearbeitet haben.

Und an meine Großmutter Rita Baumann, die so viel möglich gemacht hat.

DIE AUTORIN

Kates Debüt »Fans des unmöglichen Lebens« wurde mehrfach ausgezeichnet und in zehn Sprachen veröffentlicht. Kate ist außerdem Songschreiberin und Bühnenautorin und tritt mit ihrer Band »The Witch Ones« auf. Ihr Theaterstück »Everyone's Fine With Virginia Woolf« wurde 2019 vom Dramatists Play Service veröffentlicht.

Mehr über cbj auf Instagram unter
@hey_reader

Angie Thomas

The Hate U Give

512 Seiten, ISBN 978-3-570-16482-2

Die 16-jährige Starr lebt in zwei Welten: in dem verarmten Viertel, in dem sie wohnt, und in der Privatschule, an der sie fast die einzige Schwarze ist. Als Starrs bester Freund Khalil vor ihren Augen von einem Polizisten erschossen wird, rückt sie ins Zentrum der öffentlichen Aufmerksamkeit. Khalil war unbewaffnet. Bald wird landesweit über seinen Tod berichtet; viele stempeln Khalil als Gangmitglied ab, andere gehen in seinem Namen auf die Straße. Die Polizei und ein Drogenboss setzen Starr und ihre Familie unter Druck. Was geschah an jenem Abend wirklich? Die Einzige, die das beantworten kann, ist Starr. Doch ihre Antwort würde ihr Leben in Gefahr bringen...

20274

cbj

www.cbj-verlag.de

Ava Dellaira

Love Letters to the Dead

ca. 416 Seiten, ISBN 978-3-570-31129-5

Es beginnt mit einem Brief. Laurel soll für ihren Englischunterricht an eine verstorbene Persönlichkeit schreiben. Sie wählt Kurt Cobain, den Lieblingssänger ihrer Schwester May, die ebenfalls viel zu früh starb. Aus dem ersten Brief wird eine lange Unterhaltung mit toten Berühmtheiten wie Janis Joplin, Amy Winehouse und Heath Ledger. Denn die Toten verstehen Laurel besser als die Lebenden. Laurel erzählt ihnen von der neuen Schule, ihren neuen Freunden und Sky, ihrer großen Liebe. Doch erst, als sie die Wahrheit über sich und ihre Schwester May offenbart, findet sie den Weg zurück ins Leben und kann einen letzten Brief an May schreiben ...